KURT PALKA

Tage, die für immer bleiben

Weitere Titel des Autors:

Das Geheimnis der Pianistin

Über den Autor:

Kurt Palka ist in Österreich geboren und aufgewachsen. In Kenia und Tansania hat er für den *African Mirror* geschrieben und Naturdokumentationen gedreht. Heute lebt Kurt Palka in der Nähe von Toronto in Kanada. Dort arbeitet er als Journalist für mehrere kanadische und amerikanische Zeitungen sowie als Drehbuch- und Romanautor. Nach *Das Geheimnis der Pianistin* ist *Tage, die für immer bleiben* Palkas zweiter Roman, der auf Deutsch erscheint.

KURT PALKA

TAGE DIE FÜR *immer* BLEIBEN

KANADA-ROMAN

Aus dem kanadischen Englisch
von Stefanie Karg

lübbe

Dieser Titel ist auch als E-Book erschienen

MIX
Papier aus verantwortungsvollen Quellen
FSC® C014496

Vollständige Taschenbuchausgabe

Deutsche Erstausgabe

Titel der kanadischen Originalausgabe: »The Hour of the Fox«
Originalverlag: McClelland & Stewart, an imprint of Penguin Random House

Textredaktion: Kerstin Ostendorf, Bonn
Umschlaggestaltung: Sandra Taufer, München, unter Verwendung
von Illustrationen von © Arcangel Images: Rekha Arcangel;
© shutterstock: Timothy Andrew Perras | M. Cornelius
Satz: two-up, Düsseldorf
Gesetzt aus der Bembo
Druck und Verarbeitung: GGP Media GmbH, Pößneck
Printed in Germany
ISBN 978-3-404-18523-8

1 3 5 4 2

Sie finden uns im Internet unter luebbe.de
Bitte beachten Sie auch: lesejury.de

Für Heather
und für Christina und Paul,
Melanie und Rob

Sie folgte langsam und sie brauchte lang
als wäre etwas noch nicht überstiegen;
und doch: als ob, nach einem Übergang,
sie nicht mehr gehen würde, sondern fliegen.

Rainer Maria Rilke, »Die Erblindende«
aus *Neue Gedichte, Erster Teil*, 1907

INHALT

Hier, unter Menschen

EINS

Das Haus war dunkel, genau, wie sie es erwartet hatte. Sie vermutete ihn in Südamerika, aber sicher war sie sich nicht. Vielleicht Argentinien.

Sie öffnete das Gartentor und ging den Pfad um das Haupthaus herum, hinunter zum Cottage, an den Rosen und den Quittensträuchern vorbei. Alles lag im Dunkeln, doch der betonierte Pfad war heller als die Wiese und das Erdreich. Beim Cottage angekommen, schloss sie die Tür auf und ging hinein.

Sie stellte ihren Aktenkoffer auf der Küchentheke ab, und einen Moment lang glaubte sie, in einem der Fenster des Haupthauses ein Licht aufleuchten zu sehen. Sie wartete ab, ob das Licht noch einmal anging, doch das tat es nicht. Das Haus lag immer noch im Dunkeln, ein Berg aus Backsteinen, der sich in der Nacht abzeichnete. Dann flackerte wieder ein Licht auf, aber nun erkannte sie, dass es nur der Scheinwerfer eines Autos war, das auf der Straße vorbeifuhr. Es war nicht Jack.

Sie zögerte einen Moment, dann holte sie den Schlüssel aus ihrer Handtasche und ging den Pfad zurück zum Haus. Die Sträucher waren voller Früchte, die niemand mehr pflückte. Als Andrew klein war, hatten sie zusammen Quittengelee gekocht. Der Junge hatte ihr beim Pflücken und Pressen geholfen und später im kühlen Keller die Gläser aus ihrer Hand entgegengenommen, um sie so aufs untere Regalbrett zu stellen, dass die Etiketten nach vorn zeigten. In späteren Jahren hatte ein englischer Nachbar ein wenig Obst geerntet, aber auch das war längst vorbei.

Sie schloss die Hintertür auf, öffnete sie und lauschte, dann machte sie Licht und trat ein. Es war kalt und feucht, Treppenhausluft. Sie fühlte sich wie ein Eindringling, als sie nach oben ging und die Lampen einschaltete: die Diele, die Küche, modern und unbenutzt wie ein Ausstellungsraum, das Fernsehzimmer, das Wohnzimmer. Ihr Arbeitszimmer mit der geschlossenen Tür, sein Arbeitszimmer mit der offenen Tür. Sie hielt einen Moment inne, dann trat sie ein.

Bücherregale, sein Schreibtisch, Ablagekästen mit Gesteinsproben. An zwei riesigen Pinnwänden aus Kork hingen Landkarten voller Nadeln mit kleinen Flaggen. Kupfer, Gold und Silber, all die Schätze der Erde. Und auf der Tastatur seiner Schreibmaschine fand sie, wie erhofft, ein Blatt Papier mit seiner Handschrift: *Argentinien, Río Negro, Aguada de Guerra.* Darunter eine Telefonnummer. Sie nahm das Blatt, faltete es zusammen und steckte es in ihre Tasche. Auf der Landkarte mit der südlichen Hemisphäre suchte sie nach Argentinien und Río Negro. Da. Eine kleine Nadel mit silberner Flagge markierte Aguada de Guerra.

In der Tür blickte sie noch einmal in den Raum zurück, der so von ihm ausgefüllt war. Einen Moment lang flimmerte es vor ihren Augen, und sie presste einen Finger auf die Augenbraue. Nicht jetzt, befahl sie ihr. Nicht jetzt.

In der Nacht schlief sie auf der Wohnzimmercouch im Haupthaus. Sie machte sich im Bad fertig, holte sich aus dem Schlafzimmer ein Kissen und eine Decke und nahm beides mit ins Wohnzimmer. Sie fand ein Nachthemd, zog es an und krabbelte dann in das Nest. Lichter von vorbeifahrenden Autos streiften die Decke. Einmal glaubte sie das Telefon zu hören und taumelte hin. Sie dachte, es könnte Andrew sein, aber sie hörte nur das Freizeichen. Der Hörer lag kalt und schwer in ihrer Hand.

Später sah sie ihn im Traum auf einer Segeltuchtrage in der Wüste liegen, und sie war die Krankenschwester, die ihn wieder gesund pflegen sollte. Aber sie konnte nur hin und wieder durch das Hitzeflimmern einen Blick auf ihn werfen, ehe sie weiter Sandkörner von der einen in die andere Hand zählen musste. So viele Sandkörner. Als sie schließlich zu der Trage ging, hielt sie in jeder Hand die exakt gleiche Anzahl an Körnern, und das schien wichtig zu sein. Sie wollte es ihm erzählen, doch er war weg. Nur die leere Trage war geblieben.

»Liebe Margaret«, hatte Aileen vor nicht allzu langer Zeit zu ihr gesagt. »Er war ein guter Junge. Er wusste, was er wollte, und genau das hat er auch gemacht. Hör auf, zu zweifeln und dich zu quälen. Lass ihn los. Er hätte das so gewollt.«

Sie hatten in Sweetbarry in Aileens Wohnzimmer gesessen, und die untergehende Sonne hatte den Gull Rock in rotes Licht getaucht, ebenso wie die Wipfel der höchsten Bäume im Wäldchen ihres Vaters, die Zedern und die Kiefern.

Sie und Aileen waren schon ihr Leben lang Freundinnen. In Sweetbarry waren sie Nachbarinnen gewesen, und an dem langen Wochenende war Margaret einfach dorthin geflogen. Aileen sollte mit ihrer Stärke und Güte ihren Gedanken aus dem dunklen Labyrinth helfen, in dem sie umherirrten.

Das war einige Monate nach Andrews Tod gewesen, nachdem sein leerer Sarg nach Hause gekommen war. Schließlich hatte Margaret Jack von Angesicht zu Angesicht gesagt, dass sie auf sein Verständnis hoffe und dass sie zwar glaube, ihn immer noch zu lieben, aber derzeit nicht mit ihm zusammenleben könne. Das Zusammensein mit ihm gab ihr keine Kraft, sondern schwächte sie und lenkte sie ab. Von dem, was sie nun tun musste, sagte sie. Sie müsse den Weg zurück zu sich selbst finden. Wenn es für ihn in Ordnung sei, werde sie für eine Weile ausziehen, in das kleine Cottage aus Holz am Ende des Gartens, um allein zu sein.

Es war früh am Morgen. Aus der offenen Badezimmertür fiel Licht in die Diele. Jack stand da und betrachtete sie, er ging nun sehr behutsam mit ihr um.

»Ins Cottage«, sagte er. »Wirklich? Wir haben doch gar keine Ahnung, wie es dort aussieht, Margaret. Du weißt, dass Andrew und seine Freunde es hin und wieder benutzt haben, aber seit Jahren hat niemand mehr darin gewohnt. Bist du sicher?«

»Ja, Jack.«

Es waren einige Reparaturen nötig, und sie beschloss, sie selbst auszuführen. Sie erkundigte sich bei den Männern im Holzhandel genauestens, was sie dafür benötigte und wie sie es bewerkstelligen sollte, und dann schrieb sie Listen, kaufte Werkzeug und Material und machte sich an die Arbeit: neue Dielen in Küche und Schlafzimmer, wo die alten verfault waren, ein paar Ausbesserungen, wo die Farbe von der Wand splitterte, Reparaturen an der südlichen Außenverkleidung und einige neue Dachschindeln.

Die Reparaturen beanspruchten insgesamt fünf Wochenenden. Am letzten Wochenende war Jack zu Hause und sah vom Küchenfenster aus zu, zwischendurch auch vom Gartenweg aus. Margaret stand auf dem Dach, montierte und hämmerte. Während das Hinaufklettern relativ einfach gewesen war, fiel ihr das Hinunterklettern schwer. Jack sagte nichts, er stellte keine Fragen und wusste, dass er ihr besser keine Hilfe anbot. Aber er holte zwei elektrische Heizgeräte aus dem Haupthaus und stellte sie nah beim Cottage auf dem Pfad ab. Sie hätte ihm gern ein Lächeln geschenkt, doch sie befürchtete, dann in Tränen auszubrechen, und das wollte sie nicht mehr. Also verkniff sie sich das Lächeln. Er stand einige Zeit da, bevor er ins Haus zurückging und die Tür hinter sich schloss.

Am Morgen räumte Margaret die Couch und das Schlafzimmer auf und brachte alles in den ursprünglichen Zustand zurück. Das Nachthemd faltete sie zusammen und legte es wieder an seinen Platz in der Schublade. Wie eine Diebin schlich sie von Zimmer zu Zimmer, um sicherzugehen, dass keine Spur mehr auf ihre Nacht im Haupthaus hinwies. In der Diele griff sie zum Telefonhörer und lauschte, um dann wieder aufzulegen.

Sie fuhr wie üblich mit der U-Bahn zur Arbeit. In ihrem Büro schloss sie die Tür hinter sich, faltete den Zettel mit Jacks Nachricht auseinander und strich ihn auf ihrem Schreibtisch glatt. Sie atmete tief ein und wieder aus, dann wählte sie die angegebene Telefonnummer und fragte nach Señor Jack Bradley. Ihr Spanisch reichte aus, um die junge Frau zu verstehen, die sie um ihren Namen und ihre Telefonnummer bat, damit Señor Bradley sie zurückrufen konnte.

Als er anrief, war Jenny gerade bei ihr im Büro und machte sich Notizen für das Meeting am Abend mit dem Klienten aus Chicago. Margaret bat sie, in einer Viertelstunde wiederzukommen und die Tür hinter sich zu schließen.

»Alles in Ordnung?«, erkundigte er sich.

»Mehr oder weniger. Eine Frage: Wo war Andrew bei seiner letzten Mission? In Äthiopien, ich weiß. Aber war es ein heißer und sandiger Ort?«

Am Telefon entstand Schweigen, und selbst über die viele tausend Meilen lange Leitung spürte sie, wie Jack in seinen behutsamen Modus umschaltete.

»Willst du dir das alles noch einmal antun? Die ganzen Fragen werden nichts an der Sache ändern.«

»Sag mir nur, ob es dort heiß und sandig war.«

»Wahrscheinlich. Jedenfalls an einigen Orten. Es gibt das Hochland und die Ahmar-Berge, aber das liegt alles etwas weiter nördlich. Er war im Süden, in der Region Ogaden. Dort gibt es wohl etwas Vegetation, aber auch einige Wüstenstreifen.«

»Er war auf einer Landepiste.«

»Ja, auf einer improvisierten Landepiste. Das weißt du doch.«

»Er wollte so sein wie du«, sagte sie.

»Wie ich. Fangen wir schon wieder damit an? Es geht also wieder mal um meinen Einfluss auf ihn. Oder um meinen fehlenden Einfluss. Du weißt genau, dass ich niemals ein Pilot oder ein Soldat sein wollte. Nicht, nachdem ich erlebt habe, was der Krieg mit meinem Vater gemacht hat. Ich wollte, dass er Ingenieur wird, und er war auf dem besten Weg dahin. Er hatte seinen ersten Abschluss schon in der Tasche und hätte weitermachen können, aber dann hat er das Fliegen entdeckt. Warum fängst du wieder damit an? Ich dachte, die Vorwürfe hätten wir hinter uns.«

»Ich mache dir keine *Vorwürfe*. Aber du weißt, dass er dich bewundert hat, dass er so sein wollte wie du. Das Militärische liegt bei dir in der Familie.«

»Nein, davon weiß ich nichts. Nicht nach dem, was mein Vater getan hat.«

Erneutes Schweigen am Telefon.

»Warte«, sagte sie schnell. »Jack … Ich will doch nicht …«

Er wartete ab, aber als sie nicht weitersprach, sagte er: »Pass auf dich auf, Margaret. Ich bin wahrscheinlich Montag wieder zu Hause. Wir müssen reden.« Und dann legte er auf.

ZWEI

Am Nachmittag hatten sie und Hugh Templeton ein kurzes Meeting zum Chicago-Fall. Es ging um den Kauf und die Neupositionierung eines kanadischen Unternehmens durch einen amerikanischen Klienten, und um hundertzwanzig Millionen Dollar. Margaret hatte eine zweiseitige Zusammenfassung geschrieben, Hugh hatte sie gelesen, und nun besprachen sie die wichtigsten Punkte.

»Du leitest das Gespräch«, sagte er zu ihr. »Du gehst das alles mit ihnen durch, einverstanden?«

Hugh war der Senior Partner in der Anwaltskanzlei, und sie arbeitete eng mit ihm zusammen. Es gab vier Partner und insgesamt sieben Mitarbeiter, von denen sie die meiste Erfahrung hatte. Die einvernehmliche Übereinkunft war, dass sie als Nächste zur Partnerin aufsteigen sollte, wenn sie weiterhin so gute Arbeit leistete.

Mit Rücksicht auf den Terminplan des Klienten fand das Meeting nach der üblichen Bürozeit statt. Sie und Hugh saßen im Konferenzraum nebeneinander, auf der anderen Seite des Tisches der Klient, sein Anwalt und sein Finanzberater. Während die Männer die Zusammenfassung lasen, war es minutenlang völlig still, nur das gelegentliche Knarzen eines Stuhls war zu hören. Das Deckenlicht war eingeschaltet, und durch das Fenster konnte sie sehen, wie der Himmel immer dunkler wurde. Der Wetterbericht hatte Regen vorhergesagt. In einigen Gebäuden ringsum wurde die Beleuchtung eingeschaltet.

»Und das hier?«, fragte der Anwalt des Klienten, ein kräftiger Mann im Nadelstreifenanzug. Er hatte helle Augen und betrachtete Margaret mit der spöttischen Herablassung, die sie als Studentin und später als junge Anwältin von Männern gewohnt gewesen war, aber lange nicht mehr erlebt hatte. Er schob ihr das Blatt Papier zu und zeigte mit seinem breiten Finger auf einen Absatz. »Diese Stelle hier, Ma'am.« Er gab sich nicht einmal die Mühe, sie mit ihrem Namen anzusprechen.

Inzwischen verstand sie es, mit solchen Männern umzugehen. Das hatte sie an der Juristischen Fakultät und in den Jahren darauf an ihren verschiedenen Arbeitsplätzen gelernt. Sie bedachte ihn mit einem unaufgeregten Blick, abwartend und ruhig, bis er ihr endlich in die Augen sah. Das Ergebnis war stets das Gleiche: Aus Überraschung wurde Betretenheit, und dann veränderten sich seine Mimik und sogar seine Schulterhaltung.

»Als Firmensitz im Ausland, Ted«, sagte sie. »Ist das nicht eindeutig? Es wird unter Punkt drei ausgeführt. Sehen Sie? Ein paar Zeilen darunter stehen die Details.«

Sie wandte sich nun dem Klienten zu und erläuterte kurz die Besonderheiten dieser Eintragungen und wie sich der Steuervorteil verdreifachte, wenn man auf diesem Weg, quasi durch die Hintertür, ein Unternehmen in Kanada erwarb.

Jenny kam mit einem Tablett mit Feinkost-Sandwichs, Wasserkaraffen, Gläsern und Servietten herein. Sie sah fragend zu Margaret, und Margaret blickte auf ihre Uhr und nickte.

Die Männer beschäftigten sich weiter mit dem Text.

Draußen vor dem Fenster kreiste ein Schwarm Tauben am Himmel. Sie flatterten und landeten dann auf den Fenstersimsen des Bankgebäudes an der Ecke King Street.

Die ersten Regentropfen schlugen gegen das Glas. Margaret stand auf und öffnete die Tür, um zu lüften, ehe der Regen zu stark wurde.

Die altmodische, verglaste Flügeltür führte auf einen schmalen französischen Balkon, der von einem schmiedeeisernen Geländer eingefasst war. Margaret stand eine Weile in ihrem Kostüm und den engen schwarzen Absatzschuhen dort draußen, und plötzlich erinnerte der Geruch des Regens auf dem warmen Mauerwerk sie an ihre Jugend, an ihre Studienzeit vor so langer Zeit, an die zerstörten Straßen im Paris der Nachkriegsjahre und an das aufregende Gefühl, an einem fremden Ort voller Herausforderungen und Ideen zu sein.

Unten auf der Straße schimmerten die Autodächer, und Passanten unter Regenschirmen drängten zur U-Bahn-Station. Autoscheinwerfer zogen vorüber, Regen glänzte in den Lichtkegeln. Plötzlich schoss ein junger schwarzer Hund vom Bürgersteig auf die Fahrbahn und knallte gegen ein Auto. Der Hund wand sich und jaulte und blickte verwirrt um sich. Ein Auto fuhr beinahe auf ein anderes auf, beide Fahrer hupten, und eine Frau stand am Straßenrand und rief den Hund.

Einen Moment lang flimmerte es vor ihren Augen, und ihr Herz pochte. Nichts von dem, was sie sah, ergab für sie einen Sinn, und doch schloss sich ein Kreis. Sie stand wieder an dieser Glaswand in Lakewood, wie vor so langer Zeit. Und jetzt das hier, das Ganze hier, der junge Hund und die Frau auf der nassen Straße. Ihre Gedanken flogen von der Gegenwart in die Vergangenheit, streiften Verluste und Gefahren, und sie hatte wieder dieses Gefühl, nicht die Person zu sein, für die sie sich hielt. Das Gefühl, sich von ihrem Ankerplatz gelöst zu haben und zwischen den Welten zu treiben.

Unten auf der Straße fand der Hund zu seiner Besitzerin

zurück, eine Frau in ihrem Alter, deren Mantelsaum den regennassen Bürgersteig streifte, als sie sich bückte, den Hund herzte und versuchte, die Leine an seinem Halsband zu befestigen. Es war ein schwarzer Labrador, ein verspielter Welpe, der mit dem Schwanz wedelte und der Frau Gesicht und Hände abschleckte. Währenddessen stand Margaret einfach nur da, mit der rechten Hand auf das Eisengeländer gestützt und die Fingerspitzen der linken Hand gegen die Augenbraue gedrückt. Die Männer sollten sie nicht in diesem Zustand sehen.

»Margaret«, sagte Hugh Templeton hinter ihrem Rücken. »*Margaret?* Wir sind fertig.«

Sie atmete tief ein, schloss die Balkontür und kehrte an den Tisch zurück. Sie konzentrierte sich auf ihre Zehen in den drückenden Schuhen, auf die schmerzenden Stellen, um sich zu fokussieren. Dabei ließ sie ihre Füße so weit wie möglich nach vorn rutschen, sodass die Zehen schmerzhaft anstießen. Das hatte ihr Zach in der Klinik beigebracht.

Am Tisch übernahm sie das Kommando, führte Schritt für Schritt durch die Transaktion und ging auf alle Alternativen und Folgen ein. Sobald sie sprach, wurde es einfacher. So war es immer. Sie saß nun wieder im Rettungsboot, wo sie sich stark fühlte und alles unter Kontrolle hatte. Das hier war ihr Metier, und nach all den Jahren der Beharrlichkeit und der harten Arbeit gehörte sie zu den Besten darin.

Der Klient und sein Anwalt hatten die Veränderung im Raum mitbekommen. Sie rückten auf ihren Stühlen nach vorn und machten sich eifrig Notizen.

Als Margaret fertig war, nahm sie ihre Lesebrille ab, klappte sie zusammen und legte sie auf den Tisch. »Gentlemen, noch Fragen?«

Die Männer sahen einander an und forderten sich mit einem Nicken gegenseitig auf, als Erster das Wort zu ergreifen. Es gebe keine Fragen, sagte der Klient, aber einiges zu bedenken.

Zum Beispiel? Sie nannten einige Punkte, die sie notierte. Dann überlegte sie kurz und erläuterte alle Einzelheiten.

Am Ende baten sie darum, ihnen einen Vertragsentwurf nach Chicago zu schicken. Vielleicht wäre eine Telefonkonferenz in ein paar Tagen hilfreich, meinte der Klient.

Es war spät geworden.

Hugh war sichtlich erleichtert und sehr redselig, als er die Männer zum Aufzug begleitete. Sie blieb allein im Besprechungsraum zurück, öffnete wieder die Balkontür und atmete die süße Luft ein. Der Regen hatte aufgehört. Draußen war es Nacht.

Danke, sagte sie.

Viel später, im Cottage, stocherte Margaret in der Küche in einem Fertiggericht herum und sah zum Haus hoch, das ganz im Dunkeln lag. Sie ging vor die Tür, in die kühle Nacht hinaus. Die Büsche und Bäume waren nach dem Regen wie rein gewaschen. Sie atmete ein paar Mal tief ein, sah zum Himmel hinauf und dann wieder zum Haus, bevor sie in die Küche zurückging.

Gegen elf Uhr rief sie Michael an. Sie saß im Morgenmantel auf dem Bett, das Gesicht gereinigt und das Haar gelöst. Sie hatte die Knie angezogen und lehnte beim Telefonieren von Zeit zu Zeit die Stirn dagegen.

In eine ihrer Sprechpausen hinein sagte er: »Margaret? Bist du da heute Nacht wirklich gut aufgehoben? Da unten im Cottage? Warum gehst du nicht wieder hoch ins Haus?«

»Es ist gar nicht so übel hier, Michael. Es ist sogar ganz nett.«

»Wie heißt noch einmal diese Nacht-Apotheke? Die in der Yonge Street, ganz in deiner Nähe? Ich schicke dir ein Rezept dorthin.«

»Nein, ich will nichts nehmen. Die meisten Sachen machen einen Zombie aus mir, aber ich muss funktionieren. Und tagsüber gelingt mir das auch. Die Nächte sind etwas anderes.«

»Es gibt ein neues Antidepressivum, das wir ausprobieren können. Wir könnten mit einer niedrigen Dosierung anfangen.«

»Nein, Michael. Hör mal, ich habe Jack angerufen.«

»Und?«

»Nichts und. Es lief nicht so gut.«

»Was ist passiert?«

»Das Übliche.«

Nach einer weiteren Pause sagte Michael: »Bitte, versuch dich an den Namen der Apotheke zu erinnern. Ich kann die Telefonnummer nachschlagen. Hast du es mal mit Codein probiert?«

»Ein oder zwei Mal. Ich mag die Nebenwirkungen nicht, aber ich habe immer eine Tablette in meiner Tasche parat.« Mit der Stirn auf den Knien fügte sie hinzu: »Ich habe schon wieder geträumt, dass ich zu beschäftigt war. In letzter Zeit denke ich immer wieder, dass ich Andrew im Stich gelassen habe, dass ich ihn vernachlässigt habe, als er ein kleiner Junge war, weil ich die ganze Zeit gearbeitet habe. Oft bis ein oder zwei Uhr morgens. Und Jack war niemals da.«

»Nicht *niemals*.«

»Er war öfter weg, als er zu Hause war. Ich habe mich

nie beklagt, denn wir hatten von Anfang an die Abmachung, dass wir beide Karriere machen können. In den ersten acht Monaten war ich zu Hause bei Andrew, aber dann habe ich Kindermädchen beschäftigt und mir eine Stelle gesucht.«

»Das machen viele Frauen so.«

»Heutzutage vielleicht. Aber damals nicht. Manchmal, wenn es spät wurde und ich nicht aus dem Büro wegkam, habe ich in der Toilette Milch abgepumpt und sie dem Kindermädchen mit dem Taxi bringen lassen. Einmal bekam ein junger Anwalt das mit, und von da an hieß es nur noch: Für mich bitte mit Vollmilch, Mags. Hinter meinem Rücken nannten sie mich das Milchmädchen. Aber ich war entschlossen, durchzuhalten, Michael. Absolut entschlossen. Wenn ich jetzt zurückdenke, frage ich mich, ob ich vielleicht bei all der Konzentration auf die Arbeit meinen Jungen im Stich gelassen habe.«

Es entstand eine Pause. Dafür hatte sie ihn schon immer geschätzt, für den Raum, den er ihr zugestand.

»Ich finde nicht, dass du Andrew im Stich gelassen hast«, sagte er schließlich. »Margaret, hör bitte zu. Andrews Tod ist nicht dein Fehler. Es ist nicht dein Fehler. Was du gerade durchmachst, ist eine ganz übliche Phase der Trauer. Wenn wir sonst niemandem die Schuld geben können, neigen wir dazu, die Gründe bei uns selbst zu suchen. Aber als Andrew das Flugzeug bestieg, war er ein erwachsener junger Mann, und er tat, wozu er sich verpflichtet hatte. Er wollte das machen.«

»Aber vielleicht habe ich ihn nur nicht darauf vorbereitet, die richtigen Entscheidungen zu treffen. Warum erinnere ich mich eigentlich lieber an den kleinen Jungen als an den erwachsenen Mann? Wie er Fahrrad fahren gelernt hat, unsere

Fahrten zum Baseball-Training, seine große Begeisterung, wenn ihm etwas gelungen war. Der Geruch nach frischer Luft, den er an sich hatte, wenn er neben mir im Wagen saß. Er strotzte nur so vor Gesundheit, Michael. Er war so lebendig und freute sich auf so vieles, was er ausprobieren und erforschen wollte. Und dann die Schule und die Uni und die Ausbildung. Mir kam es vor, als wäre kaum Zeit vergangen, bis ihn dieser Bus abholte, und ich begriff nicht, dass er für immer von uns *wegging*. Aber woher sollte ich das wissen? Woher sollte er das wissen? Es ist alles so unvollendet.«

»Ich weiß, Margaret, wirklich.«

»Und dann ist er nie wieder heimgekehrt.«

»Ich weiß. Ich verstehe.«

Nun weinte sie und konnte nichts dagegen tun. Alles war falsch, alles war schiefgelaufen, und sie wusste nicht, wie sie es wieder richten sollte.

»Margaret? Vergiss die Apotheke. Ich rufe die Auskunft an. Ich glaube, es war irgendeiner von den *Guardian Drugstores*. Ich komme am Wochenende bei dir vorbei. Sagen wir Sonntagnachmittag. Wäre das in Ordnung?«

»Und Lakewood«, sagte sie zu ihm. »Selbst Lakewood ist mir wieder in den Sinn gekommen. Ich wollte es nicht, aber heute im Büro am Fenster, da war alles wieder da.«

»Margaret, wir haben über Lakewood gesprochen. Und zwar mehr als einmal. Das befindet sich an einem sicheren Ort, also rühr es bitte nicht an.«

Sie sagte »Okay, okay«, daraufhin fragte er noch einmal nach, ob Sonntagnachmittag passen würde, und sie bejahte.

In derselben Nacht, um ein Uhr morgens, und später wieder, um zwei und um drei Uhr, sah Margaret zum Haupthaus und wünschte sich, Licht in den Fenstern zu sehen. Nur nicht diese bedrohliche Dunkelheit. Dann war sie wieder froh, dass dort kein Licht brannte, denn das hätte bedeutet, Jack zu begegnen, und sie hatte fast verlernt, normal mit ihm umzugehen. Das war schon am Telefon schwer genug, aber von Angesicht zu Angesicht wäre es noch schlimmer. Was sollte sie ihm sagen? Wie sollte sie sich ihm gegenüber verhalten? Dem Mann gegenüber, der ihr vor gar nicht allzu langer Zeit alles bedeutet hatte, an den sie sich schmiegen konnte, von dem sie sich geliebt fühlte, bei dem sie ihr wahres Ich zeigen konnte. Diese Quelle ihres Selbstvertrauens hatte sie verloren. Ebenso wie den Humor und das feine Verständnis zwischen ihnen beiden. Und wodurch war das alles ersetzt worden? Durch Schuld und Verwirrung und eine Flut von Erinnerungen an vergangene Ereignisse und an Andrew. Damit musste sie irgendwie klarkommen.

Die Küche im Cottage, das sie selbst hergerichtet hatte, war ihr Rückzugsort. Aus irgendeinem Grund konnte sie hier mit Andrew sprechen, mit dem Jungen von damals, der ihr noch zugehört hatte. Der noch zu ihr aufgeschaut und so ernsthaft versucht hatte, ihren Gesichtsausdruck zu verstehen.

Sie stellte sich vor, dass er sie hören konnte, wenn sie in einem so sanften Flüsterton mit ihm sprach, als würde sie ihre Gedanken vor sich hinmurmeln. Sie erzählte ihm von dem Gift, das sie in den letzten Wochen innerlich auffraß. Von der Vorstellung, die nach dem Krieg und bis in die 1950er- und sogar die 1960er-Jahre hinein so verbreitet gewesen war, dass Frauen, die egoistisch ihre Karriere verfolgten, ihre Kinder vernachlässigten. Sie waren zu beschäftigt und wurden von den Vollzeitmüttern und den hingebungsvollen Hausfrauen verachtet, die alles richtig machten.

Doch als er klein war, hatte sie da je das Gefühl gehabt, ihn zu vernachlässigen? Nicht die richtigen Grundlagen zu legen? Wenn sie ehrlich war, war das kaum vorgekommen. Vielleicht in schwachen Momenten, als Vorwand, ihren eigenen Kampf aufzugeben. Ihren Traum von einer Karriere aufzugeben, von der Person, die sie werden wollte. Nachdem zuerst Lakewood und dann Paris und dann die Juristische Fakultät und schließlich Jack ihr geholfen hatten, das so klar zu sehen.

In Lakewood hatten sie sich tagsüber nicht im Schlafsaal aufhalten dürfen, aber an den Wochenenden, wenn die Oberin und die Hälfte des Personals nicht anwesend gewesen waren, hatte ihnen Schwester Elvira eine Stunde dort genehmigt. Es war ein goldener Herbst gewesen, und die jungen Mädchen, deren Schwangerschaften unterschiedlich weit fortgeschritten waren, drängten sich an den Fenstern und beobachteten die Boote, die auf dem Lake Rosseau unterwegs waren. Auf den edlen Holzbooten saßen weiß gekleidete Frauen unter Sonnenverdecken aus grünem Segeltuch, nippten an Sektgläsern und bedienten sich von einem Tablett mit kleinen Sandwichs, während die ebenfalls weiß gekleideten Männer am Steuer einen Flachmann kreisen ließen und sich die Lippen mit dem Handrücken abwischten. Die Männer sahen stets zu den Mädchen an den Fenstern hoch und steckten dann die Köpfe zusammen, damit ihre Frauen nicht hören konnten, was sie sagten. Doch die Mädchen sahen, wie sich die Lippen der Männer bewegten und ihre Blicke zu ihnen hochwanderten, während das Boot sanft und mühelos weiterglitt und nur eine dünne Rauchwolke über dem Wasser und eine leichte Heckwelle zurückblieben.

Bei ihrem Aufenthalt dort, den sechs Monaten um den

Jahreswechsel 1946/1947, war keines der Mädchen älter als siebzehn. Sie selbst war erst sechzehneinhalb Jahre alt.

Eine von ihnen, eine Fünfzehnjährige aus New York, besaß ein Opernglas, und damit suchten sie sich liebevolle Eltern für ihre Kinder aus: reiche, elegante Männer und gütige Frauen in weißen Kleidern. Dieser hier, riefen sie dann. Oder der da, der mit den blonden Locken und den hochgekrempelten Ärmeln. Der sieht süß aus! Aufgeregt hatten die Mädchen das Opernglas untereinander weitergereicht. Einige von ihnen waren bereits im achten oder neunten Monat gewesen, manche erst im vierten.

Margaret erhitzte auf dem Herd etwas Milch, goss sie in eine Tasse, trat dann in die kühle Luft hinaus und trank ein paar Schlucke von der dampfenden Flüssigkeit. Heute Nacht zeigten sich einige Sterne am Himmel, ein paar Wolken wurden vom Mond beschienen. Sie sah zum Haus hinüber, doch die Fenster waren vollkommen dunkel. Er werde am Montag heimkommen, hatte er gesagt. Er wollte mit ihr sprechen, und sie war nicht erpicht darauf.

Schließlich ging sie wieder hinein, spülte die Tasse und den Topf und stellte beides auf den Abtropfständer. Sie ließ das kleine Licht in der Küche brennen und ging zu Bett.

DREI

In den Wochen vor Lakewood belauschte Margaret in einer Nacht, wie Vater und Großmutter AJ sich unten im Wohnzimmer in Sweetbarry im Flüsterton unterhielten, während sie oben auf dem Treppenabsatz kauerte.

»Zu ihrem eigenen Wohl, das verstehst du doch, Charles, oder? Sieh mich an. Es geht um das Wohl des Mädchens. Margaret hat einen Fehler begangen, nun denn, aber hier, unter Menschen, passiert so etwas nun mal. Wir begehen Fehler. Vielleicht mag man diesen Fehler ihrer unschuldigen Jugend zuschreiben oder dem Jungen oder der gnadenlosen Natur, der es nur um diese einzige Sache geht. Noch mehr Babys, noch mehr Bäume, noch mehr Kaninchen, einfach noch mehr von allem. Sie sagt, sie fühlte sich unter Druck gesetzt, sie wäre versucht und verwirrt gewesen, und so weiter und so fort. Es ist die immergleiche traurige Geschichte, die sich Millionen Male wiederholt. Aber wir wollen nicht, dass sie für immer und ewig für diesen einen Fehler büßen muss. Oder, Charles? Sag etwas!«

Aber er sagte nichts, oder vielleicht nickte er auch nur, und Großmutter sprach weiter.

»Ich habe mit dem Vater des Jungen geredet. Wie du dir vorstellen kannst, war das kein leichtes Gespräch. Tatsächlich waren es zwei Gespräche, und nun ist alles arrangiert. Niemand hier wird je etwas davon erfahren, und je weniger darüber gesprochen wird, umso besser.«

»Wer ist der Junge?«

»Ein Sommergast. Ein blonder sechzehnjähriger Bursche aus Montreal. Ein netter Kerl, abgesehen von dieser Sache hier. Du hast ihn auch schon gesehen. Sie mieten immer das Haus mit den grünen Fensterläden am anderen Ende der Stadt.«

Nun herrschte eine Weile Schweigen, und Margaret reckte sich, um nichts zu verpassen.

»Eigentlich bin ich stolz auf sie, Charles«, sagte Großmutter AJ. »Es muss sie ganz schön viel Mut gekostet haben, zu mir zu kommen und mich um Hilfe zu bitten. Die meisten Mädchen hätten das nicht getan. Die stehen dann am Bahngleis und starren auf die näher kommenden Lichter.«

»Wie heißt er?«

»Sein Name tut nichts zur Sache. Willst du ihn wirklich wissen und dich einmischen? Stell besser keine Fragen. Lass mich einfach die ganze Sache klären. Ich habe schon eine Menge Arbeit hineingesteckt. Lakewood ist genau das Richtige für sie. Es gibt dort sogar ein Klassenzimmer und Hauslehrer, und natürlich Ärzte. Wahrscheinlich fällt sie mit dem Stoff ein bisschen zurück, aber ich habe auch schon mit Thérèse in Paris gesprochen. Ihre Schule ist für Mädchen in solchen Situationen genau richtig, um versäumten Stoff nachzuholen. Margaret kann dort ihr Abitur machen und dann an die Universität gehen und Jura studieren. Sie kann all das hier hinter sich lassen und einen Beruf ergreifen. Eine solide Karriere verfolgen. Das hätte ich mir selbst gewünscht.«

»Als ob nichts passiert wäre?«, sagte Vater. »Glaubst du wirklich, solche Dinge hinterlassen keine Spuren?«

»Natürlich tun sie das. Eine Zeit lang. Aber wie sehen die Alternativen aus, Charles? Sag es mir.«

Großmutter AJ, stets so unmissverständlich und so stark. Bis zu dem Abend hatte Margaret oft Angst vor ihr gehabt, sie manchmal sogar gehasst. Das da, nicht das, Margaret. Pass auf. Du musst mitdenken, Mädchen, immer.

Wieder herrschte kurz Schweigen im Wohnzimmer. Dann sagte Großmutter: »Genau. Unsere Margaret ist jung, und sie ist klug, und sie hat eine Zukunft. Lass uns dafür sorgen, dass sie diese Chance nicht vergeudet. Ich werde morgen mit ihr sprechen, aber ich wollte, dass du Bescheid weißt. Jetzt zieh nicht so ein Gesicht, Charles. Bist du einverstanden?«

»Habe ich eine andere Wahl?«

»Natürlich hast du das. Nenn mir eine Alternative.«

Währenddessen kauerte Margaret mit umschlungenen Knien auf dem Treppenabsatz und verspürte Dankbarkeit und Respekt gegenüber ihrer Großmutter. Es war spät, schon nach Mitternacht. Eigentlich hatte sie nur ins Badezimmer gehen wollen, doch auf dem Rückweg ins Bett hatte sie ihren Namen gehört.

»Charles?«, fragte die Großmutter noch einmal. »Bist du einverstanden?«

Am nächsten Tag waren sie allein zu Hause. Großmutter bat sie zu sich an den Eichentisch in der Küche und erläuterte ihr die Pläne. Lakewood war gleichermaßen ein Rückzugsort, eine Klinik und eine Adoptionsvermittlung.

»Margaret, was geschehen ist, ist bedauerlich, aber es ist nicht das Ende der Welt. Ich habe mit Xaviers Vater gesprochen, und natürlich war er schockiert und wütend, aber am Ende hat er dem Plan zugestimmt. Alles andere würde er ablehnen, etwa langfristige Verpflichtungen, falls du die aberwitzige Idee haben solltest, das Kind zu behalten und selbst großzuziehen. Er wird für die Hälfte der Kosten von Lakewood aufkommen, und er wird sogar seinen Beitrag für die Privatschule in Paris leisten, damit du den versäumten Stoff nachholen kannst. Ich war ziemlich unnachgiebig.«

»Sie haben schon gepackt und sind nach Montreal zurückgefahren«, sagte Margaret. »Es war sogar ein Laster da, der ein paar Möbel mitgenommen hat. Ich war bei der Post und habe es gesehen.«

»Soso. Jungs haben es ganz schön einfach, oder? Sieh mich an, Margaret. Das geht alles vorüber. Wir werden eine Lösung finden. Das verspreche ich dir.«

Aber Margaret konnte Großmutter nicht ins Gesicht sehen. Sie saß da, knetete ihre Finger und dachte nur, wie verwirrt und wie beschämt sie war. Wie wütend.

»Die Schule in Paris heißt École Olivier«, sagte Großmutter. »Eine entfernte Verwandte von uns ist die Direktorin, Thérèse Lafontaine. Eine Cousine von einer Nichte von mir. Ich habe bereits mit ihr gesprochen. Was passiert ist, macht dich noch lange nicht zu einem schlechten Menschen, Margaret, aber es macht dich angreifbar. Ich schlage vor, dass du mit niemandem darüber sprichst. Vielleicht mit Aileen, wenn es sein muss. Jedes Gerücht darüber wird hier ewig an dir haften, und das wirst du nicht wollen. Glaub mir. Wenn deine Mutter noch unter uns wäre, würde sie dir den gleichen Rat geben. Margaret, bitte, sieh mich an.«

Schließlich sah sie von ihren Händen auf und blickte ihre Großmutter über den Tisch hinweg an.

»Liebes, du musst das alles hinter dir lassen. Du musst noch einmal von vorn anfangen und etwas aus dir machen. Du musst Prioritäten setzen. Wenn du in einer Sache richtig gut bist, solltest du dich darauf konzentrieren. Du brauchst einen

Beruf, eine Vision. Eine Grundlage für dich selbst, die dir niemand nehmen kann. Und *dann* kannst du so viele Kinder bekommen, wie du willst und wie du dir leisten kannst. Alles ist möglich, Margaret. Du wirst sehen.«

An dem Nachmittag ruderten Margaret und Aileen mit dem Boot nach Gull Rock hinaus. Sie setzten sich an ihre übliche Stelle, wo der Felsen glatt und flach und gerade richtig geformt war, und ließen ihre braun gebrannten Beine ins Wasser hängen. In ihren ausgeblichenen Badeanzügen saßen sie auf den von der Sonne gewärmten Felsen, die mit Moos und kleinen purpurroten Blumen bewachsen waren. Die Blumen dufteten nach Honig, wenn man die Nase dicht genug daran hielt.

Sie bewegten ihre Beine im Wasser auf und ab, spielten Motorboot, um herauszufinden, welche von ihnen schneller war.

Sie lachten und hörten mit dem Strampeln auf.

»Rück ein wenig zur Seite«, sagte Aileen. »Dann kann ich das Haus sehen, falls Mom winkt, damit ich heimkomme.«

Margaret rückte ein Stück. »Hast du die Bewerbung abgegeben?«, fragte sie.

»Ja. Gestern. Sie haben mir gesagt, was wohl auf mich zukommt. Anscheinend wird die Ausbildung Jahre dauern. Viele Jahre.« Aileen legte sich auf den Rücken.

»So viele auch wieder nicht. Vier oder fünf Jahre? Was meinst du, wie lange ich für mein Jura-Studium brauche? Wenn ich überhaupt einen Studienplatz bekomme.«

»Das wirst du«, sagte Aileen. Sie setzte sich wieder auf. »Sie haben gesagt, dass ich während der Ausbildungszeit einen Haufen Kurse belegen muss. Na ja, das wusste ich schon vorher. Sechs Kurse, stell dir das mal vor! Und es gibt immer wieder Prüfungen. Aber wenn alles gut läuft, kann ich mit neunzehn schon Schwesternhelferin werden. Dann kommen noch mehr Kurse und die Zulassung, und ein paar Jahre später könnte ich eine richtige Krankenschwester sein.«

Sie schwiegen eine Weile und hörten nur das Meer und irgendwo ein paar Möwen.

»Aileen«, sagte Margaret dann. »Wenn ich dir ein ganz, ganz, ganz großes Geheimnis erzähle, siehst du mich dann an und schwörst mir, es niemandem weiterzusagen? Niemandem und niemals. Machst du das?«

Aileen saß plötzlich sehr ruhig da.

»Machst du das?«

»Bist du sicher, Margaret?«

»Ja, wenn du es versprichst. Ich will, dass du es weißt. Mir ist das wichtig. Und ich vertraue dir. Das wird mir helfen.«

»Einverstanden, ich verspreche es.«

Feierlich kreuzten die beiden die zwei Finger ihrer rechten Hand zum Schwur.

Ein oder zwei Wochen später, am letzten Tag, bevor sie im Haus in Sweetbarry das Wasser abstellten und es absperrten, um nach Toronto zurückzuziehen, stand Margaret nackt vor dem Spiegel und betrachtete sich. Sie war stets hager gewesen, also meinte sie, die Schwangerschaft würde sich schon abzeichnen. Sie fragte sich, ob Aileen es schon gewusst hatte, als sie auf den Felsen von Gull Rock saßen. Ob sie etwas bemerkt, aber nicht nachgefragt, sondern als echte Freundin gehofft und gewartet hatte, dass Margaret es ihr von selbst erzählte. Das hätte zu Aileen gepasst.

In Lakewood gab es eine kleine Entbindungsstation, ein Säuglingszimmer und einen Aufwachraum hinter weißen Schwingtüren, und im Souterrain lagen noch das Klassenzimmer, die Küche, der Speisesaal und weitere Räumlichkeiten. Der Schlafsaal ging zum See hinaus. Das einzige Terrain, zu dem ihnen der Zutritt strikt verboten war, waren der Eingang und die gekieste Auffahrt vor dem Gebäude. Sie durften nicht einmal an einem der Fenster über dem Eingang gesehen werden, also konnten sie sich nur vorstellen, was sich dort ereignete, und sie malten es sich in bunten Farben aus.

Sie stellten sich edle Limousinen vor, die, von Chauffeuren gelenkt, die Auffahrt hochfuhren und denen elegant gekleidete Männer und Frauen entstiegen, um von der Oberin begrüßt und zu ihrem Büro begleitet zu werden. Vielleicht eine Stunde später würden die neuen Eltern, nachdem sie die Papiere unterzeichnet und die Formalitäten erledigt hatten, wieder zu ihrem Wagen gehen, und der Chauffeur würde der Frau den Schlag öffnen, die ein Neugeborenes in einer kleinen Decke im Arm hielt und das winzige Gesichtchen küsste und liebkoste und für nichts anderes mehr Augen hatte.

Aus diesen Fantasiegestalten und den realen Menschen in den vorüberziehenden Booten wählten sie die Eltern für ihre Kinder aus. Die Frau, für die Margaret sich schließlich entschied, hatte ein gütiges Gesicht und ein bezauberndes Lächeln, und der Mann war der mit den blonden Locken, den sie in dem Boot aus Mahagoni gesehen hatten, der Mann mit den hochgekrempelten Ärmeln und den kräftigen Armen. An dem Tag, an dem sie nach Lakewood kämen, um ihr Baby nach Hause zu holen, würde er ein weißes Leinenjackett und die Frau ein weißes Kleid tragen, und sie hätte sich bei ihm untergehakt und würde vor Glück strahlen. Margaret hatte seinen festen Schritt und ihr gütiges Gesicht genau vor Augen, und das reichte ihr.

Während Margarets Zeit in Lakewood besuchte Aileen sie zweimal, einmal Ende Oktober und ein zweites Mal zu Weihnachten. Das bedeutete eine lange Reise für sie, von Halifax im Zug nach Montreal, dann der nächtliche Aufenthalt am Bahnhof, um schließlich mit einem anderen Zug nach Toronto und von dort aus mit Vater und Großmutter im Auto weiter gen Norden zu fahren. Margaret bot an, die Zugfahrt von ihrem Taschengeld zu bezahlen, doch Aileen ließ sie nur die Hälfte der Kosten übernehmen.

In Lakewood gab es im Souterrain zudem ein Besucherzimmer, doch dort hielten sich meistens auch noch die anderen Mädchen mit ihren Eltern auf. Alle flüsterten, und es gab keine Privatsphäre. Also schlichen sie und Aileen sich bei beiden Besuchen zur Hintertür hinaus, ließen sie offen stehen und umarmten sich. Anfangs stiegen Margaret Tränen in die Augen, weil es ihr so guttat, Aileen zu sehen.

Im Oktober berichtete ihr Aileen, dass das Haus mit den grünen Fensterläden von nun an dauerhaft vermietet war und dass Xaviers Familie anscheinend nicht mehr die Sommer dort verbringen würde. Margaret hörte zu. Sie sah von Aileen weg und blickte zu Boden, und nach einer Weile sah sie wieder hoch und meinte, es würde ihr nichts ausmachen.

Margaret erzählte Aileen von den vorbeiziehenden edlen Holzbooten und wie sie sich die Eltern aussuchten, und dass sich das natürlich alles nur in ihrer Fantasie abspielte, aber dass es ihnen half und irgendwie doch real war.

Sie berichtete vom Alltag in Lakewood und dass es dort, anders als in St. Gregory, der Highschool, die sie in Toronto besucht hatte, unter den Mädchen einen echten Zusammenhalt und viel gegenseitige Unterstützung gab. »Vielleicht, weil wir alle hier irgendwie überleben müssen«, sagte sie.

Jetzt konnte sie darüber lachen, hier, mit Aileen zwischen den flammend roten Sträuchern im Freien. Aileen in Cordhose und Sportschuhen und einer Windjacke, mit gelösten schwarzen Haaren und aufmerksamen hellen Augen. Margaret berichtete, wie manchmal nachts, wenn sie eine Neue in der Dunkelheit schluchzen hörten, eines der Mädchen im achten oder neunten Monat barfuß hinüberschlich und sich schweigend an das Bett der Neuen setzte, um ihr beizustehen. Das hatten die Mädchen sich selbst ausgedacht und etabliert.

Bei ihrem Besuch zu Weihnachten half Aileen bereits halbtags im Krankenhaus aus. Sie beschrieb ihre Aufgaben in aller Ausführlichkeit, und dabei glühte sie vor Aufregung. Margaret hatte sie selten so glücklich erlebt, und das machte sie selbst auch glücklich.

»Ich glaube, ich schaffe das tatsächlich«, sagte Aileen. »Irgendwann werde ich einmal eine richtige Krankenschwester sein. Stell dir das einmal vor, Margaret! Das ist doch großartig! Eine richtige Krankenschwester!«

Bei beiden Besuchen konnte Aileen eine Tüte mit Chocolate-Chip-Cookies hineinschmuggeln, die die Mädchen noch am gleichen Abend teilten. Sie hockten dabei auf ihren Betten im Schlafsaal und futterten wie kleine Kätzchen. Die verräterische Kekstüte knüllten sie zusammen, warfen sie in den Ofen und sahen zu, wie sie in der Dunkelheit in Flammen aufging.

VIER

Am Sonntagnachmittag sah Margaret im Cottage durch das Fenster, wie Michael den Pfad herunterkam. Er trug einen grauen Anzug mit Weste und eine weinrote Fliege, und er hatte seine abgewetzte braune Arzttasche dabei. Sie begrüßte ihn an der Tür.

»Das ist ja noch hübscher hier, als ich dachte«, sagte er. »Von der Straße aus würde niemand damit rechnen. Und das mitten in Rosedale.«

»Bist du nie hier unten im Cottage gewesen? In all den Jahren nicht?«

»Nie. Ich habe das Dach durch die Bäume gesehen, vom Haupthaus aus, und ich kenne in etwa die Geschichte von Jacks Vater. Aber ich bin nie drin gewesen.«

»Jacks Großvater hat es gebaut, Colonel Bradley. Nach dem Tod seiner Frau, als er allein sein wollte. Jack sagt, sie waren ein wunderbares Liebespaar. Er sagt, sein Großvater bedeutete all das für ihn, was sein Vater nicht war. Besonders nach dem Krieg.«

Sie führte ihn durch die Küche ins Wohnzimmer. Dort bot eines der Fenster einen Ausblick auf die Schlucht und das andere auf das Haupthaus, das etwa dreißig Yards oberhalb hinter den Bäumen lag.

»Du hast es selbst renoviert«, stellte Michael fest. »Was musstest du richten?«

»Eine ganze Menge. Die Fußböden, die Wände und auch

ein paar Stellen am Dach. Darf ich dir einen Kaffee anbieten? Ich habe gerade welchen frisch gekocht.«

»Ja. Gern.«

Sie ging durch die Tür in die Küche, dann kam sie zurück und stellte eine volle Tasse vor ihn hin. Er nahm den Kaffee ohne Milch und Zucker.

»Was ist das?« Sie nickte in Richtung der zwei Medikamentenfläschchen auf dem Tisch.

»Das hier ist etwas für besonders schlechte Nächte, das hilft dir, runterzukommen. Und das da ist ein stärkeres Codein gegen die Migräne. Versuch es mal damit.« Er lehnte sich zurück und sah sich interessiert um. »Ist das der Ort, an dem Jacks Vater sich umgebracht hat?«

»Nein, nicht hier drinnen. Zwischen den Bäumen den Hang hinunter. Mit einem Revolver der British Army, der noch Jacks Großvater gehörte. Colonel Bradley hatte im Zweiten Burenkrieg und im Ersten Weltkrieg gedient. Die Waffe war eingeschlossen, und die Patronen befanden sich an einem anderen Ort, aber Jacks Vater wusste, wo er suchen musste.«

»Und er hat sie gefunden und sich selbst erschossen.«

Sie nickte. »Ja, der Krieg hat ihn völlig fertiggemacht. Als er heimkehrte, war er ein jähzorniger und abgestumpfter Mensch. Manchmal verprügelte er Jack, und dann konnte Jack nachts durch die Schlafzimmertür hören, wie sein Vater weinte und wie seine Mutter ihm etwas zuflüsterte. Der verdammte Krieg, Michael. Vergiss das heroische Geschwätz von wegen niemals wieder. Er hat den wahren Krieg erlebt. Wenn du dann noch bedenkst, was ich in Paris nach dem Krieg gesehen hab, dann verstehst du, warum ich mich so fühle.«

»Ich weiß.«

Er wartete einen Moment, dann sagte er: »Können wir einen Moment über deine Röntgenaufnahme sprechen? In den USA und in Großbritannien arbeitet man derzeit an neuen Verfahren, aber die sind noch nicht ausgereift. Röntgenstrahlen eignen sich nicht gut für Weichteile. Dennoch können wir bei einer niedrigen Strahlendosis Blutgefäße erkennen, und wir können auch die dichten Umrisse der Weichteile sehen, oder besser: erraten. Wie beim Gehirn. Wir haben das schon zweimal bei dir gemacht, und die Ergebnisse waren jeweils negativ. Wir können nichts ausschließen, aber Röntgen bedeutet immer eine Strahlenexposition, und ich würde bei dir nur ungern noch eine weitere Aufnahme machen. Es besteht die Hoffnung, dass sich dein Zustand im Lauf der Zeit von selbst bessert. Bis dahin sollten wir es mit Medikamenten unter Kontrolle behalten können, und du kannst auch noch auf die Dinge Einfluss nehmen, über die wir gesprochen haben. Stress, Blutdruck, Stimmungen, Anstrengungen, die Sorte Gedanken, die du nicht aufkommen lassen darfst. Ich sage nicht, dass es eine reine Willensfrage ist, aber es ist den Versuch wert.«

»Bist du sicher, dass ich nicht das Gleiche wie meine Mutter habe?«

»Halbwegs. Ich kann keine verdächtige Erweiterung der Blutgefäße erkennen. Ist die Schmerzklinik hilfreich?«

»Ja. Zach bringt mir japanische Techniken bei. Ich soll mich auf die gute Seite meines Gehirns konzentrieren, und ich soll mit dem Schmerz sprechen, so wie mit einem Tier. Freundlich, aber bestimmt.«

»Warum nicht? Wenn es funktioniert. Zach arbeitet anders, aber er ist gut.« Michael nickte in Richtung der Medikamente auf dem Wohnzimmertisch. »Wenn es zu schlimm wird, nimm eine. Nur eine. Sie können deinen Magen und deine Nieren angreifen.«

»In Ordnung. Danke.«

»Erzähl mir noch mehr über dich und Jack. Über das Telefongespräch.«

»Diesmal war sein Tonfall etwas scharf. Das ist neu. Und ich sehe nur noch selten Licht im Haus. Sonst ist er zwischen den Aufträgen heimgekehrt, aber ich vermute, dass er derzeit meistens direkt von einem Auftrag zum nächsten fliegt. Manchmal finde ich auch eine Nachricht von ihm, wo er sich gerade aufhält.«

Michael lehnte sich im Stuhl zurück. Er betrachtete Margarets Gesicht und die schwarze Trauerbinde an ihrem Ärmel.

»Hast du absichtlich mit ihm gebrochen?«

»Nicht gerade gebrochen, aber ich habe mich zurückgezogen. Ich habe versucht, es ihm zu erklären.«

»Margaret, du weißt, dass ich hin und wieder mit ihm spreche. Ist das immer noch in Ordnung für dich?«

»Ja, das ist in Ordnung. Es ist sogar hilfreich zu wissen. Du bist so eine Art Brücke.«

»Gut. Jack sagt, dass du nicht viel erklärt hast, aber er sagt auch, dass das nicht nötig war. Er hat es verstanden, oder zumindest hat er es akzeptiert. Er hat mich gefragt, und ich habe ihm gesagt, dass Rückzug das klassische weibliche Verhaltensmuster ist. Für Männer, oder besser gesagt für Jack, ist es anders als für dich. Für ihn kommt zu dem Verlust seines Sohnes noch dazu, dass er dich und euer gemeinsames Leben verliert. Es ist zwar eine Tatsache, dass Mütter unter dem Verlust eines Kindes stärker leiden als Väter, aber Väter leiden auch. Bitte, denk daran und tu nichts Unüberlegtes. Der Tod eines Kindes ist für eine Ehe oft fatal. Darüber haben wir bereits gesprochen. Und auch darüber, dass es meistens die Frauen sind, die diese beenden oder die dafür sorgen, dass sie endet.«

»Weißt du, warum das so ist?«

»Weil es ihr Kind war. Es war das, was Frauen sich die ganze Zeit gewünscht haben, was sie brauchten und was sie geliebt haben. Für die meisten Frauen steht das Kind in einem gewissen Alter an allererster Stelle. Das heißt nicht, dass sie ihre Männer nicht lieben, aber ihr Mutterinstinkt ist sehr mächtig. Wenn das Paar nicht irgendetwas Besonderes auszeichnet, dann ist der Ehemann nur Teil des Gesamtplans. Aber Margaret, ich glaube, du und Jack, ihr beide teilt wirklich etwas Besonderes. Also, halt jetzt verdammt noch mal durch und kämpf weiter. Zumindest, bis du ein wenig Distanz hast.«

Sie saßen eine gute Weile zusammen und schwiegen. Irgendwo auf einem Baum hörten sie ein Eichhörnchen schnattern.

»Das erste Jahr ist das schlimmste, Margaret. Danach wird es besser. Statistisch gesehen.«

Michael war inzwischen zu einem Freund der Familie geworden. Eine gewisse Zeit, als sie noch gedacht hatte, sie bräuchte eine Zweitmeinung, war sie auch zu Dr. Robson gegangen, aber Robson war ungeeignet. Vor allem zu jung. Vollgestopft mit frisch erworbenem Lernstoff, der noch zu Wissen und Erfahrung reifen musste. Er hatte das Wort »Hysterie« verwendet, und dann noch schnell ergänzt: »Im klassischen griechischen Sinn, verstehen Sie, hystera. Reine Etymologie. Als Bezeichnung für ein Übermaß an Gefühlen und Mangel an Kontrolle.«

Sie war nie wieder zu ihm gegangen, dabei war ihr das Hinübergleiten in etwas, was der Hysterie nahekam, einige Zeit als eine dunkle Verlockung erschienen, als eine Flucht vor der Realität. Insbesondere, als sie plötzlich begann, Andrew auf der anderen Straßenseite zu sehen, seine Gestalt, seine

Gangart. Oder in einem U-Bahn-Waggon seinen Rücken. Er war weder heimgekommen, noch hatte er in dem Sarg gelegen, also, wo war er dann? Schließlich hatte er sich niemals richtig verabschiedet. Zu seiner letzten Reise hatte man ihn in einem grauen Militärbus ganz oben an der Straße in Sweetbarry abgeholt, und er war so glücklich gewesen und hatte gelacht, er war so herzzerreißend begeistert gewesen. Sie und Jack waren dort hingeflogen, um Weihnachten mit ihm in Sweetbarry zu verbringen, und am letzten gemeinsamen Tag waren sie zusammen die zugeschneite Straße hochgegangen. Andrew hatte sie beide zum Abschied umarmt und in die Wange gekniffen, bevor er sich den Seesack über die Schulter geschwungen hatte und in den Bus gestiegen war. Dann wurde die Bustür geschlossen. Sie hatte ihn nicht einmal durchs Fenster winken sehen.

»Liebe Margaret«, sagte Michael. »Würde es dir helfen, die hier zu tragen? Vielleicht als Zeichen einer Veränderung oder eines Fortschritts?« Er griff in seine Jacketttasche und holte eine Reversnadel in Form einer kleinen schwarzen Schleife hervor und legte sie auf den Tisch.

»Die hast du für mich mitgebracht?«

»Ja. Ich dachte, sie könnte vielleicht helfen.«

Sie saß da, hielt die Nadel in den Händen und betrachtete sie eingehend.

»Liebe Margaret«, begann er noch einmal. Doch dann sagte er einige Zeit nichts mehr. Schließlich nahm er seine Arzttasche und stellte sie auf seinen Schoß. »Jack ist ein guter Mensch. Aber das brauche ich dir nicht zu sagen. Wie ist es um deinen Schlaf bestellt?«

»Nicht gut. Ich schlafe nur mit Unterbrechungen, und ich träume viel.«

»Träume können hilfreich sein.«

»Ich träume von meiner Kindheit. Von meinen Schuljahren in Frankreich. Von Jack und mir, ganz am Anfang. Und von Andrew. Ich glaube, ich suche in meiner Vergangenheit, um herauszufinden, ob es etwas gibt, das mir jetzt helfen könnte.«

»Und, hast du etwas gefunden?«

»Vielleicht.«

Er schien zu erwarten, dass sie noch etwas sagte, aber das tat sie nicht. Schließlich stand er auf.

Als er ging, blieb er in der geöffneten Tür stehen und sah in den Garten hinaus, auf die Bäume und hoch zur Rückseite des Haupthauses, das im späten Licht lag.

»Wunderschön«, sagte er.

»Ja. Als die Familie des Colonel hierherkam, da waren sie so britisch, dass sie sogar Pfaue hielten. Bis sich die Nachbarn über das Geschrei beschwerten, danach hielten sie Fasane.«

»Fasane! Aber bestimmt nicht, um sie zu jagen, oder?«

»Nein. Sie beauftragten jemanden, der sich um die Fasane kümmerte, und sie importierten das richtige Futter, damit die Vögel am Leben blieben. Im Winter waren die Gehege beheizt. Und sie importierten Englische Rosen und pflanzten diese Quittensträucher. Früher gab es noch viel mehr davon. Jacks Mutter hat immer Quittengelee gekocht. Ich auch, in den ersten Jahren.«

Margaret sah ihm nach, als er ging. Die Sonne schien ihm auf den Rücken und auf das grau melierte Haar, das der Wind ein wenig bewegte.

Sie blieb im Türrahmen stehen, bis sie ihn nicht mehr sehen konnte.

FÜNF

Als Margaret am Montag vom Büro nach Hause kam, brannten im Haupthaus die Lichter. Sie konnte Jack in dem hellen Rechteck des Küchenfensters erkennen, und sie wusste, wenn sie jetzt hinauflief, seinen Namen rief, die Arme ausbreitete und es wirklich ernst meinte, dann würde er sich ihr zuwenden, und sie hätte direkt sein Herz erreicht. Doch als sie die Stufen hochgegangen war und in der Küche ihre Taschen abgestellt hatte, war sie dazu nicht in der Lage.

Jack stand da und betrachtete ihr Spiegelbild im Fenster, und sie schirmte mit einer Hand die Augen ab, weil das grelle Deckenlicht, die glänzenden Fliesen und die weißen Haushaltsgeräte so blendeten.

Er drehte sich um. »Immer diese Distanz, Maggie. Wir vergessen so langsam, wie es ist, zusammen zu sein. Du weißt, dass wir so nicht weitermachen können. Wenn du Hilfe brauchst, dann hol sie dir bitte.«

»Ich habe Hilfe. Ich habe Michael, und in der Schmerzklinik habe ich Zach. Die beiden sind sehr gut.«

»Ja, und?«

»Nichts und. Solche Dinge brauchen Zeit.«

Das grelle Licht flirrte vor ihren Augen. Sie schloss sie und stand einen Moment lang reglos da. Nicht jetzt, sagte sie zu ihrer Augenbraue. Sie tastete in ihrer Handtasche nach der Sonnenbrille und setzte sie auf. In ihrer eigenen Küche, bei diesem brutal gleißenden Licht.

»Können wir ins Wohnzimmer gehen, Jack? Es ist zu hell hier.«

»Natürlich. Was machen deine Kopfschmerzen?«

»Auch dafür bekomme ich Hilfe. Aber wie geht es *dir?* Was machst du?«

»Das weißt du doch, Margaret. Ich bin Geophysiker. Ich steige in Minen, und ich analysiere Gesteinsproben. Ich vermisse Andrew, aber es hilft mir, mich mit den Dingen zu beschäftigen, in denen ich gut bin. Du kennst diese spezielle Strategie.«

Sie saßen im Wohnzimmer auf derselben Couch, aber mit reichlich Abstand zueinander. Auf dem Fußboden lag eine Zeitung, die bestimmt Jack mitgebracht hatte. Das Foto unter der Schlagzeile über die Friedensgespräche in Camp David zeigte Jimmy Carter neben Anwar as-Sadat und Menachem Begin.

Jack sah zu ihr. »Wie geht es dir wirklich, Margaret?«

»Ganz ehrlich? Manchmal nicht so gut. Es gibt lange Phasen, in denen mir die ganze Welt entgleitet und ich nur noch dabei zugucken kann, wie sie sich entfernt. Kürzlich hatte ich das Gefühl sogar im Büro, dabei bin ich dort normalerweise sicher. Ich träume, dass es mein Fehler ist. Dass ich mich nicht genügend um ihn gekümmert habe. Um unseren Jungen, der am anderen Ende der Welt in irgendeinem Konflikt getötet wurde, mit dem er nichts zu tun hatte. Und dann denke ich, wir haben ihm nicht geholfen, einen gesunden Menschenverstand zu entwickeln. Du und ich, Jack, wir haben beide versagt.«

Er rückte auf der Couch noch mehr zur Seite und sagte, ohne sie anzusehen: »Wir müssen damit aufhören, Margaret. Immer die gleiche Leier, wir haben dies und das getan. Wir haben dieses und jenes vernachlässigt. Er hat seine Entscheidungen selbst getroffen und schon seit Jahren nicht mehr auf uns gehört.«

Das traf zu, und sie wusste es.

Jeden Sommer kamen diese jungen Männer, die zu Piloten ausgebildet wurden, vom Militärflugplatz an die Küste. Junge Männer, nicht viel älter als er, von denen manche bereits Beobachter oder sogar Co-Piloten waren. Andrew hatte sie schon immer aus der Ferne bewundert, und kurz vor seinem Universitätsabschluss als Ingenieur hatte er sich mit einigen angefreundet. Manchmal kamen sie zu Besuch und saßen bei ihr in der Küche, und sie kochte für sie, ordentliche junge Männer mit einem lässigen Selbstvertrauen. Zuweilen verbrachten ein oder zwei von ihnen ein Sommerwochenende im Bootshaus und luden ihrerseits Andrew zum Militärflugplatz ein, um die riesigen Lockheed-C-130-Hercules-Transportflugzeuge beim Start und bei der Landung zu beobachten. Die Royal Canadian Air Force wurde gerade umstrukturiert, es wurden neue Einheiten gebildet, die Piloten suchten, und während Andrews letztem Studienjahr waren einige dieser Einheiten bereit, junge Männer aufzunehmen und entsprechend zu qualifizieren, die zwar nicht die Militärakademie besucht, jedoch ein Ingenieur-Studium abgeschlossen hatten.

Einmal durfte er auf dem Platz des Beobachters mit im Cockpit sitzen, als ein Flugzeug eine Runde über das Tal flog. Sie würde niemals seinen Gesichtsausdruck vergessen, als er ihr und Jack den Flug beschrieb, so voller Ehrfurcht und Staunen.

Diese jungen Männer in Uniform, begabt und diszipliniert, würden bald Piloten sein. Genau das wollte er auch, und er hätte es bestimmt geschafft. Er erhielt das Angebot, mit der Pilotenausbildung anzufangen, während er noch an der letzten Examensarbeit schrieb, und von diesem Zeitpunkt an konnten sie nichts mehr ausrichten. Nichts.

Nicht für den Krieg, sondern für den Frieden, sagte er ihr mehr als einmal in den folgenden Wochen und Monaten, um sie zu besänftigen. Friedensmissionen, Mom, alles nur Friedensmissionen. Menschen in Not mit Medikamenten und Bekleidung und Nahrungsmitteln versorgen. Was sollte daran verkehrt sein? Er sah ihr ins Gesicht, nicht so wie früher als Junge, sondern mit einer inneren Gewissheit und Entschiedenheit, die sie nur zu gut wiedererkannte, denn so war sie auch, schon immer gewesen.

Jack stand auf und öffnete ein Fenster, dann setzte er sich wieder. Der Wind wirbelte durch die Blätter des Ahorns, und kühle Luft strömte herein.

Von seinem Platz am anderen Ende der Couch sagte er: »Würde es dir nicht weiterhelfen, die Sache einmal aus seinem Blickwinkel zu betrachten? Diese fantastischen Maschinen um die halbe Welt zu fliegen, zu exotischen Orten oder sogar in gefährliche Gebiete. Ja, das gehört auch dazu, aber du verlässt dich auf deine Ausbildung und deine Disziplin. Was für einen Nervenkitzel muss das für ihn bedeutet haben, Margaret. Warum sollte er das nicht haben dürfen? Und innerhalb von ein paar Sekunden von der größten Euphorie zum absoluten Nichts. Manchmal denke ich, wir sollten alle so glücklich sein.«

Margaret zog ein Taschentuch aus der Box auf dem Beistelltisch und tupfte sich die Augen ab. Nach einer Weile sagte sie: »Ich weiß, dass du so denkst. Du hast das schon mal gesagt. Es hat mir damals nicht im Geringsten weitergeholfen, und jetzt auch nicht.« Sie zerknüllte das Papiertaschentuch und hielt es in ihrer Faust. »Aber ich will, dass du weißt, dass ich auf jeden Fall dranbleibe. Bis ich klarer sehe. Das ist mein Wille. Ich muss nur noch einen Weg finden.«

»Ich weiß, Margaret.«

»Womöglich dauert es eine Weile.«

Sie saßen einige Zeit da und schwiegen, schließlich stand sie auf.

»Ich habe was vom Thai mitgebracht. Lass uns essen.«

Sie holte Teller und Besteck und stellte die Pappkartons auf den Tisch.

»Was ist das?«

»Hühnchen mit Reis, Wasserkastanien und Pilzen.«

Sie reichten einander die Pappkartons. Den Servierlöffel. Zweimal berührten sich ihre Finger. Das war die größte Nähe seit Langem, aber für Margaret fühlte sie sich falsch an. Zu früh. Irgendwie unangebracht.

An ihrem Handgelenk war immer noch die gute Schweizer Automatikuhr, die Jack ihr vor Jahren bei einer Reise nach New York zu ihrem Hochzeitstag gekauft hatte. Sie sah von ihrer Hand zu seiner, und der Ehering war immer noch an der Stelle, an der sie ihn vor all den Jahren über seinen Finger gestreift hatte.

Sie hatte Jack in ihrem zweiten Studienjahr an der Osgoode Hall Law School kennengelernt, der Juristischen Fakultät der Universität von Toronto, und zwar am Ausgang Cow Gate zur Queen Street. Er war von der Konstruktion des Tores so fasziniert, dass sie stehen bleiben und ihm dabei zusehen musste, wie er daran hantierte, wie er in die Hocke ging, um die Apparatur genauer zu betrachten und zu sehen, wie das Ding funktionierte. Für Margaret war das ein simpler Mechanismus aus lackiertem Gusseisen, der einst verhindern sollte, dass Weidetiere auf das Gelände gelangten. Sie sah einige Zeit zu, denn irgendetwas gefiel ihr sehr gut an ihm, vielleicht dieses besondere Interesse. Dann trat sie näher.

»Ist etwas kaputt?«

Jack sah auf. »Wie bitte? Nein, nein. Hier ist nichts kaputt. Aber das hier ist ein großartiges Stück Geschichte. Sehen Sie sich das Tor mal richtig an. Sollten hier tatsächlich einmal Kühe gegrast haben? Kühe? Hier?«

Das war der Anfang gewesen. Um ja alles über ihn herauszufinden und ihn unvoreingenommen einschätzen zu können, hielt sie sich monatelang zurück und ließ keine Intimität zu, höchstens eine Fingerberührung oder einen Kuss auf die Wange, doch sie war schon damals verrückt nach ihm. Sie unterhielt sich gern mit ihm, denn Jack sprach direkt aus dem Herzen und wich nie aus, und anders als viele ihrer Kommilitonen schien er immer aufrichtig zu sein und ihr nichts zu verheimlichen.

Margaret nahm ihn mit nach Hause, und Vater mochte ihn auch, er billigte ihn und seine Zukunftspläne. Jack wollte Geologe werden, kein Soldat wie sein Vater und sein Großvater. Als sie im Haus in der Colin Avenue beim Abendessen saßen, beobachtete sie, wie Jack mit den Händen Gesteinsschichten und Erzlagen formte, während er sich mit ihrem Vater unterhielt. Ihr Gehirn setzte aus, und sie stellte sich vor, wie er sie mit genau diesen Händen in einem edlen, kühlen Schlafzimmer entkleidete und sie ihn. In diesem Moment löste sich die Angst vor zu viel Nähe, die sie seit den Erfahrungen in Lakewood und seit Thérèses Warnungen vor Jungen und Männern beherrschte, beinahe in Luft auf. Das hier war die Realität, Jack Bradley und seine Begeisterungsfähigkeit, Jacks schöne Hände. Wie würden sie sich auf ihrer Haut anfühlen?

Sie rief von Toronto aus Aileen an und berichtete ihr von ihrem Geologen mit den braunen Augen und den schönen Händen. Beide waren sehr aufgeregt. Aileen war damals mit Don Patterson verlobt, der eine feste Anstellung bei der Fischereiflotte an der South Shore von Nova Scotia hatte. Sie taten es, sagte Aileen. Natürlich taten sie es. Es sei so schön, dass sie einige Male dabei beinahe in Ohnmacht gefallen sei. Sie verhüteten mit der Kalendermethode, mit Knaus-Ogino. Aileen sagte, sie habe sich kundig gemacht, und dies sei unter den richtigen Bedingungen die beste Methode, und sie sei sehr, sehr sorgfältig beim Zählen der Tage, und zudem ließ sie zur Mitte hin noch zwei zusätzliche Tage als Puffer. Aber sie würden ohnehin heiraten, sobald sie genügend Geld zusammengespart hätten. Aileen hatte inzwischen ihre Prüfungen bestanden und arbeitete als voll ausgebildete Krankenschwester im Clearwater Hospital.

Sie waren sich darüber einig, dass das Essen vom Thai gut war. Ein interessanter Geschmack. Wahrscheinlich die Kokosmilch. Jack erzählte von Argentinien und beschrieb gerade die Silbermine, die vier Sohlen in die Tiefe reichte, als das Telefon läutete.

Er stand auf und nahm ab, und dann hörte Margaret ihn in der Diele sagen: »In Ordnung. Ich verstehe. Ich sehe in meinem Terminkalender nach.«

Er kehrte zurück und setzte sich. »Das war das Büro in Vancouver wegen der nächsten Probebohrungen in der neuen Silbermine. Sie wollen, dass ich für die Auswertung hinfahre.« Er schwieg einen Moment. »Außer du möchtest, dass ich noch einen Tag oder länger hierbleibe. Das könnte ich wahrscheinlich einrichten.«

Als sie nichts sagte, legte er seine Hände flach auf den Tisch, um aufzustehen. Doch dann setzte er sich wieder.

»Margaret«, sagte er. »Wir müssen vorankommen, wir hängen fest. Können wir das nicht zusammen angehen? Als Team?«

Er saß da und betrachtete sie, wartete ab. Nach einer Weile schüttelte er den Kopf. »Siehst du. Da ist es wieder. Dein Schweigen. Dein fehlender Wille, mir entgegenzukommen. Wir waren uns immer so nah. Wir konnten doch über alles reden und jedes Problem lösen. Wir sind erwachsen, und wir können denken. Also, bitte, lass uns einander helfen.«

Bestimmt könnte sie jetzt etwas sagen. Bestimmt sollte sie jetzt etwas sagen, aber Margaret wusste nicht, was. Vielleicht, dass sie genauso empfand, dass sie sich aber verirrt hatte und den Rückweg nicht mehr fand. Dass sie sich manchmal wünschte, tot zu sein, und dass ihre Gefühle viel tiefer und älter und, wenn Michael recht hatte, sogar ursprünglich und vor allem weiblich waren. Dass sie keinen Weg sah, um ihm entgegenzukommen. Plötzlich bekam sie keine Luft mehr.

Sie schob abrupt ihren Stuhl zurück, stand auf und berührte ihre Augenbraue.

»Soll ich British Columbia verschieben?«, fragte er. »Und noch ein wenig bleiben?«

»Vielleicht noch nicht, Jack. Aber danke.«

Er saß da und beobachtete sie, sagte nichts mehr, während sie ihren Teller und das Besteck einsammelte und zurück in die Küche brachte. Dann nahm sie ihren Aktenkoffer und ihre Handtasche und lief die Treppe hinunter, um wieder allein zu sein.

Auf dem Weg hinunter presste Margaret die Finger ihrer linken Hand auf die Augenbraue und redete mit ihr. Nein, sagte sie ihr. Nicht jetzt. Bitte. Aber die Augenbraue hörte nicht auf sie, und der Schmerz breitete sich aus und wurde zu einer roten Wolke. Kurz vor dem Cottage stürzte sie, doch sie schaffte es, aufzustehen und hineinzugehen. Sie stellte den Aktenkoffer ab und rannte mit der Hand vor dem Mund ins Badezimmer. Im Dunkeln fiel sie vor der Toilette auf die Knie und übergab sich. Sie hing einige Zeit über dem Toilettenrand, dann ließ sie sich zu Boden fallen, mit dem Gesicht auf den Fliesen und den Füßen in der Tür, und ihre Fingernägel kratzten an den Fugen, als müsste sie sich festhalten. Sie presste die schmerzende Augenbraue auf die kühlen, harten Fliesen und konzentrierte sich auf die ruhige Seite ihres Gehirns.

Nach einer Weile drehte sie sich um und legte die Handflächen auf die Augen, damit es dunkler wurde. Sie lag in ihrem schwarzen Kostüm flach auf dem Rücken, die Beine ausgestreckt, wie ein Gegenstand, der aus großer Höhe gefallen war.

Nach einer Weile kramte sie in der Jackentasche nach ihrem Notfallmedikament. Sie biss darauf, schob die Krümel unter die Zunge und ließ den Arm auf die Seite fallen.

Als der Schmerz nachließ, drehte sie sich auf den Bauch und stand langsam auf. Sie schaltete das kleine Licht am Spiegel ein, zog ihre Jacke aus und wischte den Staub weg. Verärgert klopfte sie auch den Rock ab, dann wusch sie sich Hände, Gesicht und Mund, vermied es aber, in den Spiegel zu sehen.

Sie hätte mehr mit ihm sprechen sollen. Als er ihr angeboten hatte, ihretwegen die Reise zu verschieben, hätte sie sich beruhigen und etwas Freundliches sagen müssen. Eine Erklärung abgeben. Aber wofür, mit welchen Worten? Und wie sollte das gehen, wenn der Schmerz sie überkam?

So vieles hatte sich geändert. Wenn sie jetzt vor die Tür getreten wäre und zu den Holunderbüschen geblickt hätte, dann hätte sie die Stelle gesehen, an der Jack und sie sich zum ersten Mal geliebt hatten. Endlich loszulassen, das war ein gewaltiges Erlebnis gewesen, gleichermaßen mutig und befreiend.

Nur ein wenig den Hang hinunter, im Gras.

Es war im Spätsommer gewesen, ein Samstagabend. Sie hatten mit Jacks Mutter zu Abend gegessen, die nicht mehr viel sagte, jedenfalls nicht mehr seit dem *Geschehnis*, wie der Selbstmord seines Vaters bezeichnet wurde. Nach dem Nachtisch saßen sie noch etwas beisammen und verabschiedeten sich dann.

Jack küsste seine Mutter auf die Wange, und Margaret sagte: »Vielen Dank für das Abendessen, Mrs. Bradley. Gute Nacht!«

Sie ließen sie allein am Tisch sitzen. Wie eine leere Hülle. Verlassen. Margaret blieb an der Tür stehen, bevor sie von Schuldgefühlen gepackt zurückging, um noch etwas zu sagen, aber die Frau sah sie gar nicht an, und es gab auch nichts mehr zu sagen. In der Küche erledigte Anna Maria, das Hausmädchen, den Abwasch, und Margaret rief ihr »Gute Nacht!« zu. Dann liefen sie wie aufgeregte Kinder die Treppe hinter dem Haus hinunter und den Pfad entlang und am Cottage vorbei, in vollkommener Dunkelheit, immer tiefer in den Garten hinein.

Als sie beim Abendessen über den Tisch hinweg beobachtet hatte, wie Jack mit seiner Mutter sprach, als sie sein fürsorgliches Gesicht gesehen hatte, da hatte sie sich von Neuem in ihn verliebt und eine Entscheidung getroffen, oder die Entscheidung war von selbst gekommen. Jack sah sie nur einen Augenblick lang an und erkannte es an ihrem Blick oder an ihrem Lächeln. Er verlor den Faden, hörte auf zu reden und wurde puterrot im Gesicht.

Wie perfekt es war.

Einen Moment lang zögerte sie noch, obwohl sie wusste, dass es ein sicherer Tag war. Es war so schön, sich selbst die Erlaubnis zum Loslassen zu geben. In der Dunkelheit, vom Duft der Gräser umgeben, über ihnen die Mondsichel und eine Million Sterne, deren Licht wie Milch auf ihrer Haut schimmerte. Und, endlich, seine Hände auf ihr. Und ihre Hände auf ihm, vollkommen überwältigt von allem.

Wie lang war das her? Nicht so arg lang. Nicht so lang.

Die Kinder

SECHS

Am Montagabend sah Aileen das Polizeiboot mit blinkenden roten und blauen Warnlichtern hinausfahren, und kurz darauf hörte sie auch das Motorengeräusch. Sie beobachtete vom Fenster aus, wie sich die Lichter entfernten und schließlich am Horizont verloren. Wohin fuhr das Boot?

Am nächsten Morgen sammelte sie gerade Blaubeeren auf dem Hang am Straßenrand vor ihrer Auffahrt, als ein Auto kam, das eine Staubwolke hinter sich herzog. Es bremste an der Abzweigung ab, fuhr daran vorbei und blieb dann stehen.

Sie hielt eine Hand schützend über ihre Augen, um gegen die tief stehende Sonne etwas sehen zu können. Das Auto setzte zurück und bog dann in ihren Schotterweg ein. Ein schwarzer Wagen mit breiten Reifen und irgendeinem Ding, das auf dem Armaturenbrett montiert war. Die Sonne schimmerte auf dem Lack, Staub wirbelte auf, und kleine Steine spritzten unter den Reifen hervor. Sie sah das Ganze in einer unheilvollen Deutlichkeit, dieses schwarze Auto und wie es in ihre Welt hineinrollte.

In dem Wagen saß nur eine Person, ein Mann in einem Anzug mit blauem Hemd und Krawatte. Er drehte sich zu ihr um, dann nickte er kurz und fuhr weiter. Auf dem Felssockel vor ihrem Haus hielt er an, stieg aus und sah sich um.

Franklin werkelte an ihrem Vauxhall. Als er den Mann sah, legte er sein Werkzeug beiseite und sprach mit ihm. Es war ein kurzes Gespräch, dann sah Franklin in Aileens Richtung und winkte sie zu sich.

Aileen nahm den Blaubeereimer und kletterte langsam vom Hang zur Straße hinunter, wobei sie sich an Zweigen und Wurzeln festhielt. Sie ärgerte sich über diese Unterbrechung. Ihre Hände waren blau und klebrig, und sie trug zum Beerensammeln eine Windjacke, eine zerschlissene Cordhose und ihre alten Stiefel, jedenfalls keine gesellschaftsfähige Kleidung.

Franklin arbeitete wieder an dem Auto, und der Besucher erwartete sie neben der Picknickbank. Er hielt einen gelben Ordner unter dem Arm und zog mit der anderen Hand eine Karte aus der Jackentasche, die er ihr reichte.

»Inspector Jack Sorensen, Mrs. McInnis. Ich hatte gehofft, Ihren Sohn Danny hier anzutreffen.«

Aileen nahm die Karte und betrachtete sie.

»Worum geht es?«

»Wir möchten mit ihm sprechen.«

»Worüber?«

»Ma'am, ist er da?«

»Nein. Danny wohnt eigentlich nicht mehr hier. Er kommt nur noch zu Besuch.«

»Er besitzt ein Boot, oder? Außerhalb der Saison kümmert er sich um die Sommerhäuser?«

»Ja, das stimmt.«

Aileen legte die Karte auf den Picknicktisch, ging zum Wasserhahn und wusch sich die Hände. Beim Abtrocknen ließ sie sich viel Zeit. Sie hoffte, das würde sie beruhigen.

Über ihre Schulter hinweg sagte sie: »Danny ist schließlich ein erwachsener Mann, und ich kontrolliere ihn nicht mehr.«

»Aber Sie wissen bestimmt, wo wir Ihren Sohn finden können.«

»Hm, nein. Das hängt ganz davon ab, welche Runde er gerade dreht. Ob er im Norden unterwegs ist oder im Süden, mit seinem Transporter oder mit seinem Boot.« Sie hängte das Handtuch auf und wandte sich dem Mann zu. »Der Junge hat viel zu tun, und oft übernachtet er vor Ort.«

»Wann haben Sie zuletzt mit ihm gesprochen?«

»Das ist wohl schon ein paar Tage her, vielleicht vor einer Woche. Vielleicht auch länger. Jedenfalls vor einiger Zeit.«

»Sie wissen nicht, wann das war, Mrs. McInnis?«

»Nein, nicht genau.«

Der Inspector stand da und sah Aileen an. Er ließ sich Zeit, und sie konnte ihn wegen seiner Gelassenheit nicht leiden, wegen des Ärgers, den er hier anschleppte.

»In Ordnung«, sagte er schließlich. »Aber wenn Danny anruft oder vorbeikommt, dann sagen Sie ihm bitte, dass er die Nummer auf der Karte anrufen soll. Oder Sergeant Sullivan in der Wache. Die finden mich dann schon. Es ist wichtig.«

»Aber Sie haben mir immer noch nicht gesagt, worum es geht.«

»Ma'am, Ihr Sohn wird für eine Befragung durch die Polizei gesucht. Ganz einfach.«

Er nickte ihr zu, stieg in sein Auto und ließ den Motor an. Er sah sich nicht einmal mehr zu ihr um, sondern wendete auf dem knirschenden Schotter und fuhr davon.

Sie ging zu Franklin, der an der geöffneten Motorhaube des Vauxhall stand und sie mit einem Lappen und einem Schraubenschlüssel in der Hand beobachtete.

»Was war los?«

»Ein Polizist. Er wollte mit Danny reden.«

»Hat er gesagt, warum?«

»Nein. War nicht dazu zu bewegen.« Aileen war wütend, und ehe Franklins Fragen es noch schlimmer machten, wechselte sie das Thema und nickte in Richtung des Vauxhall. »Was ist es diesmal?«

»Das Übliche. Die Elektrik. Ich glaube, du solltest die Kabel und die Verteilerkappe erneuern lassen. Die Kabel werden spröde, und die Kappe bekommt Risse, und wenn es feucht ist, dann fliegen die Funken. Ich habe sowieso nie verstanden, warum du unbedingt so ein ausländisches Teil kaufen musstest.«

»Weil es billig war und ich ein Auto brauchte. Was wird das kosten, Franklin?«

»Nicht so viel, beim Händler vielleicht sechzig oder siebzig.«

»Das ist immer noch viel«, sagte sie. »Der ganze Wagen hat vor neun Jahren nur tausend gekostet. Kannst du es provisorisch reparieren?«

»Schon erledigt.«

Er beugte sich ins Auto und ließ den Motor an. Der stotterte zunächst ein wenig, doch dann lief er immer runder. Im dunklen Motorraum sah sie elektrische Funken, blau wie Elmsfeuer, rings um die Verteilerkappe und die Kabel.

Franklin grinste Aileen an. Er packte sein Werkzeug zusammen und wickelte es in den Lappen, dann ging er davon.

Keine zwei Stunden später war er zurück.

Er und ein anderer Mann klopften an ihre Tür, und als Aileen öffnete, sagte Franklin: »Du kennst doch Galway, oder? Ich bin ihm vorhin zufällig im Hafen über den Weg gelaufen. Er hat eine ganz schöne Geschichte auf Lager, und ich hab ihm gesagt, dass er sie dir unbedingt erzählen muss. Ich glaube, auf Crieff Island ist eines der Sommerhäuser, um die Danny sich kümmert. Vielleicht war der Inspector deswegen hier.«

Sie saßen in der Küche, und Aileen holte für die Männer Bier aus dem Kühlschrank und öffnete die Flaschen. Dann hörten sie und Franklin sich Galways Geschichte an und unterbrachen ihn kein einziges Mal. Beim Zuhören wurde ihr auf einmal kalt, und je länger der Mann erzählte, umso kälter wurde ihr.

Am Abend zuvor, so berichtete Galway ihnen, war er gerade von Medway auf der Fahrt nach Hause, als der Bootsmotor plötzlich nicht mehr rundlief. Also änderte er den Kurs in Richtung Crieff Island, wo er am Schwimmdock festmachte.

Dort fielen ihm sofort merkwürdige Schuhabdrücke auf. Wie mit Blut getränkt, dachte er. War das möglich? Es war so viel, dass er der Spur über die Leiter auf den Steg folgte, und dort oben auf den Planken erkannte er es ganz deutlich am Glanz und an der dunklen Farbe. Ja, das war tatsächlich Blut. Und zwar eine ganze Menge. Es hatte seit Tagen nicht geregnet, und das Blut war stellenweise getrocknet und in die Holzmaserung eingezogen. An einigen Stellen hatte sich so viel gesammelt, dass es geronnen und rissig war.

Er ging zum Rand des Stegs und sah hinunter, und da entdeckte er, dass in etwa vier Fuß Tiefe etwas im Wasser zwischen den Steinen und den Holzpfosten verkeilt war. Er holte eine Taschenlampe aus seinem Boot und leuchtete hinunter. Dann ging er zurück zum Steuerhaus, griff zum Telefon und wählte.

Die Polizei nahm seinen Namen, den Standort und den Namen seines Boots auf. Sie wiesen ihn an, vor Ort zu bleiben, also setzte er sich hin und wartete, während der orangefarbene Himmel sich allmählich schwarz färbte.

Als sie kamen, erkannte er sie schon in der Ferne an den Blinklichtern und kurz darauf auch am Geräusch der schweren Außenbordmotoren. Sie machten an der anderen Seite des Schwimmdocks fest und wiesen ihn an, in seinem Boot zu bleiben. Es waren drei. Einer von ihnen war Sullivan, ein Junge aus der Gegend, der inzwischen Sergeant war und die kleine Gruppe anführte.

Sie kletterten auf den festen Steg, sahen sich um und besprachen sich. Nachdem sie mit ihren ausgezeichneten Taschenlampen ins Wasser geleuchtet hatten, sperrten sie alles mit Polizeiband ab. Dann kam Sully über das Schwimmdock zu ihm, um mit ihm zu sprechen.

»Kann ich an Bord kommen, Galway?«, fragte er, und Galway stand auf und sagte: »Natürlich, ja, klar.«

Er überließ dem jungen Mann die Heckbank und setzte sich selbst auf eine Hummerkiste. Dann begann Sully Fragen zu stellen und die Antworten zu notieren. Er erkundigte sich nach Uhrzeiten und Umständen, danach, was Galway gesehen und warum er ausgerechnet an diesem Anleger festgemacht hatte. Galway berichtete, dass die Zündkerzen an seinem alten Zweitakt-Motor verrußt waren und dass er für eine schnelle Reparatur angelegt hatte.

»Kennen Sie die?«, fragte Sully. »Die beiden?«

»Von hier oben ist das schwer zu sagen. Aber ich glaube nicht. Sie sehen wie Kinder aus. Ein Junge und ein Mädchen, oder?«

»Vielleicht. Das Haus wird im Sommer bewohnt, oder?«

»Ja. Ich habe gehört, die Besitzer sind Leute aus New York. Aber ich weiß nicht, wie sie heißen.«

»Das finden wir heraus. Wer kümmert sich außerhalb der Saison darum?«

»Ich nicht«, sagte Galway.

»Okay. Aber wissen Sie, wer sich darum kümmert?«

»Nein, weiß ich nicht.«

»Haben Sie eine Vermutung?«

»Nein. Aber derzeit fahren nur noch wenige Jungs zu den Inseln. Jungs, deren Boote groß genug sind für hier draußen.«

»Aber Sie möchten keine Vermutung anstellen?«

»Und sie in Schwierigkeiten bringen? Nein, möchte ich nicht«, sagte Galway.

Als die Männer wieder abgefahren waren, ging Aileen hinaus und setzte sich eine Weile auf ihren Felsen. Sie hatte sich eine Strickjacke übergezogen, saß mit umschlungenen Knien da und sah aufs Meer. Gull Rock lag im letzten Sonnenlicht. Die Gezeitenbecken glitzerten wie flüssiges Silber, und das kalte Meerwasser brach sich an den Felsen, die in der Dunkelheit rumpelten und erzählten. Man musste ganz still sein, um es zu hören.

Das sind die Knochen der geduldigen Erde, die die Gletscher vor langer Zeit freigelegt haben, hatte ihr Vater immer gesagt, der so gern *National Geographic* gelesen hatte. Gewaltige Steinplatten, schau sie dir an, Aileen. Kahl, abgeschliffen und uralt. Wie Wale, die genau in dem Moment versteinerten, als sie aus dem Wasser auftauchten. Kolossale Findlinge an diesen öden Küsten. Sieh sie dir an. Felsplatten, die seit Tausenden Jahren auf anderen Felsen balancieren, und man begreift einfach nicht wie.

Aileen stand auf, strich sich über die Cordhose und ging zurück ins Haus. Der Wind drehte, das spürte sie. Er drehte auf Nordost. Da zog etwas auf.

Im Haus behielt sie die Strickjacke an, aber sie zog die Stiefel aus und ging in Socken. Sie machte sich etwas von dem Eintopf vom Vortag warm, dann setzte sie sich im Dunkeln ans Fenster. Und wartete auf die Füchsin.

Schließlich hörte Aileen sie. Sie stellte den Teller beiseite und sah zum Fenster hinaus, aber der Mond schien nicht, und sie konnte nichts erkennen. Sie hörte die Füchsin in der Nähe, ganz laut und deutlich – fünf- oder sechsmal stieß sie ihr lang anhaltendes, gellendes Bellen aus, das Aileen in den meisten Nächten Gänsehaut verursachte und sie zum Lächeln brachte. Aber an diesem Abend war ihr Herz dafür nicht bereit.

Später kam Wind auf. Aileen wachte auf und lauschte, und nach einer Weile wusste sie, dass er direkt auf Nordost gedreht hatte und weiter blies und dass es nicht so arg werden würde. Sie hörte, wie das Haus lebendig wurde, wie es ächzte und sich dem Wind widersetzte, und sie fühlte sich darin sicher.

Dies war das Haus ihrer Mutter gewesen und das ihrer Großmutter. Dorothy Dundonnel von der Isle of Mull. Genannt Dotty. Eine Tagelöhnertochter in Holzpantinen, die mit einem guten jungen Ehemann, einem Baby in einem Korb und einigen Bündeln auf einem Auswandererschiff hier angekommen war. Der Ehemann arbeitete als Fischer und sie in der Konservenfabrik, mit ihrem Baby auf dem Rücken. Als sie genug gespart hatten, wurde ihr Traum wahr, und sie kauften dieses Stück Land mit dem Holzhaus und dem zweihundert Fuß langen felsigen Ufer.

Das Baby, das hier aufwuchs, wurde später einmal Aileens

Mutter. Diese konnte sich natürlich nicht mehr an Mull erinnern, aber an ein Wiegenlied, und als Aileen ein Baby war und in demselben kleinen Dachzimmer lag, das jetzt Dannys Zimmer war, saß ihre Mutter neben ihrer Wiege und sang es mit sanfter Stimme für sie: »*Speed, bonny boat, like a bird on the wing. Onward, the sailors cry. Carry the lass who's born to be queen over the sea to Skye …*«

Aileen lag da und erinnerte sich an die Zeilen und auch daran, wie sie damals den Text für Danny geändert hatte in »*the lad who's born to be king*«. Sie lag da und hörte den Wind und die Wellen und ihr gutes Haus. Dabei versuchte sie, nicht an Galways Geschichte zu denken, und schließlich schlief sie ein.

Margaret saß Mittwochmorgen in Toronto an ihrem Schreibtisch, als Aileens Anruf zu ihr durchgestellt wurde. Sie hörte zu und notierte die Namen des Fischers und des Polizisten.

»Weißt du wirklich nicht, wo Danny sich aufhält?«

»Nein, er kommt und geht. Er hat viel zu tun. Vor allem um diese Jahreszeit. Ich glaube, inzwischen kümmert er sich um mehr als dreißig Häuser. Die Leute geben ihm die Schlüssel, und oft bleibt er über Nacht, schläft dort in seinem Schlafsack auf der Couch. Die Besitzer bitten ihn sogar darum, damit die Häuser auch außerhalb der Saison bewohnt aussehen.«

»Bist du sicher, dass er sich auch um Crieff Island kümmert?«

»Ja.«

Margaret wusste schon, um was Aileen sie bitten würde, und für sie stand bereits fest, dass sie es tun würde.

Als sie aufgelegt hatte, ging sie über den Flur zu Hughs Büro, klopfte an und trat ein.

Hugh saß an seinem Schreibtisch aus Rosenholz, großväterlich und mächtig und in einem seiner Anzüge, bei denen sogar die Westen Revers hatten. Er sah auf.

»Margaret. Ist alles in Ordnung?«

»Ja. Aber ich muss mir ein paar Tage freinehmen, Hugh. Eine gute Freundin von mir an der Ostküste benötigt meine Hilfe.«

»Wirklich? Aber wir haben gerade jetzt sehr viel zu tun. *Du* hast sehr viel zu tun. Demnächst kommt noch der Hongkong-Deal hinzu. Der Wasserversorger in Toronto, der Landerwerb für den Flughafen. Und jederzeit kann noch der Termin für die Telefonkonferenz mit Chicago kommen. Den Deal musst du zum Abschluss bringen.«

»Ich weiß, Hugh. Aber das kann ich alles auch von der Küste aus per Telefon erledigen.«

»Wirklich?«

»Ja. Ich nehme die Akten mit, und falls es auch nur das geringste Anzeichen dafür gibt, dass ich hier vor Ort sein sollte, dann sitze ich im nächsten Flieger. Die Sache ist wichtig, Hugh. Ich würde gern den Flug um halb zwei nehmen.«

»Ist es wirklich so eilig? Hm. Aber nur ein paar Tage, ja? Wir brauchen dich hier, Margaret.«

»Nur ein paar Tage, Hugh. Zwei oder drei. Versprochen.«

Margaret hinterließ eine Nachricht auf Jacks Schreibmaschine, in der sie ihm mitteilte, wohin sie flog, und zwei Stunden später saß sie im Flugzeug auf einem Fensterplatz in der Mitte, als der Flieger über die Startbahn rollte. Regen auf dem Asphalt. Überall pulsierende Reflexionen.

Die kleine Flasche mit den neuen, stärkeren Codein-Tabletten lag in ihrer Handtasche, eine davon steckte bereits in ihrer Jackentasche. Sie setzte die Sonnenbrille auf, dann zog sie die Fensterblende hinunter und nahm die Sonnenbrille wieder ab. Sie hasste das Fliegen. Der Wahnsinn eines klappernden Aluminiumrohres, vollgestopft mit fest angeschnallten Menschen, Meilen über der Erde.

Unter ihr rasten nun die Räder immer schneller über die Risse im Asphalt. Dann hoben sie ab.

SIEBEN

Die Ansprache des Piloten erfolgte auf Englisch und auf Französisch, und sie musste an ihre Zeit in Paris zurückdenken, die Zeit nach Lakewood. An den Tag, an dem sie in neuem Kleid und Mantel und in steifen neuen Schuhen Halifax verließ und an Bord eines Ozeandampfers ging, um dann fast fünf Jahre später als eine ganz andere Person zurückzukehren.

In der École Olivier, einem ehemaligen Benediktinerinnen-Kloster, befand sich das Büro der Schuldirektorin in einer der größeren Zellen mit zwei bleiverglasten, opaken Fenstern.

Thérèse war schlank und gut gekleidet, sie trug einen langen Rock, eine weiße Bluse und darüber eine Jacke. Ihr schwarzes Haar war mit Kämmen zu einer französischen Chignon-Frisur hochgesteckt.

Fast am Ende ihres Gesprächs sagte Thérèse: »Im privaten Rahmen, so wie jetzt, kannst du Thérèse zu mir sagen. Und ich nenne dich dann Margaret. Aber sonst spreche ich dich immer mit Mademoiselle an, so wie alle anderen Schülerinnen, und du musst mich mit Madame anreden. Ja?«

Margaret nickte.

»Diese Schule wurde für junge Mädchen wie dich gegründet«, sagte Thérèse. »Junge Frauen, Mädchen von überall her, die Fehler gemacht haben oder in Schwierigkeiten geraten sind oder, besser gesagt, in Schwierigkeiten gebracht wurden. Jetzt benötigen sie Hilfe. Ich war auch einmal in so einer

Lage, Margaret. Ja, das stimmt. In den ersten Jahren habe ich versucht, es zu verheimlichen, aber später nicht mehr. Geheimnisse belasten uns. Deine Großmutter und ich sind da nicht ganz d'accord, aber sie gehört einer anderen Generation an. Außerdem funktionieren kleine Gemeinschaften tatsächlich anders.«

Thérèse lehnte sich in ihrem Stuhl zurück und lächelte Margaret zu.

»Ich kenne deine Geschichte, und da ist absolut nichts, wofür du dich schämen musst. Manche Mädchen glauben das, aber da gibt es nichts zum Schämen. Das einzige Unglück ist, dass die Natur so junge und unreife …«

Es klopfte, und Thérèse sah auf und sagte: »Ja?«

Die Tür ging auf, und eine junge Frau trat ein.

»Ah. Mademoiselle Angélique. Das ist Mademoiselle Margaret aus Kanada. Mademoiselle Margaret, hier gelten natürlich Regeln, und Mademoiselle Angélique wird sie Ihnen erklären und Ihnen hier alles zeigen. Bitte halten Sie sich an die Regeln. Ich kann keine Ausnahmen machen. In ein oder zwei Tagen sprechen wir uns noch einmal.«

Da Margaret den Stoff nachholen musste, den sie während Lakewood versäumt hatte, musste sie ein gewaltiges Pensum bewältigen, aber die Schülerinnen, die Hilfe benötigten – und sie gehörte dazu –, konnten sich abends noch an die Tutoren wenden. Thérèse unterrichtete Philosophie und alte Sprachen, und an einem Abend pro Woche gab sie noch einen Kurs, den sie »Geschichten von Frauen« nannte. An den Abenden saßen sie auf Stühlen und Sitzkissen im Foyer, und Thérèse saß mitten unter ihnen, diesmal nicht als Lehrerin oder Direktorin, sondern als Erzählerin und Moderatorin, fast schon als Freundin. Sie lasen fiktionale und reale Geschichten über Frauen, von *Madame Bovary* bis zu *Madame Curie*, dann diskutierten sie darüber und überlegten sich alternative Entscheidungen und Entwicklungen für die Figuren. Manchmal dachten sich die Mädchen auch selbst Geschichten aus, die oft verblüffend dunkel und schicksalsschwer ausfielen und dann gemeinsam gelesen, diskutiert und ähnlich gelöst wurden. Während dieser Sitzungen sprach Thérèse oft sehr offen über weibliche Wahlmöglichkeiten und Karrierechancen, über Sexualität und Gefühle und Biologie. Und oft auch über das, was sie als das innere Selbst bezeichnete.

»Der Grund, warum ich mit Ihnen über diese Dinge reden möchte«, sagte sie ganz am Anfang, »ist, dass niemand anders das macht. Die Leute genieren sich, oder sie halten das Thema für unangemessen oder für zu persönlich. Aber das ist Unsinn. Jetzt gerade benötigen Sie vielleicht noch mehr als in jeder anderen Lebensphase Offenheit und Information und die Geschichten anderer Frauen, um aus deren Leben und Chancen zu lernen. Denken Sie immer daran, nichts von dem, worüber wir hier reden, muss die absolute oder einzige Wahrheit sein. Wahrheit, keine Tatsache. Also müssen Sie am Ende für sich selbst entscheiden, ob das, was Sie denken, richtig oder falsch ist. Und was sollte uns in allem leiten?«

Thérèse hielt inne und sah sich um, dann führte sie ihre Hand zuerst an ihre Stirn und schließlich an ihr Herz.

»Ganz einfach«, sagte sie. »Wir werden einfach noch viel mehr darüber reden.«

Aber so gütig und erfrischend Thérèse als Lehrerin auch sein mochte, als Schuldirektorin war sie unerbittlich. Einmal, als zwei Mädchen aus den USA abends nicht zur festgelegten Zeit zurückkehrten, berief Thérèse eine Schulkonferenz ein und sagte vor den versammelten Schülerinnen: »Man hat Ihnen das an Ihrem ersten Tag hier mitgeteilt, aber ich sage es Ihnen hiermit noch einmal. Wer sich ein Mal nicht an die Rückkehrzeit hält, bekommt eine Warnung. Wenn jemand die Regel ein zweites Mal bricht, dann werden die Eltern benachrichtigt. Aber beim dritten Mal werden Sie heimgeschickt. Ohne Wenn und Aber.«

Thérèse sah streng in die Runde.

»Warum? Ich stehe hier vor Ihnen, vor so vielen jungen Frauen in ihrer vollen Blüte. Sie erinnern mich an geöffnete Blüten, die auf vorbeischwirrende Bienen warten. Aber die jungen Männer, die durch die Cafés ziehen – wir wissen alles über sie. Sie sind eher Wölfe, die nach Lämmern suchen, keine Bienen, die auf Nektar aus sind. Viele von Ihnen wissen aus eigener Erfahrung, was passieren kann. Ich sehe, dass einige von Ihnen jetzt kichern, aber da gibt es nichts zu kichern. Ihre Eltern vertrauen darauf, dass wir Sie unversehrt durch diese wichtigen Jahre bringen, unversehrt an Körper und Seele, während wir Ihre Bildung und Selbsterkenntnis fördern. Werden Sie niemals zu Lämmern. Niemals. Lämmer werden gefressen.«

In ihrer Zeit an der École Olivier schloss Margaret viele Freundschaften, und zwei der Freundinnen – Franziska aus Wien und Anne aus Genf – gingen später mit ihr an die Sorbonne. Zweimal im Monat war sie bei Thérèse zum Mittagessen eingeladen, und bei diesen Gelegenheiten lernte sie drei der Männer kennen, die Thérèse als ihre Verehrer bezeichnete. Der erste war Pilot, der nächste Rechtsanwalt, der dritte Beamter und Dichter. Sie tauchten auf und verschwanden dann wieder in der Versenkung, einer nach dem anderen. In

Margarets letztem Jahr gesellte sich des Öfteren ein weiterer Mann zu diesen Mittagessen, Philippe, ein Lehrer von einer anderen Schule. Er war lässig und witzig, und er war ein ausgezeichneter Koch.

Thérèse war damals etwa Ende dreißig, eine sehr schöne und elegante Frau. Margaret fragte sie einmal, ob sie jemals heiraten wolle, und Thérèse meinte: »Vielleicht, vielleicht auch nicht.« Wenn sie sich unter ihren Freundinnen umsehe, sagte sie, falle ihr auf, dass nur wenige Menschen den perfekten Partner fänden. Oder auch nur einen erträglichen. Vielleicht verblendeten einen die Einsamkeit und die natürlichen Triebe und veranlassten einen zu oft zu der Ansicht, den Richtigen oder die Richtige gefunden zu haben, bis man entdeckte, dass dies nicht der Fall war. Doch dann waren schon die Kinder da und die unendlichen häuslichen Pflichten und sonstigen Zwänge, und das Leben spielte sich tatsächlich nur noch auf engen und oftmals unglücklichen Pfaden ab.

»Schockiert es dich immer noch, mich so reden zu hören, Margaret? Ich weiß, dass du schockiert warst, als du herkamst, aber inzwischen bist du lang genug bei uns, um zu wissen, wie wir denken und wie gern wir mit Ideen spielen. Und wenn wir aus dem Augenwinkel einen Schatten sehen, wollen wir ihn gern näher betrachten.«

Thérèse meinte, bezüglich Heiraten und Kinderkriegen habe sie keineswegs resigniert, sie nehme sich eine Ruhepause, nur eine Erholung von einer Art unendlichem Tanz. Ein Schritt zurück für den Überblick. Philippe war geschieden und sehr klug. Er hatte überhaupt keine Eile, und das kam ihr sehr gelegen. Ihre anderen Männer waren oft verärgert über sie gewesen und hatten ihr ihre Unabhängigkeit übel genommen. Einer hatte sie tatsächlich geschlagen, als sie die

Beziehung beendet hatte. Der Pilot, ausgerechnet der, sagte sie. Sie nahm an, dass ihm missfiel, sie nicht wie ein Flugzeug steuern zu können. Ein anderer Verehrer hatte Thérèse ihren messerscharfen Verstand vorgeworfen.

Die Sache sei kompliziert, sagte sie, aber zum Glück auch nicht furchtbar wichtig. Wichtig sei nur, was man daraus mache, inwieweit man zulasse, dass es einen tangierte.

ACHT

Als das Flugzeug die Geschwindigkeit drosselte und für den Landeanflug eindrehte, setzte Margaret ihre Sonnenbrille auf und schob die Fensterblende hoch. Halifax und in der Ferne der Atlantik. Weite grüne Landstriche, ein paar Straßen. Sie lehnte ihre Stirn gegen das kühle Kabinenfenster.

Aileen erwartete Margaret in der Ankunftshalle. Sie trug Jeans, Strickjacke und Sportschuhe. Vielleicht war sie ein paar Pfunde fülliger, als Margaret sie in Erinnerung hatte, doch die standen ihr gut. In ihrem Haar gab es ein paar graue Strähnen, aber sie hatte immer noch diese hellen Augen, die einen direkt anblickten, die in einen hineinsehen konnten. Sie war eine kluge und witzige Frau, bei deren Lachen sich die Leute immer noch umdrehten.

»Ich hab deinen Wagen genommen«, sagte Aileen. »Auf meinen ist derzeit kein Verlass. Wir haben die Plane von deinem abgenommen, und Franklin hat ein bisschen Benzin eingefüllt. Er läuft gut.«

»Schön. Er muss sowieso mal wieder gefahren werden.«

»Franklin meinte, dass ich für meinen Vauxhall ein paar Ersatzteile brauche«, sagte Aileen. »Können wir bei dem General-Motors-Händler halten? Er hat alles aufgeschrieben. Geht das?«

»Natürlich.«

Margaret verstaute die Reisetasche auf der Rückbank und

setzte sich selbst hinter das Steuer. Sie war dabei gewesen, als ihr Vater den funkelnagelneuen Buick gekauft hatte. Vor fast zehn Jahren, vier Jahre vor seinem Tod. Er war damit lächelnd vom Hof des Autohändlers gefahren, stattlich und kerzengerade hinter dem Steuer.

»Ich glaube, das Ding wird mich bis zum Ende begleiten, Maggie«, hatte er gesagt. »Acht Zylinder und so viele PS. Soll ich es dir zeigen? Ich trete jetzt ein wenig aufs Gaspedal, also halt dich gut fest!«

Beim Autohändler hielt Margaret in der Nähe des Ersatzteillagers und wartete im Wagen auf Aileen. Doch Aileen kehrte nach nur wenigen Minuten mit leeren Händen zurück. Sie öffnete die Beifahrertür und stieg ein.

»Stell dir vor, die haben diese Teile nicht mehr vorrätig. Aber sie bestellen sie in Toronto und schicken sie direkt an Franklin. Er kann sie dann einbauen. Bezahlt habe ich sie schon.«

»In Ordnung. Dann lass uns weiterfahren. Erzähl mir noch einmal ganz genau, was passiert ist.«

Ihr Haus in Sweetbarry war genauso altmodisch wie das von Aileen. Schonerhäuser nannten die Leute sie, denn mit ihren First- und Querbalken, mit den Streben und Pfosten wie Masten, die bis zu den Bodenplatten der Häuser reichten, sahen sie aus wie auf den Kopf gestellte Schiffe, die den vorherrschenden Winden trotzen konnten, fest verankert im felsigen Untergrund. Schiffszimmerleute hatten sie nach dem Niedergang des Holzschiffbaus errichtet. Drei Schlafzimmer, Ahornholzböden und großzügig geschnittene Küchen.

Die Eltern ihrer Großmutter hatten das Haus vor langer Zeit gekauft. Sie waren aus Paris hergekommen, stammten aber ursprünglich aus St. Petersburg. Großmutter hieß Amélie Alexandra. Sie war sprachbegabt, und mit zwanzig arbeitete sie im Hafen von Halifax für die Einwanderungsbehörde als Übersetzerin für Französisch, Russisch und Deutsch. Sie heiratete einen Akadier, einen Nachkommen französischer Siedler aus La Roche an der akadischen Küste in Nova Scotia: Monsieur Jules Joubert, stellvertretender Filialleiter einer Bank. Sie bekamen einen Sohn, den sie Charles nannten, ein Name, der gleichermaßen auf Französisch und Englisch funktionierte. Zu Hause wurden beide Sprachen gesprochen. Als Monsieur Joubert zum Filialleiter in Toronto befördert wurde, zogen sie dorthin. Das Haus in Sweetbarry aber verkauften sie nie, und sie kehrten jedes Jahr mit der Familie für lange Sommeraufenthalte an die Küste zurück.

Die Einheimischen nannten Großmutter liebevoll einfach AJ, als Abkürzung für Alexandra Joubert.

Margaret schenkte Aileen und sich gerade Tee ein, als sie durch das Fenster sah, wie draußen ein Polizeiauto hielt. Sully stieg aus, klopfte einen Augenblick später an die Hintertür und öffnete sie.

»Hallo!«, rief er. »Mrs. Bradley? Ich bin's, Sergeant Sullivan.«

»Bin in der Küche, Sully!«

Er kam mit der Dienstmütze unter dem Arm durch die Tür und trug einen Ordner vor sich her. Sully gehörte zu einer Clique von Jungs aus der Gegend, die Margaret von klein auf kannte. Nun war er ein erwachsener Mann in Uniform mit sorgfältig gekämmtem blondem Haar, in das die Mütze einen flachen Ring gedrückt hatte.

»Oh, gut, dass Sie hier sind, Mrs. McInnis«, sagte er an Aileen gewandt. »Ich hatte zuerst bei Ihnen angeklopft. Ich bin auf der Suche nach Danny. Wissen Sie vielleicht, wo er ist?«

»Nein, ich weiß es nicht«, sagte Aileen. »Gestern war schon ein Polizist hier, mit so einem ähnlichen Ordner. Er war auch auf der Suche nach Danny.«

»Das war Inspector Sorensen. Er hat uns den Ordner dagelassen. Wir sollen jetzt Danny finden. Und den Fall hat man mir übertragen.«

»Was für einen Fall, Sully? Geht es um Crieff Island?«

»Ich darf mich nicht dazu äußern. Sie haben keine Ahnung, wo er ist?«

»Nicht wirklich. Er hat so seine Runden, die er mit dem Boot erledigt, und die Sommerhäuser auf dem Festland fährt er mit dem Transporter ab. Aber das habe ich alles schon dem Inspector erzählt.«

»Was für Sommerhäuser?«

Aileen nannte einige der Besitzer beim Namen. Sie saßen am Küchentisch, und während Sullivan emsig in sein Notizbuch schrieb, griff Aileen plötzlich nach dem Ordner und zog ihn zu sich. Sullivan sah das und streckte blitzschnell die Hand aus, um ihn wiederzubekommen, aber dadurch landete der Ordner irgendwie auf dem Fußboden, und einige getippte Blätter und zwei große Schwarz-Weiß-Fotos fielen heraus. Alle starrten auf die Fotos.

Sullivan hockte sich auf den Boden, packte den Ordner und sammelte alles ein. Mit puterrotem Gesicht setzte er sich wieder auf den Stuhl.

»Das hätten Sie nicht tun sollen, Mrs. McInnis.«

»Sind das die Kinder von Crieff Island?«, fragte Aileen.

»Das sind keine Kinder, das sind junge Erwachsene.«

»Meinetwegen, aber sind das die, die Galway auf Crieff Island entdeckt hat? Er war hier bei uns und hat davon erzählt. Sie sind tot, oder?«

Sully sortierte die Papiere in den Ordner zurück und tat so, als hätte er sie nicht gehört.

»Sully, Junge. Jetzt gib mir endlich eine vernünftige Antwort. Ich bin Krankenschwester, ich erkenne sofort ein Foto aus dem Leichenschauhaus. Was hat das Ganze mit Danny zu tun?«

Sully klappte den Ordner zu. Er sah zu Margaret und dann hinüber zu Aileen. Dabei legte er eine Hand auf seine uniformierte Brust.

»Mrs. McInnis«, sagte er. »Sehen Sie diese Uniform? Ich bin jetzt Sergeant bei der Polizei. Ich habe hart dafür gearbeitet, in der Polizeiakademie und bei Einsätzen. Falls es zu Problemen kommen sollte, nur weil Sie mich schon lange kennen, dann werde ich das berichten müssen. Und wenn Sie deswegen nicht kooperieren, dann muss jemand anders den Fall übernehmen. Ich hatte das schon befürchtet.«

Aileen lehnte sich in ihrem Stuhl zurück, sie wirkte verlegen. Für einen Moment herrschte Schweigen am Tisch.

Margaret versuchte, die Situation zu retten.

»Sully«, sagte sie, »ich bin sicher, dass Mrs. McInnis kooperieren wird. Selbstverständlich wird sie das. Ich glaube, sie ist gerade nur ein wenig um Danny besorgt. Wir beide machen uns Sorgen.«

Sully war immer noch rot im Gesicht. Er sah von Aileen zu Margaret und dann wieder zu Aileen.

»Dann tun Sie das bitte nie wieder. Solche Einmischungen. Das ist ein sehr ernster Fall. Während der Ermittlung und von nun an im Allgemeinen bin ich Sergeant Sullivan für Sie und möchte auch mit meinem Dienstgrad angeredet werden. Von Ihnen beiden. Wir haben mit den Besitzern in New York gesprochen, daher wissen wir, dass Danny sich um dieses Sommerhaus kümmert. Mir ist auch aufgefallen, dass Sie Crieff Island bei Ihrer Aufzählung nicht erwähnt haben. Wenn Sie Danny helfen möchten, dann helfen Sie uns, ihn zu finden. Sie könnten damit anfangen, indem Sie mir seinen Transporter und sein Boot beschreiben.«

Am Abend saßen sie in Aileens Wohnzimmer, Margaret auf dem Sofa mit dem Cordbezug und die schweigsame und besorgte Aileen in dem grünen Veloursessel. Das Fenster auf Margarets Seite zeigte zum Atlantik, und wenn sie sich nur ein wenig vorbeugte, dann konnte sie ihr eigenes Grundstück mit dem kleinen Wäldchen sehen, das ihr Vater gepflanzt hatte, und unten das weiße Bootshaus. Als sie noch Jura studiert hatte, hatte ihr Vater es preiswert oben an der Küste erstanden, es auseinandergenommen und dann hier unten wieder aufgebaut, fest mit dem Fels verankert, ein gutes Stück oberhalb der Flutlinie. Eine Weile war es im Sommer und in den Ferien ihr Studierzimmer gewesen, und später war daraus ein Schlafplatz für Gäste und für Andrew und seine Freunde geworden, aber für sie alle war es stets das Bootshaus geblieben.

Margaret wandte den Blick ab und sah nun durch ihr Spiegelbild im Fensterglas hindurch. Der Himmel war tief purpurrot und bis zum Horizont mit Sternen übersät, wo sie scharenweise funkelten, ehe sie im phosphoreszierenden Meer versanken.

Hinter ihrem Rücken sagte Aileen: »Solange ich von dem Jungen nichts höre, kann ich nicht viel machen, oder? Er hat nichts mit diesen armen toten Kindern zu tun, da bin ich mir sicher.«

Margaret drehte sich um. »Komm, wir fahren morgen nach Bridgewater und reden mit der Polizei. Wir müssen herausfinden, was sie tatsächlich von Danny wollen. Wenn Sully uns das nicht sagen will, dann vielleicht ein anderer Polizist.«

Nach einer Weile sagte Aileen: »Weißt du, nachdem Don gegangen ist, war Danny nicht mehr derselbe. Wirklich nicht. Das hat ihn verändert. Ich weiß, es ist lange her, aber das war wie eine Weiche, und danach lief die Spur nicht mehr geradeaus. Ich meine, Don war sein Daddy. Und am Anfang war er ein guter Mann, sonst hätte ich mir nie Hoffnungen gemacht. Es stimmt schon, er hat hier nie richtig gewohnt, nur hin und wieder, aber nach Dannys Geburt hat er hier oft übernachtet. Du erinnerst dich bestimmt daran. Alles hat sich verändert, als es mit der Fischerei bergab ging und er in der Reifenfabrik arbeiten musste. Dieser Gestank nach kochendem Gummi, hat er oft gesagt. Ich konnte es an ihm riechen. Du weißt das alles, aber ich denke nur nach und verteidige ihn nicht. Jahrelang war ja alles in Ordnung, bis zu dem Tag, an dem er hörte, dass die Leute im Westen gutes Geld auf dem Bau verdienen. An der frischen Luft. Ein paar von seinen Kumpels waren schon dorthin gezogen. Und das war es dann.«

Margaret nickte. Das mit Don Patterson hatte für Aileen nicht geklappt, ebenso wenig wie Knaus-Ogino. Zumindest nicht so wie geplant, denn eines Monats hatte Aileen sich verrechnet. Das war jedenfalls lange ihre Erklärung gewesen. Aber dann hatten sie beide an einem Abend wie diesem hier im Wohnzimmer bei ein wenig Blaubeerwein beisammengesessen, und Aileen hatte Margaret gestanden, dass sie sich eine Familie gewünscht habe, dass sie ein wenig ungeduldig und sorglos geworden sei und das Schicksal habe entscheiden lassen. Und das Schicksal hatte ihr Danny geschenkt, aber nicht Don.

»Gott sei Dank hatte ich als Krankenschwester immer gut zu tun«, sagte Aileen. »Wenn sie mich anrufen, dann schiebe ich immer noch hin und wieder ein paar Stunden und oft sogar eine ganze Schicht ein. Ich habe das Haus und meinen Felsen und bin heilfroh, dass ich niemals eine Hypothek aufnehmen musste. Das Boot habe ich Danny überlassen, es sollte ihm helfen, allein klarzukommen. Ohne Vater. Damit der Junge einen Grund hatte hierzubleiben, anstatt wie alle anderen jungen Leute wegzuziehen.«

Sie saßen einen Moment lang schweigend da, schließlich sagte Aileen: »Heute Abend ist die Füchsin nicht gekommen. Aber vielleicht haben wir sie auch nicht gehört. Das ist normalerweise ihre Zeit. Jetzt, oder etwas früher. Ich hoffe, es geht ihr gut.«

»Warum sollte es ihr nicht gut gehen? Hast du sie in letzter Zeit gesehen?«

»Ja, oft. Mehrmals in der Woche. Sie hat immer noch ihre beiden Welpen. Manchmal sehe ich sie draußen in der Sonne spielen. Vielleicht waren heute zu viele Autos unterwegs, zuerst deins und jetzt noch das von Sully. Dieses ganze Hin und Her.«

NEUN

In der Nacht, wieder in ihrem eigenen Haus, konnte sie nicht schlafen. Sie lag in dem großen Bett in Jacks und ihrem Schlafzimmer und hörte durch das halb offene Fenster und die dicken Wände den Wind in den Bäumen und das Meer.

Margaret lag da und lauschte, sie versuchte, nicht an die bleichen Gesichter der beiden jungen Leute zu denken, aber die Bilder ließen sie nicht los. Diese dunklen Augen. Diese unschuldigen Gesichter und die nackten Schultern des Mädchens. Und beide mit tiefschwarzem Haar, das streng nach hinten gekämmt war und die Stirn freilegte.

Schließlich griff sie zur Taschenlampe auf dem Nachttisch, schlüpfte in Hausschuhe und Morgenmantel und wanderte durch das Haus. In Andrews Zimmer setzte sie sich an seinen Tisch, auf den Stuhl, den er selbst aus Treibholz gebaut hatte. Der Raum sah noch genauso aus wie zu seinen Lebzeiten. Vor einem Jahr war er praktisch hier eingezogen. Der Luftwaffenstützpunkt in Greenwood lag nicht so weit landeinwärts, und oft verbrachten er und ein oder zwei Kameraden von der Airbase hier einen Kurzurlaub.

Sie betrachtete das Bett, den Schreibtisch, Großmutters Schrank mit Andrews Kleidung und den Eimer mit den Bleigewichten, mit dem er oft trainiert hatte. Nur der Orden, den man ihr verliehen hatte, war hinzugekommen, das *Silver Cross* für Mütter von Gefallenen, im Volksmund auch »das Mutterkreuz« genannt.

Sie richtete den Strahl der Taschenlampe auf die Wand, wo sie die Auszeichnung hinter Glas aufgehängt hatte.

Kurz nach der Universität, noch während der Ausbildung zum Piloten, hatte er als Beobachter bereits drei Flüge nach Afrika absolviert, jeweils Friedens- und Hilfsmissionen der Vereinten Nationen, für die man Kanada um Unterstützung gebeten hatte. Es gab keine besonderen Vorfälle, und die Zeitungen hatten nicht einmal über diese Missionen berichtet. Aber dann kam es zum Krieg in Äthiopien, wo somalische Truppen in Ogaden eingedrungen waren und das Gebiet für sich beanspruchten. Der Konflikt weitete sich aus, und schnell waren auch die Interessen der Russen und der Amerikaner betroffen.

Bei seiner letzten Mission befand er sich an Bord eines Transportflugzeugs, das ein Feldlazarett und medizinische Ausrüstung transportierte, um das Leid der Zivilbevölkerung zu lindern. Das Landegebiet galt als sicher, doch als die Crew hinauskletterte und die Rampe absenkte, geriet sie unter schweren Mörserbeschuss.

Andrews Sarg wurde am Luftwaffenstützpunkt Uplands in der Provinz Ottawa über die Heckrampe des gleichen Flugzeugtyps ausgeladen, den er geflogen hatte, eine C-130 Hercules. Doch ein oder zwei Wochen später hieß es in einem amerikanischen Fernsehbericht, dass seit Vietnam viele der Särge, die zum Trost der Eltern mit Flaggen und Ehrenbezeugungen heimgeholt wurden, in Wirklichkeit leer waren. Ein Fernsehreporter war in einen Hangar geschlichen und hatte zwei der verhüllten Särge geöffnet, und die Bilder der Kamera bewiesen, dass niemand darin lag.

Ein Militärsprecher dementierte den Bericht, doch in einem Interview desselben Fernsehsenders sagten zwei Veteranen aus, dass dies durchaus zutreffen könne und vermutlich mit den Todesumständen der Soldaten in Verbindung stehe. Sie seien nicht durch Kugeln gestorben, die sie durchlöchert hätten, sondern durch präzisen Mörser- und Artilleriebeschuss. Bei so gewaltigen Explosionen würden die Soldaten einfach verschwinden.

»Die werden buchstäblich weggepustet, Ma'am«, hatte ein Veteran der Fernsehjournalistin gesagt. Der Mann hatte beide Unterschenkel verloren und saß festgeschnallt in einem Rollstuhl, mit einem Mikrofon um seinen Hals. »Zerfetzt und verdampft. Der menschliche Körper besteht größtenteils aus Flüssigkeit, verstehen Sie? Was nicht komprimiert wird, geht in Rauch auf. Die Druckwelle und die Geschwindigkeit der Splitter direkt nach der Detonation betragen zwanzig- oder dreißigtausend Fuß pro Sekunde. Manchmal findet man nicht einmal mehr die Stiefel, geschweige denn die Erkennungsmarke.«

Nach dem Bericht hatte Margaret sich eine Zeit lang in die Vorstellung eines leeren Sargs geflüchtet. Nur Michael wusste davon. Er hatte ihr zugehört, seine Hände gefaltet und nichts gesagt. Bis sie einige Wochen später damit aufgehört hatte.

Margaret knipste die Taschenlampe aus und saß eine Weile im Dunkeln. So viele klaffende Löcher in ihrem Leben. Ihre Mutter, die an einem Aneurysma starb, als Margaret erst elf Jahre alt war. Ein Arzt hatte eine Zeichnung davon angefertigt, damit sie es besser verstand. Wie ein roter Fluss mit einer Ausbuchtung von der heftigen Strömung, ein Strudel, der immer breiter wurde, bis er eines Tages über das Ufer trat und das gesamte Land flutete.

Dann Großmutter. Dann ihr Vater. Dann Andrew und sein leerer Sarg.

Und nun ihre wilde, aufrichtige und verrückte Liebe zu Jack, und vielleicht auch ihre Ehe. Sie hatte es so geliebt, mit diesem Mann verheiratet zu sein. Was war aus diesem Gefühl geworden? Wohin war es gegangen?

Aber genug davon. Genug jetzt.

Großmutter AJ war in diesem Zimmer gestorben. Genau in dem Bett. Andrew hatte das nie erfahren. Das war lange vor seiner Zeit passiert. Margaret war damals zwanzig gewesen. Zwanzig, und nach ihrem zweiten Studienjahr für den Sommer zurückgekommen. Nach all dem jugendlichen Philosophieren und den Gedankenspielen über das Leben und den Tod und die Sinnsuche bei einem abwesenden Gott wurde sie plötzlich unsanft geweckt und mit dem wahren Sterben, dem wahren Tod konfrontiert. In allen Details. Die schrecklichen Geräusche, die Fassungslosigkeit, die Panik und schließlich die Stille.

Sie war dann hinunter ans Wasser gegangen und hatte sich an ihren Lieblingsplatz auf ihrem Felsen gesetzt, mit geschlossenen Augen und dem heftigen salzigen Wind im Gesicht, und hatte versucht zu verstehen. Manchmal kam auch ihr Vater hinunter und setzte sich eine Zeit lang zu ihr, und dann stand er wieder auf und ging und machte sich wieder an die Arbeit, fand Ablenkung in seinem geliebten Wäldchen.

Nachdem die Leute vom Bestattungsinstitut Großmutter AJ abgeholt hatten, blieb das Bett einige Tage unangetastet, und die Pantoffeln warteten nebeneinander auf die Füße, die niemals wiederkommen würden. In der Stille des Raumes schienen diese verwaisten Pantoffeln, mehr als alles andere, eine Botschaft zu vermitteln, und Margaret grübelte tagelang darüber nach. Erst als sie sich an das erinnerte, was sie in Paris gelernt hatte, erkannte sie, dass es nicht um den Tod ging, sondern um das Leben. Es war eine Erinnerung daran, das Leben zu leben, solange man es hatte, es aufzubrauchen wie das Feuer das Brennholz. So hatten das zumindest die interessanten neuen Schriftsteller und Philosophen formuliert.

Darin waren sich alle einig, dass das Leben nur dazu da war, gelebt zu werden. Dass es galt, es in ein wie auch immer geartetes Abenteuer oder imaginäres Spiel zu verwandeln, und wenn die Zeit abgelaufen war, dann war es vorbei, und man konnte nichts mehr mitnehmen. Nichts. Nicht einmal die treuen Pantoffeln.

Margaret hatte dagesessen und dem Ruf der Wahrheit gelauscht, vor all den Jahren, auf ihrem Felsen. Und nun saß sie wieder still und lauschte. Auf das Echo davon, hier in diesem belasteten Raum.

Sie schaltete die Taschenlampe wieder ein und ließ den Lichtstrahl über die Bleigewichte wandern, über das Bett, über den raffinierten Messinghaken in Form eines Adlers, den Andrew einmal in einem Antiquitätengeschäft entdeckt hatte. Er hatte ihn poliert, bis er glänzte, und ihn an der Wand befestigt, als ganz besonderen Platz für seine Uniform.

Sie erhob sich von diesem beeindruckenden Stuhl, den er selbst getischlert hatte. Liebling, sagte sie zu ihm. Liebling.

Während ihrer Zeit an der Sorbonne wohnte Margaret in einer möblierten Wohnung in einem Haus, das im Krieg beschädigt worden war. Panzergranaten hatten das Gebäude von der Front- bis zur Rückseite durchschossen. Die großen Löcher hatte man damals mit Holzbrettern zugenagelt, aber irgendwann fehlten die Bretter, und Leute waren hineingekletttert und hatten Holzvertäfelungen, Lampen und Möbel herausgeschleppt.

Doch eine Hälfte des Hauses war bewohnbar, und auch das Schloss an ihrer Wohnungstür funktionierte.

Es verlieh der ganzen Sache einen Hauch von Abenteuer, und die Miete war niedrig. Viele Bekannte aus den Cafés lebten in ähnlichen Unterkünften oder in nicht beheizbaren Hotelzimmern. Im Frühling und im Herbst flanierten sie, Franziska und Anne oft an den Samstagen durch die Straßen und betrachteten stundenlang die Auslagen in den Schaufenstern und an den Verkaufstresen des *Bon Marché*. Abends saßen sie mit anderen Leuten in den lauten Cafés zusammen. Ihre Stammlokale waren das *Au Bœuf d'Or* und das *Les Deux Langoustes*. Sie liebten Paris, bei Nacht und bei Tag, und sie liebten die neuen Denkweisen, die sie kennenlernten, Ideen, wie man die Dinge anders sehen und das Leben verändern konnte.

Sie wohnten nur wenige Straßen voneinander entfernt und besuchten Vorlesungen über Philosophie sowie über französische und englische Literatur und Geschichte. Sie beschäftigten sich mit der *Philosophie des Als Ob*, mit Absurdismus und Phänomenologie und machten sich Notizen über ihre eigene Entwicklung. Sie legten sich schwarze Rollkragenpullover zu und schminkten sich mit Lippenstift und Kajal, oder sie verwendeten überhaupt kein Make-up. Sie kauften lila Baskenmützen und setzten sie vor dem Spiegel in genau der richtigen Position auf.

Sie lernten viel von einem Lehrassistenten der Philosophie, einem promovierten Dozenten mit unbezahltem Lehrauftrag. Der ernsthafte und brillante junge Mann hieß Jean-Charles

Manssourian, ein Franzose armenischer Herkunft. Franziska schwärmte eine Weile für ihn, doch er hatte bereits eine Freundin, eine hochgewachsene, hagere junge Frau mit einem freundlichen Lächeln, die sich nur schwarz kleidete und keinen Büstenhalter trug.

Manssourian lehrte das Denken, das aus den Ruinen anderer europäischer Hauptstädte importiert worden war, auf Wahrheit durchsucht und neu interpretiert. Insbesondere jetzt, nach dem Krieg, sagte er, wenn man gelernt habe, das Leben völlig zu durchschauen, dann solle man sich bemühen, über den Dingen zu stehen, um zu erkennen, was man zuvor versäumt habe.

Unter den etablierten Schriftstellern und Denkern bevorzugte Manssourian die wenigen, die, so seine Worte, sich eben nicht auf das existenzielle Nichts fixierten und in ein Loch starrten, von dem jeder wusste, dass es leer war. Er zog diejenigen vor, die sich fragten: Und jetzt? Wir sind hier, was sollen wir tun?

Alles sei interessanter als das leere Loch, sagte Manssourian, selbst so etwas Einfaches wie die Schönheit der Natur, die Zubereitung eines sehr guten Kaffees oder das Knüpfen einer besonderen Schuhschleife. Mut und Sinn für Humor hätten eine Menge damit zu tun, sagte er.

Diese Art der Suche war in Paris damals sehr beliebt. So bald nach dem Krieg, als all die Häuser in den Straßen zerstört waren. Als es überall nach Rost und feuchtem Schutt roch. Als junge Männer an Krücken gingen oder in Rollstühlen saßen. Die Unglücklichsten unter ihnen hatten Arme und Beine verloren und wurden in Karren umhergefahren oder in Rucksäcken getragen, aus denen ihre Köpfe herausschauten. Man setzte sie in den Cafés auf eigens gekennzeichnete Stühle, bei denen die Seiten der Rückenlehne so erhöht waren, dass die Gurte darübergehängt werden konnten und der Rucksackmann nicht nach vorn kippte. Irgendjemand, meistens die Mutter oder der Vater, hielten ihm dann ein Glas an die Lippen, damit er daran nippen konnte.

Manchmal war es auch die Ehefrau. Eine Blondine, die amerikanische Jeans und Tennisschuhe und einen schwarzen Pullover voller Knötchen trug, tat das regelmäßig. Sie liebe ihren Mann immer noch, sagte sie strahlend vor ihm. Sie liebe seinen Verstand und sein Wesen. Und sie verstehe ihn, jetzt noch mehr als je zuvor. So sehr, dass sie nicht nur immer noch sein Kind haben wolle, das Arme und Beine hätte, die so stark wären, wie seine einmal gewesen waren, sondern dass sie, wenn er sie eines Tages darum bitten würde, ihm beim Sterben zu helfen, auch das für ihn tun würde. Natürlich würde sie das tun.

Den ganzen Abend über zerbröckelte sie Tabak und drehte aus braunem Papier Zigaretten, die sie auf den Tisch klopfte, ansteckte und für ihn zwischen Daumen und Zeigefinger hielt. Sie führte das Glas im richtigen Winkel an seine Lippen. Wenn doch etwas danebenging, tupfte sie sein Kinn mit einem gefalteten Taschentuch ab. Und wenn es an der Zeit war zu gehen, dann legte sie die Münzen für Getränke und Trinkgeld auf den Tresen, sagte Gute Nacht und gab allen am Tisch die Hand. Sie ging in die Hocke, irgendjemand half ihr in die Rucksackgurte, dann stand sie auf und ging mit ihrem Ehemann auf dem Rücken nach vorn gebeugt davon.

Alle waren Philosophen, Suchende. Neue Ideen, oder auch die alten, waren in Margarets Tagen in Paris wie ein Virus, eine ansteckende Krankheit. Alle waren auf der Suche danach, wie man richtig lebte, wie man aus der flüchtigen

Absurdität des menschlichen Lebens, die der Krieg wieder einmal bewiesen hatte, ein Kunstwerk gestaltete. Das allein verlieh jedem Augenblick des Tages eine überraschende Farbe und Unmittelbarkeit.

ZEHN

Am Morgen fuhren sie und Aileen auf engen Straßen landeinwärts nach Bridgewater, durch eine von Stürmen und Eiszeiten geformte Welt, vorbei an edlen Cottages aus Holz, durch Marschlandschaften mit hohen Gräsern und Hamamelissträuchern, deren weiße und gelbe Blüten in dieser späten Jahreszeit kurz vor dem Platzen standen. Rotflügelstärlinge flatterten umher. Soldatenvögel hatte ihr Vater sie genannt, wegen der roten Steifen auf den Schwingen.

In der Polizeiwache gab Margaret dem Polizisten am Empfang ihre Visitenkarte und sagte, dass sie gern mit Inspector Sorensen sprechen würde. Der Inspector sei nicht vor Ort, sagte der Mann. Er sei hier nicht stationiert, sondern käme nur aus der Stadt zu ihnen heraus, wenn die Fälle dies erforderten. Ob ihr jemand anders weiterhelfen könne?

»Dann den Leiter der Wache«, sagte sie.

Der Beamte ging den Flur entlang, klopfte an eine Tür, öffnete sie und beugte sich ins Zimmer hinein.

Kurz darauf saßen sie dem Leiter der Wache am Schreibtisch gegenüber. Der Mann war um die vierzig, er trug das braune Haar kurz geschnitten und hatte seine Uniformjacke abgelegt und die Hemdsärmel hochgekrempelt. Sein Schreibtisch war voller Papiere.

Margaret erklärte den Anlass ihres Besuchs, und während er ihr zuhörte, sah er abwechselnd von Aileen zu ihr. Als sie ausgeredet hatte, nickte er und überlegte einen Moment. Er nahm ihre Karte in die Hand und las sie noch einmal. Dann sah er auf.

»Sie sind Rechtsanwältin in Ontario. Das hier ist Nova Scotia.«

»Das ist mir bewusst. Ist das ein Problem?«

»Nun, ich denke nicht. Hat Mrs. McInnis Ihnen ein Mandat erteilt?«

»Ja. Vielleicht nicht gerade *ein Mandat erteilt*, aber sie hat mich gebeten mitzukommen. Wir sind Nachbarinnen.«

Der Mann zögerte, dann griff er zum Telefonhörer, wählte eine Nummer und sagte: »Bring mir bitte die Crieff-Island-Akte.« Er hörte einen Moment zu. »Zum Leichenschauhaus? Verstehe. Haben wir Kopien von den Fotos? Okay, dann komm damit her.«

Man brachte die Fotos und eine handschriftliche Notiz, und er betrachtete sie eingehend. Dann blickte er zu Aileen auf.

»Ich kann Ihnen mitteilen, dass wir Ihren Sohn vor zwei Stunden gefunden haben. Wir haben ihn gerade zu einer Befragung ins Leichenschauhaus mitgenommen, vielleicht kann er die Toten identifizieren.«

Er hielt die Fotos hoch, damit die beiden Frauen sie sehen konnten. Es waren andere Aufnahmen als die, auf die sie am Vortag in Margarets Küche einen Blick erhascht hatten. Auf diesen lagen der Junge und das Mädchen bis zur Taille nackt auf schmalen Stahltischen.

»Man hat sie tot am Anleger einer Insel entdeckt, von der wir wissen, dass Ihr Sohn dort nach dem Rechten sieht. Die Besitzer sind Amerikaner. Wir haben sie angerufen und ihnen die Fotos geschickt. Sie haben nur den Juli hier verbracht, dann sind sie wieder zurück nach New York. Die Besitzer kennen die beiden nicht. Sie vielleicht?«

Margaret sah zu Aileen, die schüttelte den Kopf.

»Nein«, sagte Margaret. »Wir kennen sie nicht.«

Der Polizist legte die Fotos beiseite und schaute Aileen an. »Nur damit Sie Bescheid wissen, wir haben keine Anklage gegen Ihren Sohn erhoben. Derzeit wollen wir nur von ihm wissen, ob er die Leichen identifizieren kann und was er über die Besitzer der Insel weiß. Vielleicht kann er uns helfen herauszufinden, was sich dort ereignet hat.«

»Und dann?«, fragte Aileen.

»Dann darf er wieder gehen.«

Auf dem Heimweg sagte sie zu Aileen: »Du kennst doch Leute hier im Krankenhaus, oder?«

»Ich kenne die meisten Krankenschwestern. Als unser Krankenhaus geschlossen wurde und ich arbeitslos wurde, haben einige hier Arbeit gefunden.«

»Lass uns mit ihnen sprechen.«

»Worüber? Wenn Danny von der Polizei befragt wird, dann will ich mich nicht einmischen und ihm vielleicht noch Probleme machen. Lass uns abwarten, Margaret. Zumindest jetzt. Lass ihn nach Hause kommen und erzählen, was passiert ist.«

»Im Krankenhaus haben sie bestimmt den Obduktionsbericht. Kennst du den Pathologen?«

»Nur den Namen. Lass es gut sein, Margaret. Wir haben doch jetzt alles erfahren, was wir wissen wollten.«

»Er hat uns nichts über die Todesursache gesagt. Du könntest vielleicht eine der Krankenschwestern fragen, ob ich mit dem Pathologen sprechen kann. Nur für ein paar Minuten. Daran kann doch nichts verkehrt sein.«

»Ich will das nicht!« Aileen wurde ärgerlich. »Hör auf,

Margaret. Ich will nicht, dass wir noch irgendjemanden mit unseren Fragen belästigen. Ich will nach Hause und auf Danny warten.«

Zurück in Sweetbarry ging Aileen den Pfad hinunter zu Franklin. Er hatte seine kleine Jolle in einen Sandstreifen zwischen zwei Holzblöcken, sein sogenanntes Trockendock, gezogen und saß nun im Heck und werkelte am Motor. Der Motor war gekippt, die Abdeckung fehlte, und Franklin hantierte mit einem kleinen Schlüssel an einem Schraubenkopf. Als er sie kommen hörte, blickte er auf.

»Wie war's?«

Aileen kletterte ins Boot, setzte sich und schüttelte den Kopf.

»Was?«, fragte er.

»Sie haben Danny mitgenommen, damit er im Leichenschauhaus die Kinder identifiziert. Der Polizist hat uns noch andere Fotos gezeigt, und ich bin mir sicher, dass ich sie noch nie gesehen habe.«

»Sind sie ertrunken?«

»Das hat er nicht gesagt.«

»Waren ihre Augen geöffnet?«

»Ja.«

»Könnten sie ertrunken sein? Vielleicht bei einem Bootsunfall? Du weißt ja, wie Leute aussehen, die hier in den Gewässern ertrunken sind. Die sind vom Wasser völlig aufgedunsen und totenbleich, und entweder haben die Krebse die Augen weggefressen, oder die Pupillen sind geweitet.«

»Die Augen waren nicht weggefressen, aber man konnte auch nicht erkennen, ob die Pupillen geweitet waren. Das waren glänzende Schwarz-Weiß-Fotos. Dunkle Augen, die sahen wie flache Kiesel aus. Sehr dunkle Augen. Und auch dunkle Haare, vielleicht schwarz. Streng nach hinten gekämmt. Nackt. Die sollten das Mädchen nicht so zeigen.«

»Vielleicht sind sie ja doch ertrunken«, sagte Franklin.

»Ich weiß es nicht. Sie hatten hier irgendwelche Wunden.«

Sie legte eine Hand auf ihre Brust, und Franklin sah ihre Hand an. »Was für Wunden? Wovon?«

»Vielleicht Krebsbisse, aber wir haben nicht nachgefragt, und der Polizist hat auch nichts gesagt. Sie sind nicht von hier. Da bin ich mir sicher.«

»Ertrunkene können sehr verändert aussehen, Aileen. Sehr verändert.« Franklin beugte sich über den Motor. »Was ist mit Danny? Lassen sie ihn wieder gehen? Dann kommt er bestimmt bald nach Hause und erzählt dir, was passiert ist.«

»Ich hoffe es. Ich fühle mich ganz elend. Margaret war sofort bereit herzukommen, als ich sie gebeten habe, aber nun möchte ich sie eigentlich nicht weiter hineinziehen. Du weißt ja, wie sie sein kann, wenn sie sich etwas vorgenommen hat. Jetzt will sie auch noch mit dem Pathologen sprechen und den Obduktionsbericht sehen. Aber ich habe Nein gesagt.«

»Oh. Warum?«

»Weil Danny ein guter Junge ist und ich nicht möchte, dass sie oder ich uns einmischen.«

»Nein«, sagte er. »Das verstehe ich.«

Aileen saß noch eine Weile in dem Boot und blickte auf ihre Hände zwischen ihren Knien. Kein Ring hatte jemals an ihrem Finger gesteckt, abgesehen von einem billigen Verlobungsring vor langer Zeit. Nicht dass das jetzt noch von Belang gewesen wäre, aber wer hätte das damals gedacht?

»Was ist mit Jack?«, fragte Franklin, ohne aufzublicken. »Spricht sie über ihn?«

»Diesmal nicht.«

»Es ist immer noch wegen Andrew, oder?«

»Ja, bestimmt.«

Andrew und Danny waren wie Pech und Schwefel gewesen, außer sie hatten gerade wieder einmal irgendeinen Streit. Aber die meiste Zeit waren sie Spielkameraden gewesen, Kumpel, Unruhestifter an dem felsigen Ufer und in den Booten, zusammen mit Sully und manchmal auch noch mit diesem anderen Jungen, John Patrick Croft. Sie waren nur wenige Jahre auseinander. Später waren die Fliegerjungs von der Airbase hinzugekommen und auch noch ein paar Mädchen von den Sommergästen. Dann wurde alles anders. Sully zog fort auf die Polizeiakademie, Danny war mit dem Versorgen der Sommerhäuser beschäftigt, John Patrick arbeitete für sein Skipperpatent, und Andrew machte seinen Universitätsabschluss und trat seinen Dienst auf der Militärbasis an. Plötzlich waren sie alle erwachsen, und viele Jahre waren vergangen.

Aileen sah auf und betrachtete den Himmel. Im Osten leuchtete es gespenstisch, ein helles kupferfarbenes Licht, vor dem sich dunkle Wolkenfetzen auftürmten.

»Du bringst das Boot zum Schaukeln«, sagte Franklin. »Ich versuche, das hier gerade festzuziehen, aber es ist sehr winzig und kaum zu erkennen.«

»Entschuldigung.« Sie saß nun ganz ruhig da. »Da in der Wetterecke stehen Sturmwolken.«

»Ich weiß. Der Sturm kommt noch nicht gleich, aber er steht schon in der Startposition.«

Bereit zum Zuschlagen, hatte ihr Vater immer gesagt. Und dann hatte er hochgeblickt, so wie sie jetzt, sich umgeschaut, geschnuppert und die Nase gerieben. Danach wusste er stets, wie viele Tage das gute Wetter noch anhielt, ehe die Herbststürme losbrachen.

»Franklin, ich steige jetzt aus«, sagte sie. »Das Boot schaukelt dann ein wenig, okay?«

ELF

Als Margaret von der Polizeiwache heimkam, hatte sie zwei Nachrichten von Hugh Templeton auf ihrem Anrufbeantworter. Er sagte, dass Chicago am nächsten Morgen um neun Uhr eine Telefonkonferenz abhalten wolle.

»Wo zum Teufel hast du gesteckt?«, fragte er, als sie ihn zurückrief. »Du musst die ganze Zeit erreichbar sein, oder das hier funktioniert nicht. Die ganze Zeit heißt die ganze Zeit, verdammt noch mal!«

»Okay, okay. Tut mir leid, Hugh. Normalerweise bin ich ja auch hier, nur heute Morgen nicht. Ich rufe Jenny an und vergewissere mich, dass sie alle Telefonnummern hat. Sie kann die Konferenz für morgen Vormittag, neun Uhr Chicago-Zeit, vereinbaren, das ist zehn Uhr Toronto-Zeit und hier bei mir elf Uhr. Ich bereite mich gut vor, es wird keine Probleme geben.«

»Das wollen wir auch hoffen. Margaret, es geht hier um einen großen Deal, und ich muss sicher sein, dass du den hieb- und stichfest durchziehst.«

Später am Nachmittag spazierte Margaret zu Aileen rüber, um zu sehen, ob Danny heimgekommen war. Er war da, und sie traf ihn hinter dem Haus beim Holzhacken an. Ein anderer Mann, der ihr bekannt vorkam, stapelte die Holzscheite. Als Danny sie erblickte, legte er die Axt auf den Holzblock und wartete darauf, dass sie näher kam. Bei seinem Anblick sah sie Andrew vor sich. Ziemlich die gleiche Größe und Statur, vielleicht nicht ganz so massiv, aber die gleichen breiten Schultern und kräftigen Arme, das gleiche kurze dunkle Haar und der gleiche freimütige Ausdruck.

Der andere Mann sagte etwas zu Danny und ging. Kurz darauf wurde ein Motor angelassen.

»War das etwa John Patrick Croft?«, fragte sie. »Ich habe ihn lange nicht gesehen. Arbeitet er noch als Skipper im Hafen?«

»Zurzeit nicht. Mr. Moynihan hat ihn wegen irgendeiner Versicherungssache gefeuert, dabei war das nicht mal sein Fehler.«

»Ach? Das ist ärgerlich. Aber erzähl mal, wie war es im Leichenschauhaus?«

»Also, die Jugendlichen sind nicht von hier. Da bin ich mir sicher.«

»Was ist passiert, Danny? Erzähl es mir von Anfang an.«

»Die Polizei hat mich in der Nähe der Läden angehalten. Ich saß im Wagen, da haben sie mich rausgewunken und mir gesagt, dass ich ihnen bis zur Wache hinterherfahren soll. Sie haben mich in einem Streifenwagen zum Leichenschauhaus mitgenommen. Unfassbar! Auf dem Rücksitz, mit verriegelten Türen!«

»Und dann?«

»Die Jugendlichen sind nicht ertrunken. Die wurden erschossen, deshalb nehmen die Polizisten das alles so ernst.«

»Erschossen!«

Danny nickte. »Sie haben sie in Kühlfächern gelagert und dann herausgezogen. Die beiden hatten hier zwei Schusswunden.«

Er zeigte auf seine Brust. »Bei ihm genau in der Mitte,

bei ihr etwas mehr auf der Seite. Jeweils zwei ausgewaschene kleine Löcher. Ich habe noch nie so bleiche Menschen gesehen. Sie sind vielleicht um die zwanzig, aber sie sind nicht von hier. Ich kannte sie nicht, und das habe ich ihnen auch gesagt.«

»Was hat die Polizei dann gesagt oder getan?«

»Nicht viel. Sie haben sich besprochen, Sully und sein Chef und noch ein anderer Polizist. Alle haben ziemlich hektisch miteinander geflüstert. Dann sagten sie, dass ein Inspector herunterkommen wird und dass ich ihn nach Crieff Island übersetzen und ihm alles zeigen soll. Sie zahlen mir den Sprit und meine Arbeitszeit, morgen, am frühen Nachmittag.«

»Ich denke, ich sollte mitkommen, Danny.«

»Wirklich? Warum?«

»Um auf dich aufzupassen. Das ist plötzlich eine sehr ernste Sache geworden. Die Lage kann eigentlich gar nicht viel ernster werden. Hast du mit deiner Mutter darüber gesprochen?«

Danny nickte und sagte, dass sie besorgt sei.

»Natürlich ist sie das. Ich gehe zu ihr und rede mit ihr. Ist sie im Haus?«

»Ich glaube schon.«

Margaret und Aileen standen in der kleinen Diele und konnten Danny auf der Rückseite des Hauses Holz hacken hören.

»Aber nur, wenn es für ihn in Ordnung ist«, sagte Aileen. »Hältst du das wirklich für eine gute Idee? Was ist, wenn sie denken, dass du nur gekommen bist, weil er etwas zu verbergen hat? Vielleicht dachte der Polizist heute Morgen das auch.«

»Aileen, du bist völlig durcheinander. Komm, wir setzen uns kurz hin.«

Sie setzten sich an den Küchentisch, und Margaret sagte: »Der Polizist dachte nicht, dass Danny etwas zu verbergen hat, Aileen. Wir Anwälte machen sie einfach nur ein wenig nervös. Wenn du nicht willst, dass ich mit ihnen zur Insel fahre, dann mache ich das auch nicht, aber ich denke, es wäre von Vorteil für Danny. Ich würde ihnen deutlich machen, dass ich vor allem zur moralischen Unterstützung hier bin, als Freundin der Familie, aber auch als Rechtsanwältin. Ich werde sein juristischer Beistand sein. Aileen, es geht hier um Mord, die Polizei wird all ihre Befugnisse nutzen. Ein bisschen Abschreckung hier und ein paar unbequeme Fragen da, du würdest staunen. Wenn ich dabei bin, gehen sie ein bisschen behutsamer vor.«

Sie sprachen noch ein wenig darüber, und schließlich willigte Aileen ein.

»Wenn du es für richtig hältst«, sagte sie. »Aber sei bitte wirklich vorsichtig, nicht, dass sie auf falsche Gedanken kommen, Margaret. Bitte, versprich es mir.«

Am Abend ging Margaret in Mantel und Stiefeln durch den kleinen Wald hinunter zum Bootshaus. Sie hielt eine Taschenlampe in der einen Hand und bog mit der anderen die Zweige zur Seite, damit sie ihr nicht ins Gesicht schlugen. Im Bootshaus angekommen, schaltete sie die Deckenlampe ein und sah sich um.

Zwei eiserne Doppelstockbetten, die dünnen Matratzen wie beim Militär an den Kopfenden aufgerollt. Der alte Eichentisch und der Drehstuhl stammten noch aus ihrer Zeit, als sie sich hier auf die juristischen Prüfungen vorbereitet hatte. Kahle Holzwände mit ein paar Steckdosen.

Hinten gab es noch eine Kammer, die ihr Vater als Werkstatt genutzt hatte und in der ein Regal mit Büchern und Papieren, eine Werkbank und ein Werkzeugkasten aus Holz standen. Arbeitskleidung hing an Nägeln. Eine Regenjacke, eine Wolljacke, ein Overall aus Segeltuch. Die alte Baseball-Kappe ihres Vaters mit dem Schriftzug *Truro Feed.*

Sie nahm einige Kleidungsstücke für die morgige Bootsfahrt an sich, dann schaltete sie das Licht aus, zog die Tür zu und ging wieder zum Haus hoch.

Am Morgen saß Margaret am Küchentisch und hatte alle Akten vor sich ausgebreitet. Als die Telefonkonferenz begann, hörte sie sich die Fragen und Einwände des Klienten an und ging sie in allen Einzelheiten durch. Sie erläuterte wieder Schritt für Schritt die Transaktion, mit allen Alternativen und Konsequenzen. Einmal hörte sie im Hintergrund den Rechtsanwalt in Chicago oder vielleicht auch den Finanzberater etwas sagen, und der Klient erwiderte: »Nein. Das brauchen wir nicht.«

Am Ende fragte Margaret den Klienten, ob er noch weitere Fragen hätte, und der sagte: »Nein, danke. Derzeit nicht. Wir melden uns wieder bei Ihnen.«

Die Konferenz hatte zweiundfünfzig Minuten gedauert, und sie vermerkte das auf ihrem Stundenzettel.

Sie rief Hugh an und fasste die wesentlichen Punkte des Gesprächs zusammen. »Es ist gut gelaufen«, sagte sie. Dann erklärte sie ihm, dass sie wegen einer dringenden Angelegenheit für einige Zeit nicht zu erreichen sei und dass er im Notfall eine Nachricht hinterlassen solle. Der Anrufbeantworter sei immer eingeschaltet.

ZWÖLF

Auf der Bootsfahrt nach Crieff Island trugen Inspector Sorensen und Sully gelbe Regenjacken mit dem Aufdruck *Police* auf dem Rücken. Margaret hatte die alte Regenjacke und die Kappe ihres Vaters aus dem Bootshaus angezogen.

Sie saßen schweigend auf den Plastiksitzen, die aus einem Lkw stammten und ins Deck festgeschraubt waren. Der Inspector hatte sich direkt vor Margaret gesetzt. Sie hatte erklärt, warum sie dabei war, und der Inspector hatte genickt und sich abgewandt. Seither hatte er kein Wort mehr an sie gerichtet, aber ab und an spürte sie seinen kritischen Blick. Schließlich sprach er sie direkt an.

»Mrs. Bradley, warum hat Danny Ihrer Meinung nach moralische Unterstützung nötig?«

»Es ist immer beunruhigend, mit der Polizei zu tun zu haben. Da ist es hilfreich, wenn man jemanden auf seiner Seite weiß. Auch, wenn man nichts zu verbergen hat. Ich denke, Sie wissen das, Inspector.« Sie lächelte ihm zu.

Das Boot fuhr durch einige Nebelfelder, die dicht wie Regen waren. Wassertropfen setzten sich auf ihren Wimpern ab und bildeten einen Perlenbesatz auf dem ausgeleierten Rand der Baseball-Kappe. Alle Farben waren verschwunden, die ganze Welt versank in Grautönen, und die einzigen Geräusche kamen vom Motor unter Deck und vom Wasser, das gegen den Rumpf schlug. Auf einmal wurde das Boot langsamer, stoppte und ließ ein Signal ertönen. Draußen im Nebel antwortete ein anderes Horn, und einen Moment später kreuzte der dunkle Schatten eines Bootes vor ihnen auf und verschwand wieder. Sie fuhren weiter.

»Haben Sie das gesehen?«, fragte Inspector Sorensen Margaret. »Woher weiß er, was da draußen ist und wohin er fahren muss? In diesem Nebel. Hat er Radar an Bord?«

»Ich weiß es nicht. Fragen wir ihn doch einfach. Danny? Der Inspector will wissen, ob du Radar an Bord hast.«

Danny konnte darüber nur lachen. »Radar. Pah! Hier ist es immer ein bisschen neblig, aber wir fahren ja ganz langsam. Außerdem habe ich Augen und Ohren, ein Echolot und das hier.« Er klopfte auf das Kompassgehäuse. »Aber in ein paar Minuten klart es wieder auf.«

Sie machten an dem Schwimmdock der Insel fest, dann duckten sie sich unter dem Flatterband der Polizei hindurch und kletterten die Leiter hoch auf den Steg. Auf den Planken waren große braune Flecken zu sehen, an einigen Stellen waren sie getrocknet, an anderen in das Holz eingezogen.

»Keiner tritt da rein«, sagte Sorensen. »Sie bleiben besser da drüben stehen.« Er griff in seine Tasche und holte ein Paar Plastikhandschuhe hervor.

Margaret beobachtete, wie sich der Inspector zwischen den Flecken bewegte. Zweimal kniete er nieder und kroch weiter, wobei er die Hände und die Knie vorsichtig platzierte. An einigen Stellen ging er mit dem Gesicht ganz nah an die Holzplanken und zeichnete etwas mit den Fingern nach.

Schließlich stand er auf.

»Danny«, sagte er. »Passen Sie auf, wohin Sie treten, aber kommen Sie und sehen sich das an. Dieser Abdruck hier stammt von einem Schuh. Von einem Schuh mit Gummiabsatz und einer weichen Sohle, vermutlich Leder. Ein Herrenschuh, würde ich mal sagen. Aber für einen Männerfuß ist er ziemlich klein. Kennen Sie jemanden mit solchen Schuhen?«

»Ist das alles Blut?«

»Vermutlich. Kennen Sie irgendjemanden, der hier solche Schuhe trägt?«

»Nein. Auf einem Boot wäre das zu gefährlich mit so einem Schuh. Zu rutschig.«

»In Ordnung. Treten Sie bitte wieder zurück.«

Sorensen nahm ein flaches Werkzeug aus seiner Tasche, kniete sich auf den Anleger und kratzte Blut ab. Von den Stellen, die wie frische Farbe aussahen, nahm er Abstriche und steckte diese in verschiedene Plastiktüten. Er stand auf und sah sich um.

»Danny, wenn hier etwas ins Wasser fallen würde, in welche Richtung würde es treiben?«

Danny deutete mit dem Kinn in eine bestimmte Richtung. »Dorthin. Wahrscheinlich. Außer bei Sturm. Aber dann vermutlich auch.«

Mit gedrosseltem Motor, oft auch im Leerlauf, fuhren sie langsam die Küste der Insel ab. Danny musste immer wieder einen Gang runterschalten, während Sorensen sich sehr viel Zeit nahm, um genau zu erforschen, wo das Wasser an Land schlug.

Sie sahen Treibholz, Seetang, Krebsschalen und auch Plastikteile. Gelben Schaum auf dem Wasser. Doch kurz nachdem sie in eine kleine Bucht eingebogen waren, zeigte Sorensen auf einen Punkt.

»Da! Haben Sie das gesehen? Danny, fahren Sie so nah wie möglich ran und halten Sie das Boot an der Stelle. Wie tief ist es hier?«

»So seicht, dass ich auf die Schiffsschraube aufpassen muss.«

»Sicher?«

»Ja, sicher.«

»Sergeant«, wandte sich Inspector Sorensen an Sully. »Sehen Sie dort den Klumpen Seetang bei den drei hohen Schilfstängeln? Und dahinter das schwarze Teil, das halb im Wasser liegt?«

Sully blickte in die angegebene Richtung. »Das da drüben? Ja, das sehe ich auch, Sir.«

»Dann ziehen Sie Handschuhe an und bringen Sie mir das Teil.«

Sully zog die Regenjacke aus, seine Uniform und auch die Schuhe, bis er nur noch in der Unterhose dastand. Er entkleidete sich, ohne zu zögern und ohne die Anwesenden eines Blickes zu würdigen. An der Heckleiter wartete er, bis Danny den Motor ausschaltete, dann kletterte er hinunter und watete zum Ufer, mit den Handschuhen durch das eiskalte Wasser paddelnd, das ihm bis zu den Hüften reichte. Noch so ein starker Junge aus der Gegend, mit kräftigem Brustkorb und breiten Schultern. Starke Muskeln, Knochen und Sehnen von der lebenslangen Arbeit mit Booten, Tauen und Äxten. Und vom Schaufeln in der Kiesgrube während der Schulferien, der schlimmsten Arbeit von allen.

Andrew hatte sie immer bewundert, hatte genauso stark sein wollen wie diese jungen Männer, vermutlich auch genauso wild und verwegen. Er wollte von ihnen, und später auch von seinen Freunden beim Militär, akzeptiert werden und nicht nur der Zugereiste aus der Stadt sein. Sie hatten mit dem Eimer mit Bleigewichten trainiert, der immer noch in Andrews Zimmer stand. Danny konnte den Eimer fast zwei Minuten lang am ausgestreckten Arm in die Höhe halten. Andrew hatte ihr das einmal recht beeindruckt erzählt. Die Jungen waren damals fast zwanzig, und Margaret hörte mit, wenn sie in Andrews Zimmer die Sekunden zählten und lachten, wenn die Gewichte schepperten und der Eimer schließlich auf den Fußboden krachte.

Als Sully zurückkehrte, brachte er einen schwarzen Schuh mit. An der Heckleiter reichte er ihn dem Inspector, der ihn in Handschuhen entgegennahm und Danny und Margaret zeigte.

Es war ein linker Herrenschuh, ein Lederslipper mit einer spitzen Vorderkappe und einer schmalen Schnalle aus einem goldfarbenen Metall.

»Kennen Sie jemanden, der solche Schuhe trägt?«

»In der Stadt schon«, sagte sie. »Aber hier draußen nicht.«

Während Sully sich mit dem Handtuch abtrocknete, das Danny ihm gegeben hatte, drehte und wendete Sorensen den Schuh, um ihn eingehend zu betrachten. Schließlich legte er ihn in eine Plastiktüte und verstaute ihn in einer Ecke im Steuerhaus.

Inzwischen war die Sonne herausgekommen, warm und klar. In Richtung Festland stand eine Nebelwand, und weit weg im Osten zeigten sich dunkle Wolken und Regenschleier.

Auf der Rückfahrt bat Margaret den Inspector, sich den Schuh näher ansehen zu dürfen. Er gab ihr seine Handschuhe, und sie streifte sie über und nahm den Schuh aus der Tüte. Er hatte eine Fersenerhöhung, es war ein Maßschuh aus Argentinien. Bestimmt sehr teuer.

»Ein bisschen eitel, der Mann«, sagte sie. »Er wollte größer wirken. Schuhgröße acht und ein schmaler Fuß. Für einen Mann ist das eher unter dem Durchschnitt. In jeder größeren Stadt ein ganz gewöhnlicher Schuh, würde ich sagen. Vielleicht von einem Latino oder einem Südeuropäer. Aber bestimmt von keinem Banker oder angloamerikanischen Geschäftsmann. Die tragen lieber Budapester mit schickem Lochmuster.«

Nun sah Sorensen Margaret neugierig an. »Sprechen Sie weiter.«

»Hier drinnen ist Blut. Unter der Einlegesohle, da, wo sie sich lösen lässt. Sehen Sie? Und hier innen und unter dem Spann ist alles braun. Ich würde sagen, ein Schuh voller Blut.«

»Ja«, stimmte er zu.

»Was trugen die Kinder? Auf dem Steg gab es Abdrücke von Laufschuhen.«

»Ja, Laufschuhe. Wir werden herausfinden, woher all das Blut stammt. Wahrscheinlich von den Kindern, und bestimmt auch von einer anderen Person, dem Schuh nach zu urteilen.«

Margaret steckte den Schuh zurück in die Tüte, streifte die Handschuhe ab und legte alles wieder auf den Boden des Steuerhauses.

»Danny sagt, sie wurden erschossen.«

»Ja. Aus der Nähe, mit einer großkalibrigen Handfeuerwaffe. Das waren Vollmantelgeschosse, die sich kaum verformen. Zuerst haben sie den Jungen und dann das Mädchen durchlöchert. Wir gehen davon aus, dass sie dicht hinter ihm stand. Vielleicht wollte er sie mit seinem Körper schützen. Aber wir wissen, dass beide von denselben zwei Kugeln getötet wurden. Der Pathologe hat eine davon neben ihrer Wirbelsäule entdeckt. Er hatte so einen Riecher und hat die Kugel ins Labor geschickt, und dort haben sie in den Rillen des Kupfermantels Spuren vom Blut des Jungen entdeckt. Das darf ich Ihnen mitteilen, denn als seine Anwältin erfahren Sie das ohnehin. Das steht schließlich auch im Obduktionsbericht.«

Danny stand nicht weit weg, und sie konnte sich denken, dass er alles mithörte. Später, als der Inspector sich setzte, ging sie zu Danny ins Steuerhaus. Er blickte finster drein.

»Margaret, ehrlich gesagt … Ich weiß, ich hab gestern zugestimmt, aber jetzt wo du hier bist, gefällt mir das nicht mehr. Eigentlich will ich nicht, dass du dich da in meinem Namen einmischst und Fragen stellst. Ich weiß, du hast das ihm gegenüber moralische Unterstützung genannt, aber selbst das … Ich will das nicht mehr. Ich brauche das nicht. Mom werde ich das Gleiche sagen. Sie hätte dich gar nicht erst anrufen sollen. Ich krieg das besser allein geregelt.«

»Wirklich? Bist du dir ganz sicher? Jetzt bin ich hier.«

»Das solltest du aber vielleicht gar nicht sein. Ja, ich bin mir sicher. Ich habe nichts zu verbergen, und ich will auch nicht, dass er das denkt. Dem Typen entgeht gar nichts. Er ist wie ein verdammter Falke.«

Margaret zögerte. »Bist du dir da wirklich sicher, Danny?«

»Ja.«

»In Ordnung. Gib mir Bescheid, wenn du deine Meinung änderst.«

Sie wandte sich von ihm ab, setzte sich, umschlang ihre Knie und sah aufs Meer hinaus. Wasser rauschte vorbei. Sie wischte sich den feinen Nebel vom Gesicht und trocknete ihre Hände unter der Regenjacke an ihrem Rock. Dann zog sie die Kappe noch tiefer ins Gesicht und starrte wieder aufs Meer hinaus. Am ausgefransten Rand der Kappe setzten sich Wasserperlen ab.

Sie sah auf ihre Armbanduhr. Zehn nach vier. Sie würde gleich mit Aileen sprechen, und wenn sie sich beeilte, dann könnte sie sogar noch den Abendflieger zurück nach Toronto erreichen.

»Inspector.«

Sie zupfte an Sorensens Regenjacke. Er drehte sich um und legte einen Arm auf die Rückenlehne des Sitzes.

»Wissen Sie inzwischen, wer diese Kinder sind?«

»Nein. Und sie sind auch keine richtigen Kinder mehr. Die von der Gerichtsmedizin sagen, dass sie etwa zwanzig sind. Nein, wir wissen noch nicht, wer sie sind. Oder woher sie kommen. Wir versuchen, die Eltern zu finden.«

»Die Eltern. Natürlich. Was passiert, wenn Sie sie nicht finden?«

Er zuckte mit den Schultern.

Als das Boot angelegt hatte, bat sie ihn um seine Visitenkarte. Er griff in seine Regenjacke, holte eine Karte hervor und reichte sie ihr.

»Und Ihre?« Er hielt ihr seine Hand entgegen. »Ihre Karte?«

DREIZEHN

Margaret saß in der Sieben-Uhr-Maschine. Auf der Menükarte standen Hühnchen oder Rindfleisch zur Auswahl. Sie hatte sich für Hühnchen entschieden. Die Fensterblenden waren hinuntergezogen, das Kabinenlicht war gedämpft. Auf den Bildschirmen lief ein Spielfilm, und die Motoren brummten konstant.

Aileen war mit ihr zum Flughafen gekommen und wollte nun den Buick wieder nach Hause fahren.

»Ich hätte dich besser nicht hergebeten«, hatte sie im Auto gesagt. »Dich nicht in den ganzen Ärger mit hineingezogen. Ich hätte lieber abwarten sollen. Der Junge will einfach keine Anwältin dabeihaben. Er denkt, das verursacht zu viel Wirbel, und ehrlich gesagt, inzwischen bin ich mir auch nicht mehr so sicher. Es tut mir wirklich leid.«

»Nicht nötig, Aileen. Ich verstehe das, es ist in Ordnung. Danny scheint nicht unter Verdacht zu stehen, und darüber bin ich froh.«

Auf einigen Abschnitten war es neblig gewesen, wie so oft auf der Küstenstraße, zu dieser Jahreszeit. Koniferen und dazwischen Birken, die in der Dunkelheit hell schimmerten.

Bäume. Als Mädchen hatte sie ein Buch über Bäume gehabt, das ihr Vater genauso geliebt hatte wie sie. Die Tamaracklärche, die sich sanft an die Hemlocktanne schmiegte, daneben die Balsamtanne. Gemeinsam nickten sie mit den Köpfen im Wind.

Da, wo der Nebel besonders dicht war, schaltete sie das Abblendlicht und den Warnblinker ein, und eine Meile weiter hatte sie wieder klare Sicht. Aileen fummelte am Radio herum, doch der Empfang war schlecht. Sie schaltete es wieder aus.

Am Flughafen stiegen sie beide aus und umarmten sich. Als sie das Schimmern in Aileens Augen sah, nahm sie ihre Freundin noch einmal in den Arm.

Keine drei Stunden später war sie zurück in Toronto und saß in einem Kleinbus des Zubringerdienstes, der über die Avenue Road in Richtung Süden fuhr. Regen prasselte gegen die Scheiben, und unter dem Fahrzeug spritzte Wasser auf. Es war Nacht, und Margaret sah die vertrauten Orte ihrer Heimatstadt. Große Straßenkreuzungen, Ampeln, entlang der Straße niedrige Gewerbebauten mit Flachdächern. Nun querten sie die Lawrence Avenue, dann die Eglinton Avenue und fuhren schließlich in südöstlicher Richtung das Viertel von Nord-Toronto an, in dem sie aufgewachsen war. Backsteinhäuser mit vier Schlafzimmern, Alleen mit hochgewachsenen Ahornbäumen.

Nun noch die Yonge Street hinunter, dann über die St. Clair Avenue hinweg. Hier hatte sie einen ihrer ersten besseren Jobs bei einer Anwaltskanzlei bekommen.

Das waren mühevolle Jahre gewesen, harte Lehrjahre, Jahre, die ihren Verstand geschärft und sie abgehärtet hatten. Andrew ging damals zur Grundschule. In der Kanzlei war ihr Schreibtisch einer der beiden, die im Flur standen, in der Nähe der Toilette. Die Männer knöpften sich noch den Hosenschlitz zu, wenn sie an ihr vorbeigingen und Papiere von ihrem Schreibtisch fegten, ohne es zu bemerken.

Einmal kam eine junge Frau zur Tür herein und sprach mit der Mitarbeiterin am Empfang, die sich dann umdrehte und auf Margaret zeigte.

Die Frau kam zu ihr und sah sie seltsam an.

»Ja«, sagte sie. »Ich kann mich an dich erinnern.«

»Tatsächlich? Woher?«

Die Frau beugte sich über den Schreibtisch, nahm einfach einen Bleistift und schrieb etwas auf einen Zettel. Sie schob ihn so zu Margaret, dass sie ihn lesen konnte.

Auf dem Papier stand *Lakewood*. Dann griff sie zu einem Radiergummi und radierte das Wort wieder aus.

Im *Murray's* an der Straßenecke setzten sie sich in eine Nische am Fenster. Die Frau war dünn, sie hatte rote Locken und Sommersprossen. Im Licht, das durch das Fenster eindrang, wirkten ihre Augen himmelblau. Sie bestellten Kaffee und getoastete Käse-Sandwichs. Am Vormittag war das Lokal kaum besucht, dennoch flüsterten sie miteinander.

»Du könntest mir wenigstens deinen Vornamen sagen.«

»Du warst schon im achten Monat, als ich kam, und du warst lange vor mir wieder weg. Ich bin Florence.«

»Flo. Jetzt erinnere ich mich. Wie hast du mich gefunden?«

Die Frau schüttelte den Kopf.

»Durch jemand anders. Ich habe gehört, dass du dich auf Menschenrechte spezialisiert hast.«

»Das klingt ziemlich hochtrabend. Ich bearbeite vierzehn Stunden am Tag Fälle, in denen es um Einwanderung und um Wirtschaftskriminalität geht.«

»Hast du damals ein Mädchen oder einen Jungen bekommen? Welche Haarfarbe hatte dein Baby? Waren alle Finger und Zehen dran?«

Margaret starrte die Frau an.

»Du hast keine Ahnung, oder? Denn kurz vor dem Ende kam die Maske mit dem Chloroform. Und dann war alles vorbei, und das Baby war verschwunden.«

Margaret wischte ihre Finger an der Serviette ab und lehnte sich zurück.

»Was willst du von mir?«

»Ich hab nicht viel Geld, aber ich möchte dir den Auftrag erteilen, ein Recht auf gemeinsame Zeit für die Mädchen auszuhandeln. Eine vierundzwanzigstündige gemeinsame Zeit, damit sie ihre Babys sehen und umarmen können. Oder auch, um zu weinen, wenn ihnen danach ist, um Frieden mit der Sache zu schließen. Um einmal Hallo zu sagen und sich dann zu verabschieden. Die Mädchen müssen das nicht annehmen, aber sie sollten zumindest die Wahl haben.«

»Ein Recht auf gemeinsame Zeit.«

»Die Bezeichnung habe ich mir ausgedacht.«

»Das ist nicht üblich. Ich vermute, um eine Bindung zu vermeiden und die Sache einfacher zu machen.«

»Für wen einfacher? Für die Klinik? Jedenfalls nicht für die Mutter oder das Baby. Das Baby kriegt wochenlang nichts mit, solange es seine Windeln und seine Fläschchen bekommt. Herr im Himmel, es muss nur atmen lernen! Nein, hier geht es um die Mutter. Ich zumindest hätte liebend gern diese Gelegenheit gehabt.«

Florence sah einen Moment lang zum Fenster hinaus, dann wieder zu Margaret.

»Ich besorge dir zwei promovierte Psychologen, die bestätigen, dass die gemeinsame Zeit langfristig für die psychische Gesundheit der meisten Mütter eine gute Idee ist. Später müssen sie sich nicht mehr Jahr um Jahr fragen, ob das Baby gesund war, wie es aussah, ob es ein Junge oder ein Mädchen war. Und wie es sich wohl angefühlt hätte, das kleine Bündel in den Armen zu halten.«

»Aber vielleicht stellen sie sich solche Fragen gar nicht. Vielleicht haben sie ja ihren Frieden damit geschlossen.«

Florence sah Margaret einen Moment scharf an, dann senkte sie den Blick und tippte mit dem Finger auf den Tisch. Sie wischte ein paar Krümel beiseite und sah wieder auf.

»Bist du verheiratet? Hast du noch mehr Kinder bekommen?«

»Ja, ich habe einen kleinen Jungen. Er ist jetzt sieben.«

Florence nickte. »Das verändert alles, später. Glaub mir, ich weiß, wovon ich rede. Und ich weiß auch, dass sie alle weinen würden, wenn sie ihre Babys einmal im Arm halten könnten. Das ist ein heilsames Weinen, ein gutes Weinen, das außerordentlich befreit. Denk mal darüber nach. Sie sollten zumindest die Wahl haben. Das ist alles, was ich fordere.«

Florence griff in ihre Handtasche und legte einen Zettel mit ihrem Namen und einer Telefonnummer auf den Tisch.

»Ruf mich an, dann nenne ich dir diese Psychologen. Und du sagst mir, was es kostet.«

Als sie wieder an ihrem Schreibtisch saß, überlegte Margaret schon, wie sie den Fall angehen könnte.

Am nächsten Tag arbeitete sie sich in die Baunutzungsverordnung und die Vermögenssteuerregelungen des Distrikts ein, um einen Ansatz, eine Verhandlungsgrundlage zu finden. Am Abend rief sie zum ersten Mal in Lakewood an. Es meldete sich eine Person, die sie nicht kannte, doch die Oberin, die kurz darauf ans Telefon kam, war eindeutig noch dieselbe Frau wie früher. Mit derselben forschen Stimme.

»*Recht auf gemeinsame Zeit?* Was soll das denn sein? Wie war noch einmal Ihr Name?«

»Margaret Joubert. Ich war im Herbst und Winter 1946 bis 47 in Lakewood. Inzwischen bin ich Anwältin, und mein jetziger Name ist Margaret Bradley.«

Margaret erwähnte auch den Namen der Kanzlei. »Ich kann am Samstag mit dem Auto zu Ihnen kommen und Ihnen meinen Vorschlag mündlich unterbreiten.«

»Ich bin an keinerlei Vorschlägen interessiert, und am Wochenende bin ich nie vor Ort.«

»Ja. Daran kann ich mich noch erinnern. Dann machen Sie doch eine Ausnahme. Sie werden meinen Vorschlag hören wollen. Ich bin mir ganz sicher.«

Es waren insgesamt fünf Treffen nötig. Für die ersten beiden Termine opferte Margaret ihre Freizeit, aber die nächsten gingen auf das Zeitkonto der Kanzlei, als Pro-bono-Rechtsberatung. Die Psychologen präsentierten als Sachverständige die Ergebnisse ihrer anonymisierten Befragungen, die auf erhebliche Widerstände stießen, da sie mit den altehrwürdigen Hausregeln von Lakewood kollidierten.

Schließlich konnte ein Wirtschaftsprüfer die Oberin überzeugen. Margarets Kanzlei hatte sich in einem Fall von Wirtschaftskriminalität auf dessen Expertise gestützt. Der Mann ließ sich nie ein Lächeln entlocken, und irgendwie war er gerade dadurch noch erfolgreicher. Der Wirtschaftsprüfer teilte der Oberin mit, er habe in öffentlichen Registern recherchiert und wisse daher, dass Lakewood die Vorzüge einer gemeinnützigen Einrichtung genieße, doch eine genaue Wirtschaftsprüfung sowie eine Bewertung der buchhalterischen Usancen könne einige Jahre aufdecken, in denen das Geschäft Gewinne erzielt habe.

»Das *Geschäft*«, wiederholte er.

In dem Fall, meinte er, müsse man Lakewood trotz einiger finanzieller Verluste als gewinnorientiertes Unternehmen einstufen, nicht als eine gemeinnützige Einrichtung mit der entsprechenden steuerlichen Vergünstigung.

Und so wurde im Verlauf des fünften Termins dem Aufnahmeformular eine Klausel mit Ja- und Nein-Kästchen hinzugefügt, die den Mädchen das Wahlrecht einräumte, im achten oder im neunten Schwangerschaftsmonat darüber zu entscheiden, ob sie von dem neuen Recht auf gemeinsame Zeit Gebrauch machen wollten.

Margaret stellte Flo nie ihre eigene Zeit in Rechnung, doch sie nahm deren Angebot an, die Honorare der Sachverständigen zu bezahlen. Einige Zeit später schrieb ihr Florence, dass inzwischen vierzehn von zwanzig Mädchen Ja ankreuzten. Die Nachricht endete mit den Worten: *Danke! Danke! Danke! Herzlichst, Florence.*

Margaret bewahrte den Brief eine Woche lang in ihrer Schreibtischschublade auf, dann kopierte sie ihn und schickte die Kopie mit einer kurzen Erläuterung an Thérèse in Paris.

Sie war nicht sonderlich überrascht, als Thérèse antwortete, dass sie die Mädchen absolut verstehen könne, die Nein ankreuzten. Sie hätte sogar vermutet, dass es noch mehr wären, die das Nein-Kästchen mit schnellen, wütenden Strichen markierten, und sie könnte sich deren Geschichten vorstellen. *Bestimmt war das nicht nur ein kleiner dummer Ausrutscher mit einem netten jungen Sommerferiengast, meine liebe Margaret,* schrieb sie. *Vielleicht eher so eine Geschichte wie die meine.*

Bei einer denkwürdigen Gelegenheit in Margarets letztem Jahr an der Sorbonne hatten sie und Thérèse über ihre Geschichten gesprochen, wie sie diese bezeichneten. Danach redeten sie im stillen Einvernehmen nie mehr davon, vor allem, weil ihre Geschichten sehr unterschiedlich waren, auch wenn sie das gleiche Resultat hatten.

Margaret erinnerte sich gut an Thérèses Geschichte, insbesondere an die grauenvolle Auseinandersetzung im Wohnzimmer der Familie: die Mutter, der Vater, der sogenannte Freund des Vaters, dem zunächst vom vehementen Leugnen und dann aus Scham die Röte ins Gesicht stieg, sowie die siebzehnjährige Thérèse, die ihren Eltern von ihrem Zustand erzählt hatte und wie es dazu gekommen war. Eine halbherzige Verwirrung, jedoch eindeutig gegen ihren Willen. Zudem prangte auf ihrem rechten Oberarm noch ein Hämatom, das dunkellila war und einfach nicht verschwinden wollte.

Du fragst mich nach meiner Meinung zu diesen Ja- und Nein-Kästchen, schrieb Thérèse fast am Schluss ihres Briefs. *Womöglich ist diese Idee deshalb falsch, weil sie die Mädchen zwingt, sich entscheiden zu müssen, wenn die ganze Sache für sie ohnehin schon ein Alptraum ist. Die Natur interessiert sich nicht für unser Glück, meine liebe Margaret. Das ist meine Meinung. Aber es ist durchaus möglich, dass ich es einfach immer noch nicht klar sehen kann.*

VIERZEHN

In der Nacht tobte der erste Herbststurm in Sweetbarry. Aileen wachte auf, weil der Luftdruck plötzlich abfiel. Sie stieg aus dem Bett und trat ans Fenster, um nachzusehen, ob Dannys Transporter da war. War er nicht. Sie legte sich wieder ins Bett und wartete. Als der Sturm die Küste erreichte, pfiff er durch ihre undichten Fenster und heulte im Schornstein und im Lüftungsschacht. Das Haus wankte und ächzte, dann prasselten Regen und Gischt aufs Dach und ließen die Dachrinnen blitzschnell überlaufen.

Am Morgen kehrte Ruhe ein, aber es herrschte eine lähmende, geradezu unheimliche Stimmung, so als wäre die Katastrophe noch nicht ganz überstanden. Vom Wohnzimmerfenster aus sah Aileen, wie Franklin von seiner kleinen Jolle aus Treibgut sammelte, das er verwerten konnte. Oft fand er nach einem Sturm alle möglichen Schwimmkörper aus Glas und aus Kork, die sich von Fischernetzen oder Hummerfallen gelöst hatten. Die Touristen aus den Städten legten dafür ordentlich Geld hin, ein Glasschwimmer in einem halbwegs ansehnlichen Zustand brachte ganze zehn Dollar ein, sogar mehr, wenn die aufgemalte Nummer noch zu erkennen war.

Der Eimer unter der undichten Stelle im Badezimmer war halb voll. Aileen trug ihn nach unten und leerte ihn vor der Tür aus. Dann war sie einige Zeit damit beschäftigt, die zerbrochenen Schindeln einzusammeln, die der Wind und der Regen vom Dach gefegt hatten.

Sie war heilfroh, als sie feststellte, dass sich das Haus auf dem Fundament nicht bewegt hatte.

Kurz darauf kam Franklin mit einem Paket in der Hand den Pfad hoch.

»Vom Autohändler«, sagte er. »Diesen Morgen gekommen. Ganz schön schnell. Komm, wir bauen es ein.«

»In Ordnung. Aber lass uns erst Kaffee trinken.«

Er warf seine Jacke zur Seite und streifte die Stiefel ab. Sie tranken eine Tasse frisch gebrühten Kaffee, und dann noch eine. Dazu gab es Blaubeermuffins, die Aileen am Vortag gebacken hatte. Irgendwann reichte sie ihm eine Serviette und gab ihm ein Zeichen, und er wischte sich die Blaubeerreste vom Kinn.

»Von welcher Stelle?«, fragte er.

»Oben an der Straße. Übrigens, ich hab die Eule gesehen, und sie mich auch. Die saß da oben und hat nicht eine Feder bewegt, hat nur auf mich runtergestarrt. Du weißt ja, wie die sind.«

Franklin nickte, kaute und schluckte.

»Wir müssen uns mal an die Sturmsicherungen machen«, trug sie ihm auf. »Es wird jetzt mehr Stürme geben, und die werden immer heftiger. Wart nicht so lang damit wie letztes Jahr.«

»In Ordnung. Aber eine der Spannvorrichtungen hat Risse. Das muss ich erst schweißen.«

»Dann mach das besser bald, Franklin. Bevor wir alle hier von den Felsen gepustet werden.«

Sie trugen den Werkzeugkasten hinaus und öffneten das Paket, dann legten sie die Verteilerkappe, die Kabel und die neuen Zündkerzen auf den Felsboden.

Franklin entfernte die alten Kerzen und machte Aileen auf

den Unterschied aufmerksam. »Alles funkelnagelneu. Damit fährst du die nächsten siebzigtausend.«

Sie kicherte.

Er reinigte die Kontakte, setzte die neue Kappe ein und verband die Kabel mit den Zündkerzen.

»Von neuen Zündkerzen hast du aber nichts gesagt«, merkte sie an. »Oder? Ich dachte, es ging nur um die Kappe und um die Kabel.«

»Nein. Ich glaube, ich hab die Zündkerzen erwähnt, die standen zumindest auf der Liste. Du hast sie auch schon bezahlt. Komm, lass ihn mal an, damit wir hören, wie er jetzt läuft.«

Aileen öffnete die Tür, rutschte halb auf den Sitz und stellte den Fuß auf das Gaspedal. Dann drehte sie den Schlüssel im Zündschloss.

»Nett«, sagte Franklin. »Hör mal, wie ruhig. Wie ein neues Auto, Aillie.«

Er wischte mit der Hand über den Kotflügel und schloss die Motorhaube mit einer sanften Bewegung.

»Ist Margaret abgereist?«

»Ja, gestern Abend. Ich bin mit ihr zum Flughafen gefahren. Jetzt hab ich ein schlechtes Gewissen. Erst bitte ich sie, alles stehen und liegen zu lassen, nur damit sie hier feststellt, dass wir unsere Meinung geändert haben und sie unerwünscht ist. Dabei ist sie hier niemals unerwünscht gewesen. Niemals.«

»Das stimmt nicht, und das weißt du. Sie auch. Es ist viel komplizierter.«

»Ja, das denke ich auch.«

Sie hatte von zehn Uhr dreißig bis vierzehn Uhr eine kurze Schicht im Krankenhaus übernommen, und als sie wieder zu Hause war, zog Aileen ihre Schwesternkleidung aus und hängte sie in den Schrank im Schlafzimmer. Die Uniform bestand aus einem himmelblauen Kleid mit weißem Kragen und weißen Bündchen, einer weißen Latzschürze sowie einer weißen Haube. Die Krankenpflege, so ein guter und edler Beruf. Das war ihr Lebensinhalt gewesen, vor allem, nachdem Don gegangen war. Es war immer noch ihr Lebensinhalt, selbst wenn sie nur noch stundenweise arbeitete. Der Beruf entsprach der Vorstellung, die sie von sich selbst hatte. Krankenschwester. Du bist eine Krankenschwester.

Als Aileen die Schranktür schloss, hörte sie draußen ein Geräusch. Sie zog schnell ein Kleid über und trat ans Fenster. Aber es war nicht Danny. Das Auto hatte sie noch nie zuvor gesehen. Ein Auto für die Stadt, blitzblank, wie neu. Zwei Männer in Trenchcoats standen daneben und schauten sich um. Einer der beiden deutete mit dem Kinn zur Haustür, und kurz darauf hörte Aileen sie die Stufen hochkommen. Dann wurde laut gegen die Tür geklopft.

»Ich komme«, rief sie. »Bin schon unterwegs.«

Die steile Holztreppe konnte sie nur vorsichtig hinuntergehen, und als Aileen unten ankam, waren die Männer schon im Haus. Sie sahen sie an, und einer der beiden grinste. Er sah blass aus und behielt die linke Hand in der Manteltasche.

»Oh«, sagte der andere Mann, der rötliche Haare hatte. »Es kam keine Reaktion, und die Tür war nicht abgeschlossen. Wir suchen John Patrick Croft. Ist er hier?«

»Der Skipper? Nein. Warum sollte der hier sein? Sind Sie schon wieder von der Polizei?«

»Von der Polizei«, sagte der Mann. »Ja.«

Die Männer starrten Aileen an. Stadtmenschen. Vielleicht Ausländer, vielleicht aber auch nur aus Montreal oder Toronto. Kurzhaarschnitte, Anzüge mit weißen Hemden und schmalen Krawatten, blank polierte Lederschuhe. Sie sahen aus wie Geschäftsleute. Der Mann mit der Hand in der Manteltasche grinste immer noch, doch nun wirkte seine Miene wie erstarrt und sein Blick ausdruckslos.

»Dann eben Dan McInnis«, sagte der andere Mann. »Ist der hier? Er arbeitet mit John Patrick zusammen.«

»Danny ist auch nicht da. Er wohnt eigentlich nicht mehr hier. Zumindest nicht immer. Ich bin seine Mutter.«

»Ach so. Dann geben Sie uns bitte seine Adresse. Und die von John Patrick.«

»Worum geht es hier eigentlich? Der andere Polizist hat gesagt, dass Danny nicht unter Verdacht steht.«

»Unter welchem Verdacht? Welcher Polizist war das?«

Allmählich kam Aileen das alles merkwürdig vor. Sie starrte auf diese blank polierten, spitzen Schuhe. Zu dritt standen sie auf dem Teppich in ihrer kleinen Diele, und eine Weile war kein Laut zu vernehmen.

»Welcher Polizist?«, fragte der Mann wieder.

»Ich kenne seinen Namen nicht. Haben Sie vielleicht so etwas wie eine Visitenkarte?«

»Welcher Polizist, und was wollte er?«

»Ich glaube, er hat auch John Patrick gesucht.«

»Glauben Sie das? Warum hat er John Patrick gesucht?«

»Vielleicht stimmt das auch nicht, ich weiß es nicht. Sie sind nicht von der Polizei, oder?«

»Nicht?«

Der andere Mann sagte immer noch nichts. Er stand einfach nur da und grinste zu Aileen hinüber.

»Wir sehen uns nur schnell um«, sagte der Rothaarige. »Sie bleiben hier.«

Sie stießen Aileen zur Seite und schoben sich an ihr vorbei. Der Mann mit dem Dauergrinsen verzog seltsam dünnlippig die Mundwinkel und entblößte dabei die obere Zahnreihe. Als er sich an ihr vorbeizwängte, öffneten sich sein Trenchcoat und sein Jackett, und sie sah die große schwarze Pistole in einem Holster.

Aileen schaffte es zu einem Küchenstuhl und setzte sich. Sie hörte die Männer oben in Dannys Zimmer, wo sie in einer fremden Sprache miteinander redeten. Kein Französisch, vielleicht Spanisch, dachte sie. Schritte auf den Holzdielen, Schleifgeräusche, lautes Knallen. Dann hörte sie die beiden in ihrem eigenen Zimmer, als Nächstes in dem kleinen Gästezimmer und schließlich im Bad. Sie kamen wieder herunter und sahen sich im Wohnzimmer um, dann standen sie in der Küchentür.

»Wo haben die beiden ihr Boot?«, fragte der Mann mit dem roten Haar.

»Ich weiß es nicht.«

»Natürlich wissen Sie das. Sie sind seine Mutter. Selbstverständlich wissen Sie es. Wo?«

»Nein, ich weiß es nicht. Das habe ich Ihnen doch gerade gesagt. Danny hat jetzt Hochsaison, also ist er wahrscheinlich draußen auf dem Wasser. Ich glaube nicht, dass John Patrick ein eigenes Boot hat.«

»Das glauben Sie also nicht. Wissen Sie, was *ich* allmählich glaube? Ich glaube, dass Sie uns anlügen. Warum tun Sie das?«

»Das stimmt nicht. Ich sage Ihnen die Wahrheit.«

Der Rothaarige drehte sich zu dem Grinsenden um, der etwas flüsterte, und wandte sich dann wieder an Aileen. »Was ist mit John Patrick? Wissen Sie, wo wir ihn finden können?«

»Nein, das weiß ich nicht. Ehrenwort.«

»Sie lügen schon wieder.«

»Das tue ich nicht! Hören Sie sich im Hafen um, in der Stadt.«

»Im Hafen, in der Stadt.« Er starrte Aileen lange an, so als zögere er noch, etwas zu tun. Sie erkannte das an seinem Blick. Unerschütterlich, starr. Eiskalt.

»Ich sage Ihnen die Wahrheit«, sagte sie wieder. »Ich weiß nicht, wo John Patrick wohnt.«

Der Rothaarige machte einen Schritt nach vorn, und einen Moment lang befürchtete Aileen, er käme womöglich in die Küche, aber das tat er doch nicht. Er kehrte um, und dann hörte sie, wie die Haustür geöffnet wurde und wieder zuknallte. Sie hörte ihre Schritte auf der Vordertreppe, dann heulte der Motor auf, Reifen knirschten auf dem Fels, und die Geräusche entfernten sich.

Aileen brauchte eine gute Weile, bis sie sich davon erholt hatte.

Sie zündete eine Kerze an, so wie ihre Mutter es früher getan hatte, um Alpträume und Unglücke abzuwehren, und ließ sie eine Weile brennen. Dann pustete sie die Flamme aus und verwedelte den Rauch.

Im Wohnzimmer goss sie sich ein kleines Glas Blaubeerwein ein, setzte sich in den grünen Veloursessel und sah zum Fenster hinaus. Der Nebel zog landeinwärts. Sie nippte am Wein, und als das Glas leer war, goss sie noch einen Schluck nach und trank. Dann ging sie in die Küche zurück und rief Franklin an. Sie ließ es sehr lange klingeln, schließlich legte sie auf und suchte in der Schale auf der Anrichte nach der Visitenkarte des Inspectors. Sie hielt sie am Fenster ins Licht und griff wieder zum Telefon. Während des Freizeichens dachte sie an das eingefrorene Grinsen des Mannes. Das Aufblitzen seiner Zähne, die Waffe. Die makellos glänzenden Schuhe, die Hosenaufschläge der Anzüge, alles so außergewöhnlich gepflegt.

Endlich ging jemand ans Telefon.

Als Sully eintraf, inspizierte er das ganze Haus mit ihr. Oben hatten die Männer einige Schubladen halb herausgezogen, und Dannys Kleidungsstücke lagen auf dem Schrankboden.

Aileen sprach Sully mit Sergeant an, er sie als Mrs. McInnis. Sie setzten sich an den Küchentisch, und er zückte Notizbuch und Kugelschreiber und bat sie, die Männer zu beschreiben.

Aileen stammelte ein oder zwei Sätze, dann beruhigte Sully sie und stellte ihr präzise Fragen. Er beugte sich über sein Notizbuch und schrieb etwas hinein. Das Ganze zog sich eine gewisse Zeit hin. Er wollte eine detaillierte Beschreibung der Männer haben: Was für Schuhe? Klein, eng? Was für Haarschnitte? Was hatten sie genau gesagt? Und die Waffe des grinsenden Mannes? War das ein Revolver oder eine Pistole?

Sullivan zeigte ihr seine eigene Dienstpistole. Ja, vielleicht so etwas in der Art, sagte Aileen. In einem Holster unter seinem Arm. Dann noch das Auto. Welche Marke, welches Modell, welches Kennzeichen? Davon hatte Aileen keine Ahnung.

»Ich kenn mich mit Autos nicht aus«, sagte sie. »Es sah neu aus und glänzte. So einen Wagen bekommt man hier in der Gegend nicht so oft zu sehen.«

»Vielleicht ein Mietwagen«, sagte Sullivan. »Wenn wir eine Polizeizeichnerin zu Ihnen schicken, würden Sie ihr die Männer für ein Phantombild beschreiben?«

»Ja, selbstverständlich.«

Als Sully weggefahren war, versuchte Aileen es wieder bei Franklin. Diesmal ging er dran, und nur wenig später kam er zum Haus hoch. Er brachte etwas zum Abendessen mit, in zwei Papiertüten vom *Swiss Chalet*. Nachdem sie sich oben noch einmal umgezogen hatte, legte sie die Hähnchenstücke mit den Ofenkartoffeln und dem Krautsalat in der Küche auf ihre guten Porzellanteller und holte Besteck und Leinenservietten. Die Sour Cream füllte sie in eine kleine Schale, und die Soße kippte sie aus den beschichteten Verpackungen in die Sauciere ihrer Mutter. Dann nahm sie zwei Bierflaschen aus dem Kühlschrank, öffnete sie und stellte sie mit zwei Gläsern auf den Küchentisch. Ihre Hände bebten immer noch.

Franklin kam in Socken vom Badezimmer die Treppe herunter.

»Du hast oben schon alles aufgeräumt«, sagte er. »Ich hätte dir gern geholfen.«

»So schlimm war es nicht.«

»Wirklich nicht? Findest du nicht, dass du Margaret noch einmal anrufen solltest?«

»Nicht jetzt, Franklin. Setz dich. Nimm den anderen Stuhl, den magst du doch lieber. Ich habe Margaret gerade erst wegen nichts und wieder nichts hierhergeholt und gleich wieder heimgeschickt. Ich kann sie doch jetzt nicht schon wieder anrufen.«

»Doch, das kannst du. Und du weißt auch, warum. Diese Männer sind gefährlich. Sie wissen, wo du wohnst, und sie kennen Danny beim Namen.«

»Ich weiß. Komm, lass uns jetzt bitte essen.«

Sie nahmen das Besteck und aßen.

Nach einer Weile sagte sie: »Das ist so gut. Danke, Franklin. Es ist wirklich gut.«

Später saßen sie im Wohnzimmer beisammen, Aileen in dem grünen Veloursessel, Franklin auf der Couch. Sie sprachen über Danny und Patrick. Über die beiden Männer, die hier nach ihnen gesucht hatten. Franklin wusste nicht, was er davon halten sollte.

Er sagte: »Ruf Margaret wenigstens an und lass dir einen Rat geben. Sie soll selbst entscheiden, ob sie rauskommen will. Heißt das, dass John Patrick und Danny dasselbe Boot benutzen? Dein Boot?«

»Es ist nicht mehr mein Boot. Ich habe es Danny überlassen.«

»Danny leiht ihm also euer Boot. Wofür? Für krumme Geschäfte? Vielleicht sagst du Danny, dass er sich besser erst einmal von ihm fernhält. Wenn solche Männer hinter ihm her sind.«

»Es spielt keine Rolle, was ich Danny sage. Er macht, was er will. Was er für richtig hält. Er ist ein guter Junge.«

»Ich habe nichts anderes gesagt.«

»Die hier hat er mir beim letzten Mal aus der Stadt mitgebracht.« Sie knöpfte ihre Strickjacke auf.

An Franklins Blick merkte sie, dass er nicht wusste, was sie meinte.

»Die Bluse, Franklin! Die ist aus Leinen, und Danny weiß, dass ich dieses helle Blau so gern mag.«

»Oh. Hübsch, Aillie. Wirklich hübsch.«

Mitten in der Nacht wurde Aileen wach, als sie ein Fahrzeug hörte. Sie stand auf und sah aus dem Fenster. Ihr Herz pochte. Es war zu dunkel, kein Mond schien, keine Sterne. Aber es sah größer als ein Auto aus, kastenförmiger. Sie hoffte, dass es Dannys Wagen war. Dann hörte sie die Haustür.

»Danny!«, rief sie. »Bist du's?«

Sie holte ihre Hausschuhe unter dem Bett hervor, strich sich das Haar glatt und öffnete die Schlafzimmertür.

»Danny, bist du das?«

»Wer sonst, Mom?« Er kam im Dunkeln die Treppe hoch.

Sie knipste das Licht am Treppenabsatz an, und er hielt sich eine Hand schützend vor die Augen.

»Das ist zu hell, Mom. Lass das aus. Geh wieder ins Bett.«

Aber sie schaltete das Licht nicht aus und ging auch nicht wieder ins Bett.

»Wo hast du die ganze Zeit gesteckt?«

»Auf meiner Südrunde. Einige Häuser hatten Sturmschäden, die musste ich reparieren.«

»Heute waren zwei Männer hier, die äußerst verdächtig aussahen. Die haben nach dir und John Patrick gefragt. Was hat das zu bedeuten?«

»Was meinst du mit verdächtig?«

»Einer trug eine Pistole unter seinem Mantel.«

»Eine Pistole?«

»Der hat kein Wort gesagt, wahrscheinlich sprach er kein Englisch. Und der andere akzeptierte kein Nein. Ausländer in Mänteln, Anzügen und schicken Schuhen. So Schuhe wie der, den ihr auf der Insel gefunden habt.«

Aileen folgte Danny in sein Zimmer.

»Sie haben alle Schubladen durchwühlt. Und auch die Kleider in deinem Schrank. Was suchen sie?«

»Woher soll ich das wissen? Hast du die Polizei angerufen?«

»Ja. Sully ist gekommen und hat alles aufgenommen. Die Männer haben nach dir und John Patrick gefragt, sie kannten eure Namen. Danny, was ist hier los?«

»Ich weiß es nicht. Haben sie gesagt, was sie wollten?«

»Sie wollten dich und John Patrick und das Boot finden. Lässt du ihn mit unserem Boot fahren?«

Danny setzte sich aufs Bett. Die Quiltdecke darauf hatte sie für ihn genäht, als er etwa zehn Jahre alt war.

»Was hast du ihnen gesagt, Mom?«

»Dass ich nicht weiß, wo du bist, und keine Ahnung habe, wo John Patrick wohnt. Was ist hier los, Danny? Sieh mich an.«

»Die waren bestimmt auch von der Polizei. In Zivil, von einer anderen Einheit.«

»Das glaube ich nicht, und Sully auch nicht. Die haben gefragt, wo dein Boot liegt. Vermutlich haben sie deine Taschen durchwühlt, um einen Hinweis auf den Liegeplatz oder so etwas zu finden. Lässt du ihn damit fahren?«

Als er keine Antwort gab, setzte sie sich zu ihm aufs Bett. »Tust du das, Danny?«

»Mom. Ich bin wirklich müde. Vielleicht wollten sie ja nur irgendeine Tour mit dem Boot machen.«

»Irgendeine Tour mit dem Boot. So wie die angezogen waren? Was sollte das für eine Fahrt sein? Und wohin? Was hat John Patrick mit der ganzen Sache zu tun?«

»Ich weiß es nicht. Er ist auf Jobsuche, aber niemand heuert ihn an. Er ist ein guter Skipper. Der beste, mit dem ich je zusammengearbeitet habe.«

»Und?«

»Nichts und. Wenn ich ihm helfen kann, dann mache ich das.«

»Könnte das irgendwie mit den toten Kindern von der Insel zusammenhängen, Danny? Könnte es sein, dass John Patrick irgendetwas damit zu tun hat?«

Danny sah sie von der Seite an. »Mom, was fragst du da?«

»Du hast meine Frage sehr wohl verstanden. Könnte das sein?«

»Nein. Niemals. Ich habe keine Ahnung, was die wollten. Da draußen sind viele Irre unterwegs, und wenn du die Sache der Polizei gemeldet hast, dann ist das alles, was wir tun können. Ich bin wirklich sehr müde. Können wir es jetzt dabei belassen?«

»Irre, ja, das stimmt. Sei vorsichtig, Danny. Vielleicht hältst du dich besser eine Weile von John Patrick fern, bis die Polizei herausfindet, was hier los ist.«

»Okay. Aber jetzt hör bitte auf.« Er stand auf. »Ich muss ins Bad.«

Aileen sah ihm nach, und als sie hörte, wie die Badezimmertür zufiel, kniete sie sich hin, hob den Quilt hoch und schaute unter das Bett. Aber es war zu dunkel, um irgendetwas erkennen zu können. Sie stand wieder auf.

»Nacht, Danny«, sagte sie auf dem Treppenabsatz.

Aileen lag lange wach. Gegen zwei Uhr fand sie es in ihrem Schlafzimmer unerträglich warm. Sie stand auf, riss das Fenster ganz weit auf und lehnte ihre Stirn gegen das Fliegengitter. Es roch nach Rost. Draußen herrschte tiefe Dunkelheit.

Zurück im Bett horchte sie, ob Autos ihre Zufahrt runterkamen. Hör auf damit, wies sie sich selbst an. Hör auf.

Sie versuchte, sich auf das Meer und auf die Felsen zu konzentrieren, die in der Dunkelheit sprachen. Hör zu, wie sie rumpeln, Aileen, pflegte ihr Vater zu sagen. Sie reden miteinander. Sie erzählen sich alte, weise Geschichten. Tausende Jahre alte Geschichten. Kannst du sie hören? Worüber reden sie, Mädchen? Sei hier drinnen ganz still und hör gut zu, dann erfährst du es.

Einmal konnte sie die Eule hören. Sie vernahm ihren Ruf und dann auch das Geräusch ihres langsamen, mächtigen Flügelschlags zwischen den Bäumen in der Nacht. Dann war alles ruhig, nur die Felsen nicht.

FÜNFZEHN

Die Polizeizeichnerin war eine junge Frau in Jeans und Jeansjacke. Mit Aileens Hilfe hatte sie schnell und effizient gearbeitet, die Phantombilder zuerst skizziert und schließlich die Details ausgearbeitet. Kurz darauf lagen die Zeichnungen der beiden Männer auf dem Küchentisch, und alle standen um den Tisch herum und betrachteten sie.

»Was halten Sie davon, Mrs. McInnis?«, fragte Inspector Sorensen.

»Sie sind sehr gelungen. Vor allem der mit dem Grinsen. Ich kann mich besser an den als an den anderen erinnern. Aber der andere ist auch gut getroffen. Er hatte rötliche Haare. Die Nase und die Augen stimmen. Auch das Kinn. Das sind gute Bilder.«

»In Ordnung. Danke. Danny, haben Sie diese beiden schon mal gesehen?«

»Ich kann es nicht mit Gewissheit sagen.«

»Sehen Sie sich die Bilder genau an.«

»Ich glaube nicht. Ehrlich.«

»Sie glauben nicht«, sagte Sorensen. »Haben Sie die Männer nun gesehen oder nicht? Ich brauche ein eindeutiges Ja oder Nein. Immerhin kamen die Männer hier ins Haus und kannten Ihren Namen.«

Danny beugte sich über den Tisch. In der Küche war es absolut still. Er betrachtete die Phantombilder. Auf Aileen wirkte er blass und nervös, als sei er nicht er selbst.

Er schüttelte den Kopf. »Nein, habe ich nicht.«

»Sind Sie sicher?«

»Warum fragen Sie den Jungen immer das Gleiche?«, fragte Aileen. »Wieder und wieder. Er hat Ihnen schon fünfmal gesagt, dass er sie nicht gesehen hat.«

Sorensen beachtete sie nicht weiter.

»Sind Sie sicher, Danny? Wirklich sicher?«

»Ja, ich bin mir sicher. Ich habe sie noch nie zuvor gesehen.«

»Stehen Sie mit John Patrick Croft in Kontakt? Haben Sie geschäftlich mit ihm zu tun?«

»Eigentlich nicht.«

»Eigentlich nicht. Also irgendwie schon?«

»Ich wollte ihm helfen. Wir sind Freunde, und ich habe ein Boot und einen Job, er derzeit nicht.«

»Hm. Und da unterstützen Sie ihn?«

»Ja, schon. Vielleicht tue ich das.«

»Vielleicht tun Sie das. Inwiefern unterstützen Sie ihn?«

»Inspector, Sie setzen den Jungen zu sehr unter Druck!«, sagte Aileen aufgebracht. »Danny, du musst nichts sagen, wenn du nicht willst. Ich glaube, ich rufe besser noch einmal Margaret an, und du sagst nichts mehr, bis sie hier ist.«

»Meine Güte, Mom! Du tust mir damit keinen Gefallen. Ich schaffe das allein. Ja, ich habe John Patrick das Boot überlassen, damit er für mich auf den Inseln nach dem Rechten sieht, während ich mit dem Transporter unterwegs bin und mich um die Häuser auf dem Festland kümmere. Und ich habe ihm die Hälfte von meinem Lohn dafür gegeben. So spare ich Zeit, jetzt, wo jeden Tag die Stürme losgehen können.«

Nun herrschte Schweigen, bis der Inspector schließlich

sagte: »Sehr interessant. Wir brauchen eine Liste der Häuser, die John Patrick für Sie versorgt hat. Und ich frage Sie zum letzten Mal: Haben Sie irgendeine Idee, was diese Männer von Ihnen beiden wollten? Was könnten sie gesucht haben? Hier, im Haus Ihrer Mutter?«

»Keine Ahnung. Wirklich, keinen blassen Schimmer. Das habe ich doch gerade gesagt.«

»Ist jemals jemand an Sie herangetreten, damit Sie für ihn eine schnelle Fahrt in der Dunkelheit erledigen? Eine kleine Tour? Was kostet das inzwischen, etwa dreitausend?«

»Nein. Niemals. Ich weiß nicht, wovon Sie sprechen.«

Sorensen nahm sich reichlich Zeit, um ihn zu beobachten.

»Natürlich wissen Sie, wovon ich spreche, Danny. Glauben Sie, dass jemand an John Patrick Croft herangetreten ist? Wir werden ihm die gleiche Frage stellen. Wie meinen Sie, wird seine Antwort lauten?«

»Worauf?«

Sorensen beobachtete ihn weiterhin.

Keine Gefühlsregung bei dem Mann, dachte Aileen, nur eiskaltes Abwägen und Analysieren eines Verdachtes. Er merkt sich alles.

Schließlich sagte Sorensen: »In Ordnung. Ich lasse es jetzt dabei bewenden, Danny. Aber so kommen wir nicht weiter.«

Als Sorensen und die Zeichnerin gegangen waren und ihre Anwesenheit noch im Raum nachwirkte, sagte Aileen: »Der Mann ist knallhart, er hat einen Verdacht, und er wird es nicht dabei bewenden lassen. Danny, die Lage ist ernst. Was er gesagt hat … Was sind das für Sachen, von denen er meint, dass du etwas darüber weißt? Und was meint er mit einer schnellen Fahrt in der Dunkelheit?«

Danny schüttelte den Kopf. Er saß nur schweigend am Tisch und blickte auf seine Hände, und sie sah ihn an, sein zerzaustes Haar, das Gesicht und die Schultern eines erwachsenen Mannes. Aber vor ihr saß immer noch ihr kleiner Junge, der die Augen zusammenkniff, weil er einen Gedanken nicht mochte, nicht zulassen wollte.

»Danny, wir müssen uns jetzt klug verhalten. Und nur damit du es weißt, ich werde Margaret noch mal anrufen. Und diesmal sollten wir dankbarer sein. Hast du mich verstanden? Wir haben keine Ahnung, um was es hier geht, und wir brauchen Hilfe. *Du* brauchst Hilfe. Okay?«

Nach einiger Zeit sah er zu ihr auf und nickte.

Der Deal

SECHZEHN

Am nächsten Abend war Margaret wieder zurück in Sweetbarry. Sie hatte Hugh kurz erzählt, worum es ging und dass die Angelegenheit sehr wichtig sei. Sie versprach ihm, die Arbeit für die Kanzlei nicht zu vernachlässigen. Sie werde die Akten mitnehmen und sogar den Pager, damit er sie jederzeit erreichen könne, Tag und Nacht. Sie nannte ihn Hughie, und es besänftigte ihn.

Er sah sie über den Schreibtisch hinweg an und erkannte etwas in ihrer Mimik und ihrem Blick. Dann seufzte er und sank auf seinem Stuhl zurück. Er hatte nur noch kurz mit ihr diskutiert und schließlich eingewilligt.

Nun trug Margaret schwere alte Arbeitsstiefel und den Segeltuchoverall ihres Vaters, während sie die Strecke vom Telefonanschluss am Hausgiebel zum Bootshaus abschritt und noch ein paar Yards hinzurechnete. Von einer Reparatur vor ein paar Jahren war in der Werkstatt noch eine Rolle mit schwarzem Telefonkabel übrig geblieben. Sie rollte es ab, und es war lang genug, um es durch die Wand bis zu dem Eichentisch am Fenster des Bootshauses zu verlegen. Mit einem Küchenmesser entfernte Margaret die Ummantelung an den Kabelenden. Anschließend fuhr sie zur Bootswerft von Telford Herman und beschrieb ihm ihr Vorhaben. Telford hörte ihr zu, dann gab er ihr einen Handbohrer mit Spiralaufsatz, ein paar kleine Keile und eine Dose Kitt, um das Loch in der Wand rund um das Kabel abzudichten.

Im Secondhand-Laden hinter dem Einkaufsmarkt der landwirtschaftlichen Genossenschaft stöberte sie eine Tischlampe sowie ein Tastentelefon und ein Verlängerungskabel mit Anschlussbuchse auf. Zu Hause installierte sie das Telefon im Bootshaus und schloss das Kabel an. Der Anrufbeantworter blieb eingeschaltet in der Küche.

Sie schrubbte und polierte den Tisch, ölte die quietschende Feder des Eichenstuhls und putzte das Fenster mit Essig, Wasser und Zeitungspapier. Dann räumte sie die Schreibtischschubladen aus und stellte die Telefonklingel auf halbe Lautstärke, und schließlich rief sie ihren Pager an. Es funktionierte.

Sie wählte ihre Nummer zu Hause in Toronto und ließ es klingeln. Als der Anrufbeantworter anging, hinterließ sie Jack die Nachricht, dass sie ein paar Tage zu Hause gewesen sei, sich aber nun wieder in Sweetbarry aufhalte. »Ruf mich an«, bat sie ihn.

Der Polizeitaucher kam in einem Van mit dem Logo einer Tauchschule, und da auf Aileens Felsen bereits zwei Autos und ein Lkw parkten, hielt er in Margarets Auffahrt und ging zu Aileens Haus hinauf, um an die Tür zu klopfen. Der junge Mann trug ausgewaschene Jeans und Laufschuhe. Er sprach den Inspector mit »Sir« und Aileen und Margaret mit »Ma'am« an.

Margaret wollte mitkommen, doch der Inspector gestattete das nicht. Er sagte, der Tauchgang habe absolut nichts mit Danny zu tun. Doch später könnten sie auf jeden Fall miteinander sprechen.

Danny berichtete ihnen danach, dass sie wieder an dem Schwimmdock von Crieff Island angelegt hatten. Der Taucher hatte seinen Anzug, die Tauchermaske sowie die Flossen angezogen und den ersten Tauchgang unternommen. Er kam einmal zum Luftschnappen hoch, und beim zweiten Mal reckte er ein geöffnetes Klappmesser in die Luft, kam näher und ließ es aufs Dock gleiten.

Beim nächsten Tauchgang kam er zweimal zum Atmen hoch, und beim dritten Mal hielt er zwei Patronenhülsen aus Messing in den Händen. Er übergab sie dem Inspector an der Heckleiter und kletterte zurück ins Boot.

Margaret stand mit Sorensen neben dessen Wagen in den letzten Sonnenstrahlen, die durch die Bäume drangen.

»Ich muss Sie um einen Gefallen bitten«, sagte der Inspector.

»Einen Gefallen? In Ordnung, schießen Sie los.«

»Zuerst erläutere ich Ihnen ein wenig den Hintergrund. Wir wissen inzwischen mehr darüber, wie die Jugendlichen umgekommen sind. Wie ich vermutet habe, stammt das Blut auf dem Steg nicht nur von ihnen. Der große, dicke Fleck mit dem Schuhabdruck gehört zu einer dritten Person. Von den jungen Leuten hat keiner so viel Blut verloren. Außerdem gibt es Blutspritzer und Spuren eines starken Blutverlustes, wie bei einer verletzten Schlagader. Wahrscheinlich hat der Junge vor dem Mädchen gestanden und sich mit dem Messer verteidigt, oder er hat jemanden angegriffen. Es gab einen heftigen Kampf, und dann wurde der Junge erschossen.«

»Und das Mädchen mit ihm?«

»Ja. Das steht mit Sicherheit fest. Wenn man sich die Hände der beiden ansieht, ist klar, dass sie nicht gerade der Arbeiterschicht angehörten. An ihren rechten Mittelfingern erkennt man die Abdrücke von Stiften, sie müssen viel von Hand geschrieben haben. Vielleicht waren sie Schüler oder Studenten. Vielleicht ein Pärchen, aber wir wissen es nicht. Das sind alles nur Kleinigkeiten, aber zumindest grenzen sie das Feld ein wenig ein.«

»Was hatten die da draußen verloren?«

»Das wissen wir nicht. Ich habe zwar einen Verdacht, aber das ist bis jetzt alles. Die Polizeizeichnerin hat inzwischen Phantombilder angefertigt, wie sie zu Lebzeiten ausgesehen haben könnten, und wir haben diese Bilder überall veröffentlicht.«

»Könnte ich davon Kopien haben? Ich würde sie gern im Gemeindezentrum aufhängen. Irgendjemand muss die beiden doch gesehen haben.«

»Einverstanden. Ich lasse Ihnen welche schicken. Zusammen mit den Phantombildern von den Männern.«

»Danke. Also, um was für einen Gefallen geht es?«

»Es hat etwas mit dem Blut auf dem Steg zu tun. Die Blutspritzer und das viele Blut. Wie Sie wahrscheinlich von Danny wissen, haben wir ein Messer gefunden. Das ist natürlich eine wichtige Spur. Aber wer auch immer diesen Blutverlust erlitten hat, der ist entweder daran gestorben oder wurde in einer Arztpraxis oder in einem Krankenhaus medizinisch versorgt. Wir haben alle Krankenhäuser in der Region mit Fernschreiben informiert, aber bislang noch keine Antwort erhalten. Viele Krankenhäuser melden von sich aus Schussverletzungen, als Vorsichtsmaßnahme, falls es um ein Verbrechen geht, aber sonst sehen sie es nicht so gern, wenn die Polizei bei ihnen herumschnüffelt. Ich weiß, dass Mrs. McInnis immer noch als Krankenschwester arbeitet, und da habe ich mich gefragt, ob sie uns behilflich sein könnte. Können Sie sie vielleicht darum bitten? Es geht um einen massiven Blutverlust aufgrund einer schweren Verletzung, vermutlich auf der linken Körperseite. Wahrscheinlich eine tiefe Schnittwunde an einer Schlagader. Vielleicht wurde es als Unfall gemeldet.«

»Warum fragen *Sie* nicht?«

»Besser nicht. Oder nicht direkt. Es ist ein bisschen knifflig. Mrs. McInnis kann mich nicht gut leiden, und es verlangt viel Entgegenkommen, immerhin müsste sie dafür ihre Kolleginnen aushorchen. Aber die Richtlinien der Krankenhäuser … Sie verstehen schon, was ich meine. Vermutlich ist da ein bisschen Überzeugungsarbeit notwendig. Aber Sie als ihre Anwältin können ihr bestimmt begreiflich machen, dass es die Ermittlungen voranbringt, wenn wir das Krankenhaus finden. Und das tut es.«

»Sie wollen also, dass sie Krankenschwestern aus der Notaufnahme fragt, ob bei ihnen ein Patient mit schwerem Blutverlust behandelt wurde?«

»Genau. Ich denke, das war mehr als ein schwerer Blutverlust, der war verhängnisvoll. Fast lebensbedrohlich, würde ich sagen.«

Margaret betrachtete ihn.

»Einverstanden«, sagte sie schließlich. »Ich kümmere mich darum. Wenn wir Erfolg haben, dann sind Sie mir einen Gefallen schuldig. Eine Hand wäscht die andere. Eine Art Deal.«

Er nickte. »Das hängt natürlich von dem Gefallen ab. Ansonsten ist das nur fair.«

Als sein Wagen von der Schotterauffahrt verschwand, ging Margaret die Treppe zu Aileens Haus hoch, öffnete die Tür und trat ein.

»Ein schwerer Blutverlust«, sagte Aileen, nachdem Margaret ihr die Bitte des Inspectors dargelegt hatte. »Darum geht es, oder?«

»Genau. Fast lebensbedrohlich, hat er gesagt. Vermutlich auf der linken Seite, wahrscheinlich eine verletzte Arterie.«

»Die dürfen darüber nicht sprechen. Oder sie wollen es nicht. In den Krankenhäusern gelten strenge Regeln.«

»Das weiß er. Aber vielleicht reden die Krankenschwestern eher mit dir, weil du eine von ihnen bist und weil sie dir helfen möchten. Ich finde, es ist den Versuch wert. Wir sollten alles tun, um die Polizei bei der Aufklärung des Falls zu unterstützen.«

Margaret parkte den Buick an der Werft und nahm den Bohrer und die Dose mit dem Kitt vom Beifahrersitz. Telford Herman bearbeitete gerade einen Bootsrumpf auf einem Gerüst.

»Sie kalfatern dieses Schiff, Telford?«

»Ja, genau. Immerhin besteht dieses Boot noch aus Holz, nicht aus Glasfiber.« Er strich über das Holz. »Das machen wir fast jedes Jahr. Diesmal ersetzen wir auch noch den Bug. Der war verfault.« Telford ging zwei Schritte und strich über die Wölbung des Buges.

»Nehmen Sie dafür Tamaracklärche? Ich habe kürzlich in einem Buch über Bäume und Hölzer darüber gelesen. Ich habe es in der Werkstatt meines Vaters entdeckt. Bei seinen Aufzeichnungen über die Anpflanzung.«

Telford sah überrascht zu Margaret. »Ja, Tamarack. Das ist genau das richtige Holz für den Bug. Es ist teuer, aber immerhin kriegt man es heutzutage wieder. Als ich jung war und mein Vater noch die Werft hatte, da bekam man einfach kein Tamarack, um nichts auf der Welt, auch nicht für Geld. Komplett abgeholzt. So wie fast alle Nadelbäume, sogar die Rotkiefer und die Weymouth-Kiefer. Der Kahlschlag der Briten hat den größten Schaden angerichtet, aber unsere eigenen Sägemühlen haben den Wäldern den letzten Rest gegeben. Ihr Vater hat mit dem Fahrrad die ganze Region abgefahren und geheime Karten gezeichnet. Er hatte so ein altes Postfahrrad. Aber wahrscheinlich wissen Sie das alles.«

»Ehrlich gesagt, nein, das wusste ich nicht. Zumindest nicht in allen Einzelheiten. Wann war das?«

»Hm. Immer im Sommer und im Herbst, solange er an der Universität war, oben in Wolfville. Vor der Hochzeit mit Ihrer Mutter. Mithilfe seiner Übersichtskarten hat er überall nach den letzten Schösslingen gesucht. Aber er hat niemandem davon erzählt. Kein Mensch kannte sich besser mit Bäumen aus als er. Er hat sogar meinem Vater etwas über Winterknospen beigebracht. Dann hat er mit den Transporten begonnen, die Laster fuhren mit der Erde mitten durch die Stadt. Ich weiß nicht, wie viele Lkw-Ladungen das waren. Die Erde bekam er kostenlos aus dem Steinbruch, als sie die Grube erweiterten. Das war allerbester Mutterboden. Die Leute hielten ihn ja für etwas exzentrisch, den Charles. Sie wissen schon. Er war einfach anders. Er hatte so seine eigenen Ansichten und hat auch nach ihnen gehandelt, alles andere war ihm egal. Er war ziemlich hartnäckig. Und seine Mutter, Ihre Großmutter AJ, die war auch ziemlich ungewöhnlich. Ich vermute, dass sie ihm den Floh ins Ohr gesetzt hatte.«

»Telford, es waren insgesamt achtundachtzig Lkw-Ladungen«, sagte sie. »Das stand in seinen Notizen.«

Margaret war den Tränen nahe, wusste aber nicht, warum. Telford Herman merkte es, er sah einen Moment zur Seite und dann wieder zu ihr. Schließlich sagte er sanft: »Nun ja, Margaret. Warum schauen Sie nicht einfach mal bei uns vorbei? Besuchen Sie uns doch mal und trinken einen Tee mit meiner Frau. Sie würde sich sehr freuen.«

In der Nacht baute sie in ihren Träumen ein Entbindungslager im Wald. Als Unterlage dünne Zweige von Fichten und Hemlocktannen und darüber, damit es schön weich war, Balsamtanne und getrocknetes Moos. Wände aus fallenden Blättern und Tamaracknadeln, wie ein Perlenvorhang. Für das Kind, das unterwegs war, baute sie aus gebogenen Zweigen von Rotfichte und Korbweide eine kleine Krippe und legte sie mit Mooskissen und hauchdünnen Balsamsprossen aus.

Die Krippe stellte sie neben das Lager, und dann setzte sie sich auf ihren Felsen und wartete auf den ersten rosa Farbschimmer im Osten.

Nach dem Aufwachen konnte Margaret sich zuerst nicht an ihren Traum erinnern, doch als sie in der Küche den Kaffee zubereitete, fiel er ihr bruchstückhaft wieder ein. Noch in Nachthemd und Morgenmantel schlüpfte sie in ihre Stiefel und ging durch die Fliegengittertür zum Meer, den Kaffeebecher in der Hand. Sie stand auf dem Felsen, auf dem sie in ihrem Traum gesessen hatte, und sah in die Ferne. Die Sonne erschien gerade am Horizont, noch zusammengepresst wie eine Ellipse, und Margaret stand in dem langen Lichtstrahl und schloss die Augen. In dem Moment fühlte sie sich vollkommen und mit sich im Reinen, zum ersten Mal seit vielen Monaten.

Sie atmete tief ein und genauso tief wieder aus. Das tat sie noch einmal. Schließlich öffnete sie die Augen.

Danke, sagte sie.

Auf dem Rückweg zum Haus berührte sie die Tamaracklärche mit ihren weichen Nadeln, die sich gelb färbten. Hoch oben in der Weißfichte verloren die Zapfen ihr Grün. Orangefarbene Harzperlen funkelten in der Morgensonne.

Bevor sie an den Schreibtisch im Bootshaus ging, zog sie einen guten dunkelgrauen Rock, eine weiße Bluse und einen Blazer an, so konnte sie sich besser konzentrieren. Dann verbrachte sie den Großteil des Tages am Schreibtisch und am Telefon. Sie sprach mit Jenny über die neuen Akten, und sie vereinbarten, dass bestimmte Seiten kopiert und ihr per Kurier zugestellt würden. Es stand wieder eine Firmenübernahme an, diesmal durch einen Klienten aus Hongkong, der über ein Büro in London agierte. Zudem hatte sie noch einen neuen Klienten in New York.

Das Mittagessen nahm Margaret in der Küche ein, und um zwei saß sie wieder am Schreibtisch. Rechts von ihr hing noch die Tafel, auf der sie als Studentin in ersten Abstraktionsversuchen Diagramme der Rechtsordnung gezeichnet hatte, und in der Ablage lagen noch Kreidereste. Sie hatte die vielfältigen Zusammenhänge der Gesetzgebung, in Geist und Praxis, die Prinzipien, Regeln und Normen wie eine Struktur entworfen, die das menschliche Miteinander bestimmte. In den ersten Jahren hatte sie an all das leidenschaftlich geglaubt.

Im letzten Studienjahr an der Osgoode Hall Law School hatte Margaret den Kommilitonen ihre Ideen präsentiert, aber sie hatte nur betretenes Schweigen und zweifelnde Blicke geerntet. Der Professor jedoch hatte sie danach zu sich in sein Büro gebeten und sie aufgefordert, ihre Ideen noch weiter auszuführen. Während sie sprach, machte er Notizen. »Wirklich?«, fragte er immer wieder. »Fahren Sie fort, Miss Joubert.«

SIEBZEHN

Margaret nahm immer noch jeden Morgen den Ehering vom Toilettentisch im Badezimmer, streifte ihn über ihren Finger und hielt ihn ins Licht. Sie trug ihn ganz traditionell am linken Ringfinger, das hatten sie damals gemeinsam so entschieden, denn in den 1950er-Jahren war es einige Zeit modern gewesen, den Ring rechts zu tragen. Aber sie wussten, dass sie hart arbeiten würden, und zwar jeweils mit ihrer rechten Hand. Sie beide mit ihren funkelnagelneuen Universitätsabschlüssen, Jack als Geologe, Margaret als Juristin. Dabei verdankte sie ihr frühes Interesse an Jura vor allem ihrer Großmutter AJ, die ihr die Vorstellung aus der Alten Welt vermittelt hatte, dass es bei Jura um Gerechtigkeit ging und es sich somit um den nobelsten aller Berufsstände handelte.

Als frische Absolventin der Fakultät in Toronto hatte sie sich bei zwei Kanzleien als Referendarin beworben, aber nur Absagen erhalten. Schließlich ergatterte sie doch noch eine Stelle bei einer Firma in der Danforth Avenue. Man zahlte ihr ein miserables Gehalt und setzte sie eher für die Registratur und zum Kaffeekochen ein oder schickte sie los, um am Imbiss an der Ecke das Mittagessen zu holen. Die Rechtsanwälte, ausnahmslos Männer, zwinkerten ihr zu und luden sie zu Drinks ein. Sie wollte das Ganze bis zum Examen für die Anwaltszulassung aushalten, stets mit der Hoffnung, die Kanzlei würde ihr im Anschluss einen richtigen Posten anbieten und sie besser bezahlen. Doch das trat nicht ein, und Margaret suchte sich andere Stellen. In einer Kanzlei kündigte sie, als ein Junior Partner sie bereits nach wenigen Stunden vor dem Fernschreiber bedrängte. Sie wehrte sich, und es war sehr hilfreich, dass das Telexgerät plötzlich zu rattern anfing und einen Textstreifen ausspuckte.

Die nächste Stelle fand sie in einem Büro in der Bathurst Street, und hier hielt sie lang genug aus, um die Anforderungen des Referendariats zu erfüllen. Zwei Monate vor Andrews Geburt ließ man sie ziehen, weil man wegen der Mutterschaft Probleme befürchtete.

Margaret liebte die gemeinsame Zeit mit Andrew als Baby – das Stillen, die Innigkeit, die Nähe. Doch wenn sie ehrlich war, musste sie sich eingestehen, dass sie sich auch oft unwohl fühlte. In dieser Stimmung wollte sie ihren Körper zurückhaben. Das ewige, stundenlange Stillen auf Abruf. Sie vermisste es, auszugehen, sie vermisste die berufliche Herausforderung, sie vermisste ihre Unabhängigkeit, und doch hatte sie bei diesen Gedanken Schuldgefühle. Die gab sie aber nur Aileen gegenüber zu, am Telefon. Mit Aileen konnte sie darüber reden, und da der kleine Danny nur eineinhalb Jahre älter war, wusste Aileen genau, wovon Margaret sprach.

Inzwischen legte Jack eine steile Karriere hin, und Margaret begriff, dass man in Kanada mit seiner ressourcenorientierten Wirtschaft eher junge, brillante Explorationsgeologen benötigte als junge, brillante Rechtsanwältinnen. Anscheinend hatte Jack einen Riecher für ertragreiche Lagerstätten. Er erfasste nahezu intuitiv, wie sich die Eiszeiten und andere Erdzeitalter ausgewirkt hatten, wo sich Erdschichten gehoben hatten und auseinandergebrochen waren und wie sich diese Ereignisse in der Tiefe der Erde abbildeten. Und er wusste, wie er die Untersuchungen zu organisieren und Bohrungen zu planen hatte. Mit so viel Kompetenz und seinem jugendlichen Enthusiasmus war er bald ein gefragter Erkunder im Bergbau, und oft reiste er drei oder vier Wochen am Stück durch die ganze Welt. Er war mehr unterwegs als zu Hause.

Als Margaret wieder zu arbeiten anfing, klaffte in ihrem Lebenslauf eine Lücke, sie hatte noch immer keine Erfahrung bei Gericht, und zu Hause lastete die Verantwortung für ein Kind auf ihr. Sie fand neue Arbeit, meistens befristete Vertretungsstellen, und damit sie überhaupt außer Haus arbeiten konnte, musste sie eine Reihe von Kindermädchen anstellen, die bei ihnen wohnten oder ins Haus kamen. Margaret hatte sich gründlich über die Vorteile des Stillens informiert, also pumpte sie Milch ab und vermerkte Datum und Uhrzeit auf den kleinen Gläsern. Für Notfälle hatte sie noch eine zweite Milchpumpe in einer verschlossenen Schreibtischschublade. Wenn sie länger arbeiten musste oder wenn das Kindermädchen vor lauter Panik anrief, ging sie oft in die Bürotoilette, pumpte Milch ab und schickte die Gläser, in feuchtes Papier und eine Plastiktüte verpackt, mit dem Taxi nach Hause. Das, was sie Michael in den ersten Tagen über die Sticheleien und Beleidigungen ihrer Kollegen berichtet hatte, war die nackte Wahrheit. Aber außer mit Aileen sprach Margaret mit niemandem, weder mit Michael noch mit Jack, jemals über die Schamgefühle. Ihre eigene Scham und vor allem ihre Fremdscham und Verachtung für die Männer, die für sie nur ein Grinsen und ein Augenzwinkern übrig hatten, als ob die Zoten über Vollmilch und Milchmädchen in ihrem Zustand witzige Flirtversuche wären.

Nach einiger Zeit hatte sie gelernt, zu lächeln und die Männer zum Wegsehen zu zwingen, bis ihnen das Grinsen verging. Sie entschied, darin einfach nur einen Teil des Preises für ihre Anwaltszulassung zu sehen, und in der intimen Stille des Taxis, das sie spätnachts nach Hause brachte, bestärkte sie sich wieder und wieder in dieser Entscheidung. Das Ganze war etwas Unerfreuliches, das sie durchstehen musste und das sie gewiss bald hinter sich lassen würde.

Schließlich fand sie ihre Nische im Unternehmensrecht. Die Kanzlei, für die sie damals tätig war, hatte das Mandat für eine komplizierte Steuersache übernommen, und der Anwalt beauftragte sie damit, die Akte in- und auswendig zu lernen, das relevante Material herauszufiltern und für ihn zusammenzustellen.

Sie brachte Tage und Nächte damit zu und legte eine Akte für ihn an, die ähnliche Fälle samt Gerichtsurteilen enthielt. Dafür skizzierte sie die Fakten, Grundsätze und Verfahren der einzelnen Fälle, und am Ende konnten sie diesen komplexen Fall außerordentlich erfolgreich abschließen. Sie arbeitete demselben Rechtsanwalt noch in einigen anderen Fällen zu, wobei es stets um Wirtschaftskriminalität und Steuersachen ging, und nach einiger Zeit nahm er sie mit zu Gericht und stellte sie dort als seine Mitarbeiterin vor.

Bald wurden andere Anwälte auf Margaret aufmerksam, und nach all den Zurückweisungen und all der Herablassung erhielt sie endlich gute Stellenangebote von anderen Kanzleien. Von da an ging sie ihren Weg. Sie machte Steuergesetzgebung inklusive Steuerschlupflöcher und Steuerstundung zu ihrem vornehmlichen Fachgebiet, und später kamen noch die Arbeitsgebiete Vermögensanlage und ausländische Firmensitze hinzu. Mit der Zeit wurde sie richtig gut, und darauf war sie stolz. Ihr Selbstbewusstsein blühte auf. Sie sagte sich selbst, dass das ihre Gabe war, eine Gabe, auf die sie bauen konnte, und sie ging damit sehr achtsam um. Eine solide Karriere, und nun, nach vielen harten Jahren, nichts Geringeres als die Aussicht, Partnerin in einer Spitzenkanzlei mit internationalen Klienten und Fällen zu werden, in denen es um Millionen Dollar ging.

Am Abend konnten Aileen und Franklin in der Dunkelheit beobachten, wie der dünne Lichtstrahl einer Taschenlampe zwischen den Bäumen umherwanderte und in die Kronen leuchtete. Ab und an sahen sie Margarets hellen Morgenmantel und eine Reflexion oder ein Funkeln in ihrem Gesicht.

»Was trägt sie da?«, fragte Franklin. »Eine Brille oder so was?«

»Eine Schutzbrille«, sagte Aileen. »Wegen der Zweige in der Dunkelheit.«

»Warum das? Ich meine, was hat sie da draußen verloren?«

»Sie hat es mir gesagt, und ich habe es halbwegs verstanden, aber es ist schwer zu erklären.«

»Versuch es.«

»Für dich hört es sich bestimmt verrückt an.«

»Und wenn nicht?«

»Sie geht ein wenig in die Vergangenheit zurück. Neulich hat sie ein Buch über Bäume gesucht, das ihr wieder eingefallen war, ein Kinderbuch. Ich kann mich sogar daran erinnern. Es ging um Bäume, die miteinander sprechen und in der gleichen Erde verwurzelt sind. Die Liebe und Güte unter ihnen. Hör sofort auf zu grinsen, oder ich sage gar nichts mehr.«

»Nein, nein. Red weiter.«

»Das war ein englisches Buch, so in der Art von *Coco, der neugierige Affe*. Es war richtig süß und auch ziemlich bekannt, als wir klein waren. Sie hat hinten im Bootshaus in der Werkstatt ihres Vaters gestöbert, und dabei hat sie die Sicherheitsbrille, die Ringbücher mit seinen Aufzeichnungen über den Wald und noch ein Lehrbuch über Bäume und Hölzer gefunden.«

»Die Aufzeichnungen von Charles? Aus der Zeit, als er hier alles angepflanzt hat?«

»Genau. Achtundachtzig Lkw-Ladungen mit Erde, steht in den Notizen. Das hat sie mir gesagt. Er hat alles über die einheimischen Bäume aufgeschrieben, die er dort gepflanzt hat. Er wollte die Arten retten, nachdem sie für den Schiffbau fast abgeholzt worden waren. Überall ist er mit dem Fahrrad herumgekurvt und hat in der Erde nach Setzlingen gewühlt, in den Schneisen oder nach einem Windbruch.«

»Aber warum ist sie jetzt da draußen in der Dunkelheit zugange?«

»Wahrscheinlich kann sie nicht schlafen. Warum sonst? Außerdem denkt sie dabei über gewisse Dinge nach.«

»Was für Dinge?«

»Halt so Dinge, Franklin.«

Sie lehnten sich aus dem Wohnzimmerfenster hinaus, um den Lichtstrahl von Margarets kleiner Taschenlampe zu verfolgen, der zwischen den Bäumen aufblinkte, sich bewegte und innehielt und den Hang hinauf immer näher zu ihrem Haus kam.

»Sie könnte stolpern«, sagte er. »Oder sie vertreibt noch die Füchsin.«

»Nein, die vertreibt sie nicht. Der Füchsin gefällt es hier, die ist inzwischen richtig zutraulich geworden. Ja, wirklich. Ich habe sie heute Abend gehört, bevor du hochgekommen bist. Die vielen Autos heute waren eine Ausnahme. Ich glaube, sie weiß das.«

»Wie bitte? Woher soll das die Füchsin wissen?«

»Sie weiß es.«

»Ich werd gleich sentimental, Aillie.«

»Das ist nicht meine Absicht. Und auch nicht Margarets. Sie hat vor, all ihre Bäume zu bestimmen. Dann will sie kleine Schildchen an ihnen anbringen. Sie sagt, Ordnung schaffen beruhigt sie.«

Als Franklin nach unten zu seinem Haus ging, blickte Aileen ihm vom Fenster aus im Halbdunkel nach, betrachtete seine helle Windjacke, sein strubbeliges weißes Haar. Er hatte eine Taschenlampe bei sich, denn er war auf den Felsen schon mehr als einmal gestürzt, und er hatte Knieprobleme.

Als sie ihn nicht mehr sah, trat sie zurück, nahm die Gläser und trug sie in die Küche. Draußen vor dem Fenster stand ihr alter Vauxhall als einziges Auto auf dem Felsen. Danny war wieder mit dem Transporter auf seiner Südrunde unterwegs.

Sie machte in der Küche klar Schiff, schaltete das Licht aus und ging die schmale Treppe zu ihrem Schlafzimmer hoch. Plötzlich musste sie an Großmutter Dotty denken, die hier in ihren Holzpantinen rauf- und runtergestapft war. Danny hatte einmal gesagt, man lebe hier wie in einer Gitarre, vor allem, sobald die Trossen für die Sturmsicherung gespannt seien.

Aileen öffnete die Schlafzimmertür und ging im Dunkeln um ihr Bett herum zum Fenster. Sie öffnete es ganz weit und ließ die Nachtluft und all die Klänge herein, die sie so liebte.

ACHTZEHN

Ein Kurierdienst brachte die Phantombilder von den verdächtigen Männern und den toten Jugendlichen. Margaret bestätigte den Empfang des Päckchens, dann schlitzte sie die Verpackung auf und legte die Zeichnungen auf den Küchentisch. Von jeder Zeichnung lagen mehrere Kopien bei, alle waren auf zugeschnittenem Karton aufgezogen. Die Phantombilder waren absolut gelungen. Margaret rief Aileen an. Sie sollte rüberkommen und sie sich ansehen.

»Das hier«, sagte Aileen. »Das von dem Grinser, das ist richtig gut, wie ein Foto. Diese verkniffenen Lippen. Und ihre Augen. Da graust es mich jetzt noch. Und die jungen Leute, mein Gott. Das Mädchen ist so hübsch. Und der Junge sieht auch sehr nett aus.«

Eine Stunde später legte Margaret die Phantombilder auf den Beifahrersitz und fuhr die Küstenstraße entlang zur Kirche. Hinter der Stadt ging gerade die Sonne unter, tiefrot in einer Wolkenbank, am Himmel rötlich und gold an den Wolkenrändern. Zwei Fischadler kreisten ruhig in der Luft wie Uhrzeiger, die weißgrauen Köpfe und Brustkörbe leuchteten hellorange im Licht der untergehenden Sonne.

Sie parkte auf dem Grundstück, das zur St. Peter's Church gehörte, und ging dann über die Holzbrücke hinüber zum Felsen mit dem Kirchenbau. Sie durchschritt das Kirchenschiff und lief um den Altar herum durch die Sakristei zu dem kleinen Büro von Reverend McMurtry.

Als sie eine Schreibmaschine hörte, zögerte sie einen Moment, dann klopfte sie an. Das Rattern hörte sofort auf.

»Herein«, rief eine kräftige Männerstimme.

Der Reverend saß seitlich an seinem Schreibtisch vor der Schreibmaschine, die auf einer ausgezogenen Tischplatte platziert war. Er setzte seine Brille auf und erhob sich.

»Mrs. Bradley. Margaret«, begrüßte er sie. Er kam um seinen Schreibtisch herum und reichte ihr die Hand. Dann zeigte er auf den Holzstuhl vor seinem Schreibtisch und zog einen zweiten von der Wand heran.

»Was kann ich für Sie tun?«

Margaret reichte ihm die Phantombilder der jungen Leute. »Ich vermute, dass Sie davon gehört haben, Reverend. Man fand sie tot unter dem Schwimmdock von Crieff Island.«

»Ja, ich habe davon gehört. Sergeant Sullivan und ein anderer Polizist waren bei mir und haben mir die Fotos aus dem Leichenschauhaus gezeigt. Aber das waren nicht diese Bilder.« Er saß da, betrachtete die Zeichnungen und schüttelte den Kopf.

»Furchtbar.«

»Ja, wirklich. Reverend, ich wollte fragen, ob wir die Bilder im Mitteilungskasten der Kirche aufhängen können. Vielleicht hat sie ja jemand gesehen.«

»Ja, natürlich. Wie wäre es noch dazu mit dem Mitteilungskasten im Rathaus?«

»Da wollte ich die von den Männern aufhängen, den mutmaßlichen Mördern. Aber ich hätte sie nicht so gern nebeneinander im selben Schaukasten.«

»Nein«, sagte er.

Er betrachtete die Zeichnungen auf dem Tisch. Sein Kragen war der hellste Punkt im Raum.

»Reverend, da ist noch etwas.«

»Ja?«

»Ich hätte gern einen Trauergottesdienst für die beiden Kinder hier in unserer Kirche. Und eine Beerdigung auf unserem Friedhof.«

Der Geistliche lehnte sich im Stuhl zurück und sah sie an.

»Sie sind schließlich in unserer Gemeinde gestorben.«

»Ich weiß. Aber ein Trauergottesdienst hier bei uns? Wir wissen nicht einmal, wer sie sind. Oder woher sie kommen. Hat die Polizei die Leichen schon freigegeben?«

»Ich weiß nicht. Ist das ein Ja?«

»Nein, das ist kein Ja, Margaret. Ich muss darüber nachdenken. Ein Trauergottesdienst mit einer Beerdigung ist schließlich keine Bagatelle. Irgendwo müssen die Eltern doch aufzutreiben sein.«

»Die Polizei versucht es gerade. Diese Zeichnungen hat man inzwischen überall veröffentlicht. Ich frage ja nur für den Fall nach, dass die Eltern nicht gefunden werden.«

»Dann lassen Sie uns abwarten. Das ist besser als eine voreilige Entscheidung über eine Beerdigung. Wir hängen jetzt die Bilder in unseren Mitteilungskasten, und beim Gottesdienst am Sonntag werde ich die jungen Leute bei den Abkündigungen erwähnen.«

Auf dem Rückweg parkte Margaret am Rathaus – der *AJ Hall* – und schloss mit ihrem Schlüssel auf. Im Büro setzte sie sich an den Schreibtisch und schrieb einen Aufruf:

> Wichtig!
> Wer hat diese Männer gesehen?
> Bitte Kontakt mit Sergeant Sullivan aufnehmen.

Sie schloss das Büro wieder ab, ging ins Foyer und hängte die Zeichnungen und den Aufruf in den Mitteilungskasten.

Als sie heimfuhr, war es schon fast Abend geworden. An der Abzweigung zu ihrem Haus erblickte sie im Scheinwerferlicht die hellgrünen Augen der Fähe und der beiden Welpen. Margaret hielt an und schaltete Licht und Motor aus. Als sich ihre Augen an die Dunkelheit gewöhnt hatten, konnte sie die Umrisse der Tiere erkennen, die sich von dem hellen Fels abhoben. Die Mutter stand absolut ruhig mit einer erhobenen Pfote da und beobachtete das Auto, während sich die Welpen um sie drängten. Dann setzte die Füchsin die Pfote wieder ab und stupste ihre Jungen an, und kurz darauf waren sie zwischen den Büschen verschwunden.

Aileen hatte eine Krankenschwester gefunden, die bereit war, mit ihnen über einen Patienten mit schwerem Blutverlust zu sprechen, und am folgenden Morgen fuhren sie in die Stadt, um der Frau die Phantombilder zu zeigen. Aileen saß auf dem Beifahrersitz, diesmal trug sie weder Jeans noch Cordhosen, sondern ein gemustertes Kleid, Lederschuhe und einen Herbstmantel, und ihre gute Handtasche lag auf ihrem Schoß.

An einigen Stellen war der Nebel wieder sehr dicht, sodass Margaret vom Gas ging und das Abblendlicht und die Warnblinkanlage einschaltete. Schließlich lichtete sich der Nebel, und die Sonne kam heraus. Überall färbte sich das Laub, hellgolden an den Birken, dunkelorange und weinrot an den Ahornbäumen.

»Sie will nicht, dass ich dir ihren Namen verrate«, sagte Aileen. »Ich habe ihr auch versprochen, dass die Namen der Ärzte außen vor bleiben, einverstanden? Vergiss das nicht. Ich kenne mich mit den strengen Richtlinien der Krankenhäuser aus. Wir hatten oft gemeinsam Schichtdienst, und als das Krankenhaus in Clearwater schloss, hat sie eine Stelle in der Stadt gefunden und ist dorthin gezogen. Sie ist jünger als ich.«

In der Stadt warteten sie auf dem Parkplatz an einem Nebeneingang des Krankenhauses, bis die Krankenschwester herauskam und sie sah. Aileen stellte Margaret vor, dann setzte sie sich auf den Rücksitz.

Die Frau wirkte nervös. Sie deutete auf eine Ecke am anderen Ende des Parkplatzes, etwas weiter weg. »Können wir bitte dorthin fahren? Und ich habe auch nicht viel Zeit, meine Pause ist schon fast zu Ende.« Sie drehte sich nach hinten um und wandte sich an Aileen. »Eigentlich sollte ich das nicht tun, aber ich habe es dir versprochen, also bin ich jetzt hier. Wie geht es dir, Aileen?«

»Passabel, danke. Ich könnte gut noch ein paar Schichten mehr gebrauchen, aber ich komme über die Runden. Und du?«

»So lala. Ganz gut. Wie geht es deinem Sohn?«

»Gut. Das Boot gehört jetzt ihm, und er ist viel damit unterwegs. Aber diese merkwürdige Sache jetzt, die toten Jugendlichen und diese unheimlichen Männer.«

»Ich weiß. Die Zeiten ändern sich, Aileen. Früher hat hier jeder jeden gekannt. Jetzt nicht mehr.«

Als Margaret das Auto wieder geparkt hatte, reichte Aileen die Zeichnungen nach vorn, und die Krankenschwester nahm sie in die Hand und betrachtete sie.

»Dieser hier«, sagte sie.

»Sie meint den grinsenden Mann«, erklärte Margaret für Aileen auf dem Rücksitz. An die Krankenschwester gerichtet fragte sie: »Sind Sie sicher? Entschuldigen Sie bitte, dass ich nachhake, aber sind Sie sich wirklich sicher?«

»Aber ja! Ich habe in der Notaufnahme gearbeitet, als sie kamen. Ich glaube, der andere Mann hier hat ihn gebracht. Hatte der rötliche Haare?«

»Ja.«

»Sie haben Spanisch miteinander gesprochen. Der Verletzte war totenbleich. Sein Begleiter hat gesagt, dass sie als Touristen auf einem Fischerboot mitgefahren sind und dass sein Freund auf dem Boot gestolpert ist und sich an irgendeinem Werkzeug geschnitten hat. Wir bekommen immer wieder solche Verletzungen zu sehen, und das klang glaubwürdig, also haben wir nicht mehr groß nachgefragt. Sie waren zwar nicht gerade für einen Bootsausflug gekleidet, und an den Namen des Bootes konnten sie sich auch nicht erinnern, aber bei den ausländischen Touristen weiß man ja eh nie so recht, woran man ist.«

»Sie haben ihn also im Krankenhaus aufgenommen«, sagte Margaret.

»Ja. Der Patient hatte eine lange, tiefe Schnittwunde am linken Arm, die war richtig übel. Aber sie hatten schon einen strammen Druckverband mit einem Hemdsärmel gemacht. Die Ärzte haben die Wunde zuerst geklammert, und dann haben sie ihm einige Bluttransfusionen gegeben. Keine Ahnung, wie viele. Dann wurde er in den OP geschoben.«

»Wie lang ist der Mann im Krankenhaus geblieben?«, fragte Margaret.

»Nicht so lang, vielleicht vier oder fünf Tage. Er hatte wohl einen ziemlich guten Heilungsverlauf. Sein Freund hat ihm Kleidung mitgebracht, als er entlassen wurde, und er bekam eine Schlinge für den Arm. Der Freund bezahlte bar, mit amerikanischen Dollar.«

»Bei seiner Aufnahme, trug er da beide Schuhe?«, fragte Margaret.

»Nein. Jetzt, wo Sie das ansprechen, fällt es mir wieder ein. Aber das kommt bei solchen Verletzungen öfter vor. Ein fehlender Schuh ist noch gar nichts. Bei einem Autounfall verlieren sie oft die Armbanduhren. Oder Ringe. Sogar ihre Zähne. Es war nur ein Slipper.« Sie sah zum Autofenster hinaus auf den Parkplatz. »Ich muss wieder.«

»Ein *Slipper*«, sagte Margaret. »So ein richtig schicker Slipper?«

»Der Schuh war klitschnass. Seine ganze Kleidung war klitschnass.«

»Es geht nur um den Schuh«, beharrte Margaret. »Steckte der rechte Schuh noch an seinem Fuß? Hatte der Schuh eine goldfarbene Metallspange?«

»Ich weiß nicht, ob es der rechte oder der linke war. Und eine Spange. Ich kann mich nicht …« Die Krankenschwester sah erneut aus dem Autofenster. »Ich gehe besser.«

»Nur noch diese letzte Frage, bitte.«

»Also, ich glaube, der Schuh hatte so etwas wie eine Metallspange. Er fiel auf den Boden, als sie den Patienten auf die Krankentrage legten. Ich hab den Schuh aufgehoben und neben den Mann gelegt.«

Auf der Rückfahrt nach Sweetbarry sagte Aileen: »Vielleicht hat er ja deshalb die ganze Zeit seine linke Hand in die Manteltasche gesteckt. Eine Schlinge wäre zu auffällig gewesen, also hat er sich in der Manteltasche abgestützt. Was sollen wir dem Inspector sagen? Ich will nicht, dass sie Ärger bekommt.«

»Das wird sie nicht. Wenn die Polizisten in die Klinik kommen und Fragen stellen, dann können sie sagen, dass sie in allen Krankenhäusern nachforschen, an die sie Fernschreiben geschickt haben. Dann sieht es nicht so aus, als würden sie gezielt dieses Krankenhaus aufsuchen. Das schlage ich dem Inspector vor, wenn ich ihn anrufe. Aber ich glaube nicht, dass sie irgendetwas Ungesetzliches getan haben. Ein Unfall auf einem Fischerboot, das klang bestimmt recht plausibel.«

Später rief Margaret vom Telefon im Bootshaus aus den Inspector an.

»Ich möchte Ihnen mitteilen, dass wir das Krankenhaus gefunden haben, in dem der grinsende Mann behandelt wurde. Er hatte tatsächlich eine lebensgefährliche Schnittwunde am linken Arm.«

»Ja! Wirklich? Welches ist es?«

»Sie erinnern sich an unsere Abmachung, oder? Ich sagte, es könnte sein, dass ich Sie im Gegenzug um einen Gefallen bitte.«

»Ja, und ich sagte, das hinge ganz von dem Gefallen ab.«

»Ich möchte, dass man die toten Jugendlichen nach der Freigabe meiner Obhut überlässt. Dann werde ich mich um sie kümmern und dafür sorgen, dass sie in Sweetbarry ein ordentliches Begräbnis bekommen.«

Es folgte ein längeres Schweigen.

»Ihrer Obhut überlassen. Sind Sie sich da sicher?«

»Ja. Jemand muss sich ja um sie kümmern.«

»Wir sind immer noch auf der Suche nach den Eltern.«

»Ich meine für den Fall, dass Sie sie nicht finden.«

»Das ist ein wenig ungewöhnlich, aber das Gesuch kann ich stellen. Ich kann Ihnen allerdings nichts versprechen.«

»Ich bitte Sie nur um das Gesuch.«

»Vermutlich gibt es dafür Formulare, die man ausfüllen und unterschreiben muss. Bei Toten, die niemand vermisst, macht das Leichenschauhaus normalerweise keine großen Umstände. Sind Sie sich wirklich sicher?«

»Ja, das bin ich.«

»Einverstanden. Dann berichten Sie mir nun, was Sie herausgefunden haben.«

An dem Abend versuchte sie Jack zu erreichen. Sie rief ihn vom Telefon in der Küche aus an. Margaret wählte die Nummer zweimal, doch jedes Mal ging nur der Anrufbeantworter mit ihrer eigenen Ansage an. »Sie haben den Anschluss von Mr. und Mrs. Bradley gewählt ...«

Beim zweiten Mal hinterließ sie eine Nachricht mit der Bitte, sie zurückzurufen. Er sollte wissen, dass sich etwas in ihr verändert hatte. Als wäre eine Tür aufgegangen. Als hätte sich ein Ausweg gezeigt.

In vernünftigeren Momenten wäre es ihr seltsam vorgekommen, wie der Versuch, die seit Urzeiten in Stein gemeißelten Gesetze umzuschreiben, aber in solchen Momenten wie diesem hier, nachts in der Küche in dem alten Holzhaus, da kam es ihr wunderbar vor, so absolut schlüssig und nicht erklärungsbedürftig.

Sie wollte, dass man diese Kinder ihrer Obhut überließ. Dass sie ihre Kinder wurden und dass sie die Erlaubnis erhielt, das Richtige zu tun. Es diesmal richtig zu machen. Denn es würden die letzten Kinder in ihrer Obhut sein, nachdem sie alle anderen verloren hatte.

Sie griff erneut zum Telefonhörer und legte wieder auf. Es war unwahrscheinlich, dass Jack zu Hause war, aber immerhin bestand die Möglichkeit. Vielleicht war er auch auf dem Heimweg. In der Nacht wartete sie noch lange auf seinen Rückruf, der nie kam.

NEUNZEHN

Während sie wartete und hoffte, etwas von Jack, Reverend McMurtry oder Inspector Sorensen zu hören, saß Margaret über ihren Akten, trank Tee mit Mrs. Herman und half Aileen und Franklin bei der Weinherstellung. Warten und Hoffen gehörten nicht zu ihren Stärken.

»Viel zu viele Frauen aus der Generation meiner Mutter«, hatte Großmutter AJ einmal zu ihr gesagt, »und sogar aus meiner Generation haben nichts anderes gemacht. Sie haben auf einen Mann gewartet und gehofft, der ihr Leben verändern sollte. Und wenn das nicht geschah, dann verbitterten sie und gaben allen anderen die Schuld. Ich habe das nie gemacht, und du wirst es auch nicht tun, Margaret.«

Doch nun blieb ihr nichts anderes übrig, als zu warten und zu hoffen, und die Weinherstellung half ihr dabei. Sie setzten die Maische mit Zucker und etwas von dem Wein vom letzten Jahr an, dann bedeckten sie die Gärgefäße und stellten sie in die hintere Ecke von Aileens Wohnzimmer. Ab und an musste Aileen die Geschirrtücher ersetzen und den aufgestiegenen Beerenbrei mit dem Stampfer nach unten drücken. In ein paar Tagen, wenn es darum ging, den Alkoholgehalt zu erhöhen, würden sie noch mehr Zucker zusetzen.

Eines Nachmittags, als sie mit Mrs. Herman in ihrem Wohnzimmer saß und die Sonne auf die Tapete mit dem Rosenmuster schien, erzählte Margaret von einem der letzten Sommer, die Andrew hier draußen verbracht hatte. Sie und Jack hatten fast drei Wochen zeitgleich Urlaub – was selten vorkam –, und auch Andrew hatte zehn Tage freibekommen. Sie hatten einen Segeltörn gen Norden unternommen, um Cape Breton herum und dann südwärts durch die Strait of Canso, vorbei an Port Hastings und an Mulgrave. Auf dem Schoner schliefen sie in engen Kojen, nur sie drei, noch ein Pärchen und eine kleine Crew. Sie beobachteten die atemberaubende Tierwelt, die Seehunde auf den Felsen bei Cape North, die Atemfontänen der Wale. Jack, Andrew und Margaret verbrachten Stunden damit, sich das anzusehen, sie ließen sich von der Sonne wärmen und waren glücklich, sie drei zusammen. Sie machten sich gegenseitig auf ihre Beobachtungen aufmerksam. Schau! Schau! Die kleinen Papageientaucher, die sich anscheinend mit den gleichen kurzen Flügelschlägen durch das Wasser bewegten wie durch die Luft. Die Mahlzeiten hatten sie an Deck eingenommen, und sie hatten sich viel zu erzählen und viel zu lachen gehabt.

»Ich glaube, der Schoner hieß *Annabelle*«, sagte sie zu Mrs. Herman. »Aus Halifax.«

Mrs. Herman, die ein wenig schwerhörig war, lächelte und nickte. Der Segeltörn war eine der letzten Unternehmungen, die sie gemeinsam als Familie unternommen hatten. Auf Margarets Kommode stand noch ein Erinnerungsfoto von ihnen, ihr Junge zwischen ihr und Jack, alle drei Arm in Arm, Jack und Andrew unrasiert, alle glücklich lächelnd.

Jack rief schließlich spät am Sonntag an. Er sagte, er komme direkt vom Flughafen und habe gerade den Anrufbeantworter mit ihren Nachrichten abgehört. Es gebe eine Verzögerung. Die Minenbesitzer seien mit den Erzproben nicht zufrieden, weitere Probebohrungen seien notwendig. Er klang müde.

»Wie geht es dir, Margaret?«

Sie sagte, dass es ihr gut gehe, zumindest meistens. Hier draußen gehe es ihr besser. Sie berichtete ihm von den Männern, die bei Aileen gewesen waren, und von den Phantombildern der Männer und der Kinder. Dann erzählte sie, dass sie das Krankenhaus gefunden hatten, in dem man den verletzten Mann behandelt hatte.

»Da ist ja einiges los bei euch«, sagte er.

»Außerdem sitze ich noch jeden Tag acht Stunden am Schreibtisch.«

Schließlich erklärte sie ihm, dass sie die Bestattung für die Kinder plane.

»Eine Bestattung? Was sind das denn für Kinder?«

»Das versucht die Polizei gerade herauszufinden.«

Sie wartete, und schließlich sagte sie in sein Schweigen hinein: »Könntest du dafür herkommen, Jack? Für die Bestattung?«

»Meinst du das ernst?«

»Ja … Schon.«

»Ich bin überrascht, Margaret. Als wir das letzte Mal gesprochen haben, wolltest du nicht, dass ich bleibe. Du brauchtest noch Zeit.«

»Ich weiß. Würdest du herkommen?«

»Um ehrlich zu sein … Nein, Margaret, das möchte ich nicht. Außerdem ist hier gerade viel los, weil überall die Metallpreise steigen. Vor allem Silber.«

»Tatsächlich.«

»Außerdem muss ich vermutlich bald wieder zurück nach British Columbia. Also, meine Antwort lautet Nein, Margaret. Tut mir leid. Was ist sonst noch passiert?«

Am nächsten Tag erhielt sie einen Überraschungsbesuch von Inspector Sorensen. Es war sehr windig und regnete stark. Als der Inspector seinen Wagen geparkt hatte, huschte er schnell ins Haus.

»Stürmisches Wetter hier unten.« Er nahm seinen Hut ab, behielt den Mantel aber an. Sie standen in der schmalen Diele hinter der Haustür.

»Und, wie sieht Ihre Entscheidung aus?«, fragte Margaret. »Gibt es Neuigkeiten zu unserem Deal?«

»Sozusagen.«

»Dann kommen Sie bitte und setzen Sie sich.«

Sorensen legte seinen Mantel ab, hängte ihn über einen Haken und stülpte den Hut darüber. Dann setzte er sich an den Küchentisch, und sie bot ihm etwas Maisbrot mit roten Chilis, Butter und Oliven an und stellte den Kessel auf den Herd.

Er berichtete, dass die Gerichtsmedizin zu dem Schluss gekommen war, dass es sich bei den Toten um Lateinamerikaner handelte. Deshalb hatte er die Suche ausgeweitet und die Phantombilder an die Polizei von Mexiko und von anderen lateinamerikanischen Ländern weitergeleitet.

»Die beiden jungen Leute waren zwischen zwanzig und fünfundzwanzig Jahre alt«, sagte er. »Der junge Mann war der Ältere.«

»Was noch?«

»Ja, jetzt kommt es. Ich denke, sie waren Kuriere. Vermutlich für Kokain. Das passt alles in ein Schema, das wir immer deutlicher erkennen. Das Profil stimmt auch, denn oft sind das Kinder aus der oberen Mittelschicht. Sie wissen schon, ein behütetes Leben, junge Leute, die sich leicht zu einem kurzen Abenteuer überreden lassen und die man niemals verdächtigen würde. Die Eltern haben natürlich keine Ahnung. Die Kuriere reisen mit dem Flugzeug ein, manchmal auch per Schiff, und meistens kommen sie aus Mexiko. Im Vergleich zu den USA ist unsere Küste recht ungeschützt, und der Zoll an unseren Flughäfen ist eher touristenorientiert. Die Jugendlichen bringen dann das Kokain mit. Für sie ist das Ganze nur wie ein Kurzurlaub, ein kleiner Spaß, mit dem sie ziemlich viel Geld verdienen. Sie treffen Kontaktleute wie die zwei Männer, die zu Mrs. McInnis gekommen sind, und die bringen die Drogen in Umlauf, oft Richtung Süden in die USA. Ich bin für die Küste bis runter nach Yarmouth verantwortlich, also weiß ich in etwa, was da los ist. Bis jetzt geht es nur um Kokain. Sie wissen schon, Gürtel, Westen und Plastiktüten voller Kokain, die zwischen der Kleidung in Koffern versteckt werden. Aber dann gibt es auch noch Frachtschiffe mit viel größeren Mengen, die dann nachts übernommen werden. Meistens von ortsansässigen Fischern, die sich in diesen Gewässern sehr gut auskennen. Aber wir wissen noch nicht genau, wie die Transaktionen ablaufen oder wie die jungen Leute ausgerechnet auf dieser Insel gelandet sind.«

»Wenn die Jugendlichen nur Drogenkuriere waren, warum hat man sie dann umgebracht?«

»Das wissen wir auch noch nicht. Auf jeden Fall waren sie entbehrlich. Vielleicht gab es ja auch ein Problem bei der Bezahlung. Aber wahrscheinlich haben sie etwas gesehen oder gehört, was nicht für sie bestimmt war, und wurden dadurch zu einem Risiko. Ich glaube, der junge Mann hat die Männer abgewehrt oder angegriffen, und bei dem Kampf wurden die beiden Jugendlichen getötet.«

Der Inspector sah Margaret an. »Im Hinblick auf Ihre Bestattungspläne ist mir wichtig, dass Sie die Fakten kennen.«

»Danke. Das ist alles sehr traurig.«

Der Kessel pfiff, und Margaret löffelte Instant-Kaffeepulver in zwei Becher und goss es mit dem kochenden Wasser auf. Dann schob sie Kaffeesahne und Zucker in seine Richtung.

»Meine Großmutter konnte sich noch daran erinnern, dass man früher in jeder Apotheke Kokainpulver in kleinen Tüten bekam, als kleinen Muntermacher oder als Kopfschmerzmittel«, sagte sie. »Später wurde Kokain verboten, und plötzlich ging es nur noch um das große Geld. Aber das ändert nichts an meinem Entschluss. Wenn die Eltern nicht ausfindig gemacht werden können, möchte ich mich gern um die Kinder kümmern und hier die Trauerfeier für sie ausrichten. Haben Sie das Gesuch eingereicht, damit die Toten mir überlassen werden?«

»Jemand vom Leichenschauhaus wird sich demnächst bei Ihnen melden.«

»Danke. Was ist mit den beiden Männern? Gibt es da Neuigkeiten?«

»Nein, rein gar nichts. Wir haben mit dem Krankenhaus gesprochen und die Blutproben zum gerichtsmedizinischen Labor in Ottawa geschickt. Es gibt eine Übereinstimmung mit dem Blut auf dem Steg. Irgendetwas ist da verdammt aus dem Ruder gelaufen. Entweder sind sie noch unterwegs und machen die nächste Fahrt, oder, was ich für wahrscheinlicher halte, sie sind abgehauen. Nach Hause gefahren und durch andere ersetzt worden. Aber wir überwachen nach wie vor die Grenzübergänge und die Flughäfen, und ihre Fahndungsbilder hängen überall.«

Sorensen griff zu einer Gabel und spießte eine Olive auf. »Lecker. Diese Art Oliven mag ich gern, die sind schön weich und haben keine Kerne.« Er nippte an seinem Kaffee, biss in eine Scheibe Maisbrot und kaute. »Sehr fein. Die kleinen roten Stücke, was ist das?«

»Rote Chilis. Wie lang dauert es, bis über den Verbleib der Kinder entschieden wird?«

»Das kann ich nicht sagen. Nicht so lang. Vielleicht noch ein paar Tage, länger nicht.«

Bevor er ging, gab Margaret die schwarzen Oliven in ein kleines Behältnis und verschloss es. Sie wickelte eine Plastikgabel in eine Papierserviette, verstaute das Ganze mit einem Stück Maisbrot in einer braunen Frühstückstüte und drückte sie ihm in die Hand.

»Für unterwegs«, sagte sie.

ZWANZIG

Aileen nahm im Wohnzimmer die Tücher von den Gärgefäßen mit dem Wein und drückte die Früchte wieder nach unten. Sie konnte die Gärung förmlich riechen. Nachdem sie noch mehr Tücher geholt hatte, um die Gefäße warm zu halten, öffnete sie das Fenster zur Meerseite hin, damit die Dämpfe abzogen.

Später kam Franklin mit dem Alkoholmessgerät hoch. Er presste die Maische, entnahm etwas Wein und betrachtete die Skala. »Nur drei Prozent«, sagte er. »Ich glaube, da fehlt noch Zucker. Und zwar eine ganze Menge. Wenn sich in ein paar Tagen immer noch nichts getan hat, dann können wir noch ein bisschen Wodka dazugeben.«

Als er das Messgerät am Spülbecken reinigte, ging Aileen an ihm vorbei und gab ihm einen Klaps auf den Hinterkopf. »Das kommt nicht infrage. Nicht bei *meinem* Wein. Warum die Eile? Drei Prozent nach so wenigen Tagen, das ist ein guter Start.«

Aileen ging zum Kühlschrank und nahm ein Bier für ihn heraus. Sie setzten sich in die Küche, denn sie hatte die Fenster wieder geschlossen, und die Alkoholdämpfe im Wohnzimmer waren heftig.

»Margaret war hier. Der Polizist hat ihr einen Besuch abgestattet.«

Sie berichtete, was Margaret gesagt hatte.

»Will sie immer noch die Trauerfeier ausrichten?«

Sie nickte.

»Kannst du mir das mal erklären?«

»Was soll ich da erklären, Franklin? Das sind Kinder, weit weg von zu Hause.«

Er runzelte die Stirn, dann nippte er eine Weile an seinem Bier und schwieg.

»Es wird jetzt schon früher dunkel«, sagte er schließlich. Er sah auf seine Armbanduhr.

»Ja, das stimmt. Sie hat sich der Zeit angepasst. Sie kommt jetzt ein bisschen früher.«

»Wirklich? Dann warten wir auf sie.«

»Die beiden waren wahrscheinlich Studenten, meinte Margaret. Diese Kinder. Das Mädchen war jünger, und er hat sich wohl um sie gekümmert. Sie beschützt. Vielleicht, weil er sie in die ganze Chose reingezogen hat. Margaret will sich im Leichenschauhaus mit jemandem von der Pathologie treffen. Diesmal habe ich nachgegeben und gesagt, dass ich Barbie anrufe, damit die sich darum kümmert.«

Aileen stand kurz davor, zu erklären, warum Margaret das alles tat, doch dann sagte sie nichts. Sie wusste, dass Franklin sie schräg ansehen und ihr Fragen stellen würde, und sie würde versuchen, es ihm begreiflich zu machen, aber es war zu kompliziert. Außerdem war es nicht ihre Aufgabe, irgendjemandem Margaret zu erklären.

»Wer hat sie rüber zur Insel gefahren?«, fragte er. »Die Kinder, in dem Boot?«

»Das hätte hier jeder sein können. Jeder.«

»Was denkst du? Vielleicht John Patrick mit Dannys Boot? Warum sonst kommen diese beiden bewaffneten Männer ausgerechnet hierher und kennen ihre Namen?«

»In Dannys Boot? Ich glaube nicht. Das solltest du auch

nicht glauben. So ein Unsinn. Jetzt halt den Mund, Franklin. Lass uns einfach nur hier sitzen und ihr zuhören. Soll ich Licht anmachen?«

»Nein.«

Sie saßen im Dunkeln in dem alten Haus und warteten schweigend auf die Füchsin. Franklin nippte hin und wieder an seinem Bier. Aileen tat nichts, war aber innerlich aufgewühlt.

»Danny steht nicht unter Verdacht«, sagte sie. »Er hat diese Männer nie zuvor gesehen.«

»Schon gut, schon gut. Tut mir leid. Aber du weißt, dass Danny das Boot an John Patrick verleiht. Das hat er selbst gesagt. Ich habe ja nur laut gedacht.«

»Dann lass es. Mach dir keine lauten Gedanken um solche Dinge.«

»In Ordnung. Tut mir leid.«

Sie saßen da und warteten. Sie hörten das Meer und die Felsen. Die klappernde Fliegengittertür an Margarets Haus.

»Wenn der Junge, wie du gerade gesagt hast, nicht mehr verdächtigt wird, warum ist Margaret dann immer noch hier? Warum ist sie nicht längst wieder zurück in Toronto bei ihrer Arbeit?«

»Erstens gefällt es ihr hier, und zweitens will sie die Bestattung organisieren. Sie hat gesagt, am liebsten würde sie bis Thanksgiving bleiben. Ich weiß, dass sie den ganzen Tag unten im Bootshaus arbeitet. Ich sehe den Kurierfahrer kommen und gehen, außerdem hat sie noch ein Heizgerät und eine Schreibmaschine bekommen, und das Telefon. Und es gibt den Fernschreiber im Postamt. Jetzt hör endlich auf zu quasseln! Noch ein Bier?«

»Nein danke, Aileen. Alles in Ordnung.«

Danny kam erst in der Nacht nach Hause, morgens früh um drei. Sie hörte den Transporter, dann die Haustür, und als er in Strümpfen heraufkam, da stand sie schon im Nachthemd auf dem Treppenabsatz und schaltete das Licht an.

»Wo kommst du her, Danny? Weißt du, wie spät es ist?«

Er blieb stehen und hielt sich schützend eine Hand vor die Augen. »Mach das Licht aus, Mom. Warum liegst du nicht im Bett und schläfst?«

»Ich hab dich gehört. Was ist mit deiner Hand?«

»Nichts Schlimmes. Bei Brewers war eine Scheibe zerbrochen, und ich musste das Fenster zunageln. Dabei habe ich mich am Glas verletzt. Ich muss morgen wieder hin und es ordentlich reparieren.«

»Dann verbinden wir das. Komm mit ins Bad.«

»Mom, geh wieder schlafen.«

»Erst, wenn wir ein bisschen Jod daraufgepinselt haben und die Wunde versorgt ist. Komm mit.« Aileen ging ins Badezimmer und öffnete den Medizinschrank.

Sie reinigte seine Hand mit warmem Wasser und Seife und tupfte sie trocken. Die Verletzung war am linken Daumenansatz. Ein glatter Schnitt. Sie trug Jod auf.

»Danny«, sagte Aileen und hielt seine Hand, während die Tinktur einzog. »Ich weiß, das brennt jetzt ein bisschen, aber das tötet die Keime ab. Du hast nicht etwa John Patrick unser Boot geliehen, damit er diese Männer nach Crieff Island fährt? Oder die jungen Leute? Oder sonst was? Ich muss dich das fragen.«

»Was? Nein, hab ich nicht. Worum geht es hier eigentlich?«

»Danny, sei ehrlich zu mir.«

»Mom, um Himmels willen. Was geht dich das an? Ich

habe mit der ganzen Sache nichts zu tun. Und John Patrick auch nicht.«

»Das kannst du gar nicht wissen. Lässt ihn mit unserem Boot fahren. Du hast doch gar keine Ahnung, was er damit angestellt hat.«

»Doch, habe ich. Ich kenne ihn.«

Aileen legte ein Stück Gaze bereit, dann wickelte sie etwas Pflasterband ab und schnitt es in zwei Streifen.

»Nicht so groß, Mom. Das stört. Haben wir kein vernünftiges Pflaster?«

»Das reicht nicht. Wenn die Wunde nur etwas tiefer gegangen wäre, dann hätte das genäht werden müssen.«

Sie kürzte die Gaze und das Pflasterband. »Aber du selbst hast diese Männer oder die Jugendlichen nicht gefahren, oder?«

»Nein! Jetzt hör endlich auf! Das macht mich richtig wütend. Ich habe weder diese Gestalten noch diese Jugendlichen je gesehen. Das habe ich dir gesagt, das hab ich dem Polizisten gesagt, und denen im Leichenschauhaus hab ich es auch gesagt. Ich dachte, wir wären damit durch.«

»Jetzt hat sich herausgestellt, dass sie Koks oder sonst was reingebracht haben, diese Kinder. Höchstwahrscheinlich. Die zwei Männer waren anscheinend mit ihnen verabredet. Wie sollen die denn sonst alle raus nach Crieff gekommen sein? Halt still. Ich verbinde das jetzt.«

»So wie jeder zu den Inseln kommt. Mit einem Boot! Vielleicht hatten sie ja ein eigenes Boot.«

»Hoffentlich stimmt das, Danny. Ich würde dir zu gern glauben, dass du mit der ganzen Sache nichts zu schaffen hast.«

»Habe ich auch nicht. Habe ich dich jemals angelogen?«

»Keine Ahnung. Ich hoffe nicht. Hast du?«

»Zumindest nicht, wenn es um wichtige Dinge ging.«

»Das will ich auch hoffen.« Sie drückte das Pflasterband mit beiden Daumen fest. »Fertig«, sagte sie. »Pass auf, dass es nicht feucht wird.«

»Schon gut. Mom, geh wieder ins Bett. Du machst mich noch ganz fertig.« Er packte seine Mutter an den Schultern, drehte sie um ihre eigene Achse und schob sie durch die Badezimmertür. »Nacht, Mom. Geh schlafen.«

EINUNDZWANZIG

Jack rief am nächsten Tag an und teilte ihr mit, dass man ihn wieder nach British Columbia schicken würde. Womit er ja gerechnet hatte. Selbst wenn er zur Bestattung hätte kommen wollen, er hätte nicht gekonnt.

Probleme in der Tannhead Silbermine, sagte er. Dringende Probleme. Diese Edelmetalle bereiteten einem nur noch Kopfschmerzen. Ob sie zufälligerweise den Silberpreis mitbekommen hätte? Zwanzig Dollar die Unze, und der Preis klettere immer weiter. Deshalb wollten jetzt natürlich alle sofort die Produktion steigern. Jack gab ihr die Telefonnummer der Minenverwaltung. Ein Containercamp mitten in der Wildnis. Er wusste selbst noch nicht, wie lange er da draußen bleiben musste.

Nachdem Margaret aufgelegt hatte, saß sie eine Weile da und starrte auf das Telefon. Es läutete noch einmal, aber diesmal war es nicht Jack, sondern Hugh. Ihr Chef erkundigte sich nach den Fortschritten bei der neuen Firmenübernahme, diesem 65-Millionen-Dollar-Deal für den Klienten in Hongkong. Margaret berichtete ihm, dass sie bereits mehrfach mit dem Büro des Klienten in London konferiert und auch schon einen Vertragsentwurf aufgesetzt hätte. Sie kämen mit dem Fall gut voran, sagte sie. Den Entwurf werde sie ihm in ein oder zwei Tagen zukommen lassen. Bei dem New-York-Fall stecke sie noch mitten im Recherchestadium, und bei der Sache mit dem Wasserversorger treffe sie gerade die Vorbereitungen für ein Meeting in Toronto, das sollte irgendwann in der Woche nach Thanksgiving stattfinden. Vielleicht am Donnerstag. Jenny sei stets über alles informiert, sagte sie.

Aileen begleitete Margaret zum Leichenschauhaus, doch auf dem Parkplatz änderte sie ihre Meinung und sagte, sie würde lieber im Wagen warten.

»Ach. Warum?«

»Diese Krankenhausrichtlinien. Vielleicht ist es besser, man sieht mich hier nicht, wenn ich keinen Dienst habe.«

Die Pathologin war in ihrem Alter. *Dr. Mary Snell*, stand auf dem Namensschild. Sie wies Margaret den Weg zu einer Wand mit Stahlschubladen und setzte die Brille auf, um die Schilder zu lesen. Dann wandte sie sich zu ihr um. »Bereit?«

Margaret nickte.

Die Schubladen wurden auf Gleitrollen herausgezogen und standen nun nebeneinander. Die Pathologin zog die Laken zurück, und da lagen die Kinder vor ihnen, bleich und vollkommen nackt, mit geschlossenen Augen und gefalteten Händen. Über Brustkorb und Bauch zogen sich lange, grob vernähte Schnitte. Breite, reine Gesichter. Das Mädchen hatte flache Brüste und feingliedrige Hände mit schönen Fingernägeln. Bei dem Jungen kreuzte eine kleine Narbe die linke Augenbraue. Andrew hatte auch so eine Narbe gehabt, aber an der anderen Augenbraue, vom Hockey-Training auf der *Deer-Park*-Sportanlage.

Dr. Snell stand hinter ihr und wartete. Nach einer Weile räusperte sie sich und trat zu Margaret.

»Alles in Ordnung?«, fragte sie. Als Margaret nickte, zog die Medizinerin die Laken wieder über die Leichen und schob die Schubladen in die Wand zurück. Sie drehte sich um und begleitete Margaret über die Betontreppe und durch die Stahltür zurück ins Foyer. Dort blieb sie stehen und sah Margaret an.

»Wissen Sie, woran sie gestorben sind?«

»Ja. Mehr oder weniger. Inspector Sorensen hat es mir gesagt. Das Mädchen stand vermutlich hinter ihm.«

»Ja, so sieht es zumindest aus. Ich habe gehört, dass Sie das Begräbnis für die beiden ausrichten möchten?«

»Ja. In unserer Kirche, auf unserem Friedhof.«

Dr. Snell nickte. »Wir müssen noch die Formalitäten abwarten. Viel Glück dabei!« Sie reichte ihr zum Abschied die Hand.

Nachdem sie einige Minuten schweigend gefahren waren, fragte Aileen schließlich: »Und? Redest du jetzt darüber oder nicht?«

Margaret versuchte zu beschreiben, was sie gesehen hatte und wie nahe es ihr gegangen war. Darüber zu sprechen half ihr, aber es fiel ihr immer noch sehr schwer. Die beiden waren so jung und so blass. Diese toten, jungen Gesichter, so nah. So furchtbar wehrlos.

Am Nachmittag kaufte sie gerade im Markt der landwirtschaftlichen Genossenschaft ein, als Reverend McMurtry sie entdeckte und zu ihr kam.

»Margaret«, sagte er. »Ich muss unbedingt mit Ihnen sprechen. Es tut mir leid, aber ich habe mich doch dagegen entschieden.«

Sie standen ganz am Ende der Haushaltswarenabteilung, wo Margaret kleine Nägel und Plastikschildchen für die Beschriftung ihrer Bäume gefunden hatte. Sie waren die einzigen Kunden. Der Geistliche stand da in seinem schwarzen Anzug mit dem weißen Kragen und in seinen abgestoßenen schwarzen Schuhen. Er hielt mit beiden Händen eine braune Papiertüte fest.

»Es ist einfach alles zu ungewöhnlich«, sagte er. »Völlig jenseits aller Konventionen. Ich habe gehört, dass sie vielleicht Schmuggler waren.«

»Sie waren keine *Schmuggler.* Und selbst wenn. Was macht das für einen Unterschied? Das waren zwei Kinder, die einen Fehler gemacht haben!«

»Vielleicht. Aber ich möchte nicht, dass ihr Grab auf unserem Friedhof zu einer romantischen Touristenattraktion wird, à la Bonnie und Clyde. Warum beerdigen Sie die Toten nicht in La Roche, wie Ihre Familie?«

»Das wäre der letzte Ausweg, aber sie sind hier gestorben, nicht an der Nordküste.«

»So wie Ihre Großmuter AJ.«

»Ach so, ich verstehe. Es geht darum, dass meine Großmutter nicht hier bestattet wurde, oder?«

»Niemand aus Ihrer Familie wurde je hier beerdigt, Margaret.«

»Sie wissen aber auch, warum. Weil es in La Roche ein Familiengrab der Jouberts gibt und Großmutter neben ihrem Ehemann beerdigt werden wollte.«

»Mag sein. Wie auch immer. Ich habe eine Entscheidung getroffen, und meine Antwort lautet Nein.« Der Geistliche trat einen Schritt zurück, nickte zum Abschied und verschwand in dem Gang zwischen den Regalen.

»Aber sie sind hier unter uns gestorben, Reverend«, rief Margaret ihm laut hinterher. »Das heißt doch, dass wir damit eine gewisse Verantwortung tragen, oder?«

Er tat so, als hätte er sie nicht gehört, und sie lief ihm nach. An der Kasse standen sie nebeneinander. Er bezahlte und ging zum Ausgang, unbeugsam und stur, und sie bat die Kassiererin, schon einmal die Nägel abzuwiegen und die Schildchen zu zählen, um die Rechnung vorzubereiten.

Draußen hatte sich der Reverend gerade in seinen kleinen Morris gezwängt, da lief sie zu ihm und hielt schnell die Autotür fest, ehe er sie schließen konnte.

»Reverend«, sagte sie. »Bitte warten Sie! Haben Sie nicht gehört, was ich gesagt habe? Wie ist es um unsere Verantwortung als Gemeinde bestellt? Oder wenigstens um die Verantwortung als anständige Menschen? Haben Sie das auch bedacht?«

»Ja, das habe ich auch bedacht. Und Sie kennen meine Antwort. Jetzt lassen Sie bitte meine Tür los.«

Sie zog ihre Hand zurück, und er knallte die Tür zu, ließ den Motor an und fuhr los.

Später ging sie in ihrem Wald spazieren, um sich zu beruhigen. Mithilfe des Buchs von ihrem Vater begann sie, anhand der Beschaffenheit der Rinde, der Nadeln und der Blätter die Bäume zu bestimmen. Sie schrieb die Namen mit wasserfestem Stift auf die Plastikschildchen und nagelte diese an die Stämme.

Aileen sah Margaret werkeln und kam zu ihr in das Wäldchen. »Soll ich dir helfen?«

»Ja, halt das, dann kann ich besser nageln. Danke.«

Die Nägel waren so klein, dass man sie mit klammen Fingern kaum halten, geschweige denn einschlagen konnte. Als Margaret zum zweiten Mal Aileens Daumen und Zeigefinger traf, fragte diese: »Was ist los? Du bist ja völlig zappelig.«

Margaret berichtete ihr von dem Gespräch mit dem Reverend.

Noch in der Nacht beendete sie den Vertragsentwurf für Hongkong, und um Zeit zu sparen, brachte sie ihn am nächsten Morgen selbst zum Kurierdienst in Bridgewater. Wieder zu Hause war sie kaum aus dem Wagen ausgestiegen, als Aileen winkend angerannt kam.

»Margaret! Margaret! Warte! Du glaubst nicht, was passiert ist! Die Polizei hat Dannys Boot beschlagnahmt. Es liegt bei Telford in der Werft.«

»Los, steig ein! Schnell! Wo ist Danny?«

»Bei ihnen.«

Auf dem Werftgelände standen Telford, Sullivan und Danny vor dem Tor des Bootsschuppens. Innen hatte man das Boot auf eine Hebebühne gehievt, und ein Mann in einem Laborkittel hantierte mit einer Sprühpumpe und einer Handleuchte, die einen violetten Farbton ausstrahlte. Ein Polizist in Uniform hielt an der Leiter Wache.

»Nur, damit Sie sich nicht wundern«, begrüßte Sully Margaret. »Der Inspector lässt den Personenkreis mit den entsprechenden Booten und Kenntnissen überprüfen. Danny ist nicht der Einzige. Ich habe ihn gefragt, ob wir sein Boot durchsuchen dürfen, damit wir ihn von der Verdächtigenliste streichen können, und er war einverstanden.«

»Was für entsprechende Kenntnisse, Sergeant?«

»Zum Beispiel in der Dunkelheit die richtige Strecke finden zu können.«

Margaret sah Danny forschend an. »Du hast zugestimmt?«

»Wenn es nicht zu lange dauert, habe ich nichts dagegen. Dann lassen sie mich endlich in Frieden.«

Sie gab ihm ein Zeichen, sie zu ihrem Auto zu begleiten. Dort setzte sie sich mit Danny auf die Rückbank, während Aileen vorne Platz nahm.

»Danny, um Blutspuren zu finden, benutzen sie eine Chemikalie, Luminol. Blut lässt sich nie komplett beseitigen, und unter einer Speziallampe schimmern selbst winzige Blutreste. Werden Sie auf deinem Boot irgendwelche Blutspuren entdecken?«

»Ich glaube nicht.«

»Du hast nie irgendwelches Blut weggewischt?«

»Nein, habe ich nicht. Na ja, früher natürlich das Blut von Fischen, als ich noch geangelt habe.«

»Ich rede von menschlichem Blut. Mit ihren Methoden können sie den Unterschied ganz schnell feststellen.«

Danny schüttelte den Kopf.

»Was ist mit John Patrick? Wenn er mit deinem Boot gefahren ist, sah es danach mal so aus, als hätte er was abgewischt?«

»Mein Gott, das ist ein Boot! Es wird schon mal nass!«

»Danny, die Lage ist ernst.«

»Ich weiß, und ich habe nichts zu verbergen. Außerdem möchte ich das Ganze endlich hinter mich bringen.«

Sie schwiegen. Aileen saß zusammengesunken auf dem Beifahrersitz. Sie hatte den Rückspiegel so eingestellt, dass sie die beiden auf der Rückbank im Blick hatte. Margaret erkannte die Sorge in ihren Augen.

Sie dachte eine Weile nach, dann packte sie den Türgriff.

»Warte«, hielt Aileen sie zurück. »Ich wollte ja nichts sagen, aber was war das kürzlich in der Nacht, Danny? Als du mit der Schnittwunde nach Hause gekommen bist? Zeig das bitte Margaret!«

»Mom, das war nichts. Ich wünschte, du würdest nicht ständig darauf herumreiten.«

Aber er zeigte Margaret die Wunde und erklärte, wie er sie sich zugezogen hatte.

Dann gingen Margaret und Danny wieder zum Bootsschuppen. Sobald er sie kommen sah, eilte Sullivan herbei und sagte, dass sie im Steuerhaus an zwei Stellen Blutspuren entdeckt hatten.

»Danny«, sagte Margaret. »Erzähl es ihm.«

Danny hielt dem Sergeant zunächst seine Hand entgegen. Dann berichtete er von dem Sturmschaden am Sommerhaus der Brewers und wie er sich selbst verletzt hatte, als er die Glasstücke aus dem Fensterrahmen entfernt hatte.

»In Ordnung«, sagte Sullivan. »Wir überprüfen das. Aber zuallererst brauchen wir eine Blutprobe von dir. Geh zum Krankenhaus und sag der Krankenschwester, dass sie die Wache anrufen soll, um genaue Instruktionen zu bekommen. Wir setzen inzwischen die Suche fort, aber das Boot darfst du derzeit nicht benutzen. Du nicht und auch sonst keiner. Es ist beschlagnahmt und muss hier an Ort und Stelle bleiben.«

Sullivan wandte sich an den Polizisten. »Ich habe am Tor ein Schließband gesehen. Gehen Sie zu Mr. Herman und fragen Sie ihn, ob er ein Vorhängeschloss dafür hat. Falls nicht, kaufen Sie eines. Wenn wir fertig sind, dann bleiben Sie hier und halten Wache. Wir lösen Sie am Ende Ihrer Schicht ab.«

Irgendwann in der Nacht, als sie nicht schlafen konnte, ging Margaret wieder in Andrews Zimmer. Sie schaltete die Deckenlampe ein und setzte sich auf den Stuhl aus Treibholz, den er selbst getischlert hatte. Betrachtete die silberne Auszeichnung an der Wand, ihr *Silver Cross*. Andrews Eimer mit den vielen Bleigewichten.

Sie saß einen Moment lang da und versuchte die Möglichkeit in Betracht zu ziehen, aus dem Zimmer ein Gästezimmer zu machen. Seine Kleidungsstücke und auch den alten Schrank und das Bett wegzugeben. Und dann moderne Möbel zu kaufen. Einen farbenfrohen Läufer. Bilder und neue Vorhänge. Aber es war unvorstellbar.

Sie schaltete das Licht aus und ging nach unten.

In der Küche bereitete sie sich eine Tasse heißen Kakao zu, mit echtem Kakaopulver, Milch und Zucker. Das hatte sie von Aileen gelernt. Dann stellte sie sich in die offene Hintertür. Die Bäume waren noch dunkler als der Nachthimmel. Inzwischen erkannte sie sie an ihren Umrissen. Die Weymouth-Kiefern, Rotkiefern, Tamaracklärchen, die Weißfichte und die dünnere Schwarzfichte, dort noch eine Hemlocktanne und ein paar Zedern. Dann noch die Laubbäume, deren Blätter sich nun schnell färbten und bald fallen würden.

ZWEIUNDZWANZIG

Damals in Südfrankreich, fünf Monate nach Andrews Tod, als sie Thérèse in deren Seniorenheim besucht hatte, hatte sie ebenfalls die Umrisse von Bäumen vor einem abendlichen Himmel gesehen, aber das waren andere Bäume gewesen.

Margaret und Thérèse hatten all die Jahre den Kontakt gehalten und waren Freundinnen geworden. An dem Abend saßen sie auf Segeltuchstühlen im Hof und unterhielten sich. Eine Wolldecke lag über Thérèses Knien, dabei war es Mai. Sie sagte, ihr sei oft kalt.

Thérèse war noch hagerer als früher. Ihr Gesichtsausdruck war nahezu immer ruhig. Ihr inneres Lächeln, so hatte sie es Margaret einmal erklärt. Das hatte sie sich selbst beigebracht. Ein inneres Lächeln, um die Welt zu filtern. Um zu entscheiden, was sie hinein und was sie besser außen vor ließ.

»Margaret«, sagte Thérèse. »Weißt du noch, was du mir damals über das Recht auf gemeinsame Zeit geschrieben hast? Und über die Ja- und Nein-Kästchen?«

»Ja, natürlich.«

»Das dachte ich mir. Damals gab es nicht mehr dazu zu sagen, das ist nun schon Jahre her, aber jetzt möchte ich gern darüber sprechen. Inzwischen habe ich meine Meinung geändert. Jetzt, in dieser Lebensphase – versteh mich bitte richtig, als die Person, die ich jetzt bin, nicht als die, die ich damals war –, da würde auch ich Ja ankreuzen.«

»Tatsächlich? Was ist geschehen?«

»Die Zeit ist geschehen. Jetzt wüsste ich es gern. Ich würde mir gern vorstellen, wie er oder sie später ausgesehen hat. Mein Kind wäre jetzt fünfundfünfzig. Es könnte jede Frau oder jeder Mann dort draußen sein. Damals stand ich unter Schock, Margaret. Damals hasste ich den Mann, und ich hasste mich selbst. Ich schämte mich. Und ich war so jung. Ich hatte keine Ahnung. Das Schlimmste war, dass ich mir so lange selbst die Schuld gegeben habe.«

»Und trotzdem hast du es nicht verheimlicht.«

»Am Anfang schon. Und dann habe ich das Lehrerexamen bestanden. Ich hörte von der École Olivier und ihrer Philosophie und dass sie jemanden suchten, der die Schule in der Aufbauphase unterstützt. Da habe ich die Entscheidung getroffen. Von da an betrachtete ich meine Geschichte wie eine Art Zusatzqualifikation. Als ein Verdienstabzeichen. Und das hat tatsächlich funktioniert.«

Eine Weile saßen sie schweigend da. Sie konnten den Straßenlärm hinter den Bäumen hören. Eine Autotür, die zuknallte.

Schließlich sagte Thérèse, dass ihr Margarets Geschichte immer gefallen habe, die Geschichte von den jungen Mädchen in Lakewood, die sich die Eltern aussuchten. Sie bewundere die Methode und Entschlossenheit dahinter.

»Hat es funktioniert?«, fragte Thérèse.

»Meistens.«

»Und jetzt?«

»An Tagen, an denen ich nicht so durcheinander bin, ist es immer noch an einem sicheren Ort.«

Thérèse sagte, dass sie das nachvollziehen könne. Auch ihre Geschichte befand sich an einem sicheren Ort. Irgendwie hatte sich die ganze Episode im Verlauf ihres Lebens von einer schlechten zu einer positiven Erfahrung gewandelt, oder zumindest zu einer lehrreichen. Sie hatte aus ihrer Geschichte gelernt, sich selbst zu vergeben und furchtlos zu sein. Und sich nie wieder beschämen zu lassen. Es habe sie zu der Person gemacht, die sie sei, sagte sie. Und zu der sie, mit etwas Glück, weiterhin reifen werde. Wenn sie noch lang genug am Leben bleibe.

Thérèses Hände suchten den Saum der Wolldecke. Es waren trockene Hände. Dünne Hände mit dunklen Adern.

»Ansonsten …«, sagte sie. »Der traurigste Tag in meinem Leben war der, an dem Philippe starb. Nein, das stimmt nicht. Die Tage danach, im nächsten Jahr, die waren noch trauriger. Aber das weißt du selbst. Wir haben darüber gesprochen. Das ist immer noch so, bis heute. Verstehst du, Margaret? Ich kenne mich mit Verlusten aus.«

Wieder breitete sich Schweigen aus. Ein Windhauch bewegte die Palmen, von irgendwoher klangen Stimmen.

»Gleich rufen sie zum Abendessen«, sagte Thérèse. »Das Essen hier ist ziemlich gut, du wirst schon sehen. Ich bin so froh, dass du mich besuchst, Margaret. So froh.«

Thérèse hatte fast dreißig Jahre lang an der École Olivier gearbeitet. Sie war von Anfang an dabei gewesen und hatte mitgeholfen, aus der Einrichtung eine anerkannte Schule zu machen, die die Schülerinnen sogar bis zur Hochschulreife führte.

Doch dann, mehr als zehn Jahre nach Margarets Zeit in Frankreich, beschwerten sich zwei Elternpaare schriftlich bei der École Olivier über Thérèses unorthodoxe Lehrmethoden. Ein Brief bezog sich ausdrücklich auf Thérèses Kurs

»Geschichten von Frauen«, der als zu frei und unangemessen kritisiert wurde. Der Kurs verstoße gegen christliche, gesellschaftliche Werte und stelle die Familie infrage. Auf jeden Fall sei er völlig unpassend für Schülerinnen in dem Alter.

Es folgte eine Untersuchung, doch man konnte kein Fehlverhalten aufdecken. Vielleicht war es ja auch nur Zufall, dass die Mädchen, deren Eltern sich beschwert hatten, miteinander befreundet waren und dass eine der Töchter das Abitur nicht bestanden hatte. Die Eltern drohten, sich direkt an das Bildungsministerium zu wenden, und da das Renommee der Schule in finanzieller Hinsicht von großer Bedeutung war, forderte man Thérèse auf, zu kündigen.

Für Thérèse bedeutete das einen Tiefschlag, aber die Kündigung gab ihr auch die Freiheit, sich auf ihre Ideen vom inneren Selbst und auf ihre Selbstverwirklichung zu konzentrieren und darüber zu schreiben. Mit fünfundfünfzig zog sie in eine möblierte Wohnung um und begann, als Küchenhilfe und Bedienung in Restaurants zu arbeiten. Sie lebte sparsam, genau wie alle anderen verarmten Schriftsteller und Dichter in Paris, und machte sich ans Werk.

Ihr drittes und bekanntestes Buch, *Zwischen mir und mir selbst*, im Original *Entre moi et moi même*, ließ bereits den kühnen neuen Feminismus ahnen. Thérèse forderte darin für Frauen das Recht und die Verpflichtung auf volle Eigenverantwortung und Entscheidungsfreiheit in allen persönlichen Belangen. Die Rezensenten bezeichneten das Buch als absolut »skandalös«, als »schamlos« und als »Affront« gegen die Institution der Ehe und die Rolle der Frau innerhalb der Familie. Doch in weniger als einem Jahr avancierte Thérèses Werk *Entre moi et moi même* in diversen Übersetzungen zu einem internationalen Erfolg.

Im Speisesaal waren die Tische mit weißen Decken, Blumenschmuck sowie edlem Porzellan und Besteck gedeckt. Von den anderen Tischen drangen nur gedämpft Geräusche zu ihnen. Die Bedienungen trugen schwarze Röcke oder Hosen und lange weiße Schürzen.

Beim Abendessen vertraute Margaret Thérèse an, dass sie in ihren dunkelsten Momenten die Person hasste, die sie im Badezimmerspiegel sah. Sie befürchtete, einen sehr hohen Preis dafür bezahlt zu haben, eine gute Rechtsanwältin zu sein. Jura, so sagte sie, das waren eigentlich nur Worte. Viele Worte, die sie studiert und auswendig gelernt hatte, und dazu hatte sie noch die Gabe, Verbindungen zu erkennen, die den anderen entgingen. Doch der berufliche Erfolg war eine Sache. In anderen Dingen, die normale Frauen ganz intuitiv erfassten, hatte sie wohl leider versagt. Zum Beispiel, wie man seinen Kindern Nähe und Geborgenheit vermittelt, ganz zu schweigen davon, wie man seine Ehe nicht gefährdet.

Thérèse schüttelte den Kopf. »Lass dir Zeit«, sagte sie. »Eine *normale Frau*, was ist das überhaupt? Ich kann dir nur eines raten: Lass dir Zeit!«

Nach dem Abendessen gingen sie zu dem wartenden Taxi hinaus, das Margaret zum Hotel bringen sollte. Thérèse lief langsam, sie hatte sich bei Margaret untergehakt. Ihr Arm wirkte beinahe zerbrechlich, ihr immer noch perfekt frisiertes Haar war fast weiß und wurde wie früher von Kämmen gehalten. Mittlerweile waren diese schwarz.

Am Fuß der Treppe, die vom Eingang des Seniorenheims zur Straße führte, blieb Thérèse plötzlich stehen. Sie streckte eine Hand aus, strich Margaret über das Gesicht und sagte: »Deine Trauer, meine Liebe. Dafür gibt es keine Erklärungen und auch keine Gründe. Das weißt du selbst. Niemand kann dir deine Trauer abnehmen oder sie lindern. Die musst du selbst aushalten. Nach einiger Zeit wirst du feststellen, dass du damit leben kannst. Sie wird ein süßer Schmerz sein, ganz nah bei deinem Herzen. Und mit der Zeit wird dieser Schmerz selbst ein wichtiger Teil von dir werden. Es ist merkwürdig, aber er wird fast zu einem Freund.«

DREIUNDZWANZIG

Sie zog immer noch Rock, Bluse und Blazer an, wenn sie an ihrem Schreibtisch im Bootshaus arbeitete. Mehrmals am Tag brachte oder holte der Kurierdienst eine Sendung, sie telefonierte mit Jenny und mindestens einmal täglich auch mit Hugh Templeton. Hugh war höchsterfreut, schließlich war der Chicago-Deal erfolgreich abgeschlossen, und den Vertragsentwurf für den Klienten aus Hongkong hatte er auch schon durchgewinkt.

Am Mittwoch saß Margaret am Schreibtisch und hörte draußen lautes Hämmern und Männerrufe. Sie packte den Pager, schlüpfte in die Stiefel und ging zu Aileen. Sie wollte wissen, was dort los war.

»Zedernschindeln«, sagte Aileen und strahlte über das gesamte Gesicht. »Stell dir das mal vor! Dannys vorzeitiges Weihnachtsgeschenk für mich. Ich hatte ja keine Ahnung, dass er so was im Schilde führt. Wirklich keine Ahnung. Er selbst ist gerade mit dem Transporter unterwegs, schließlich hat er kein Boot.«

Margaret rief Inspector Sorensen an, um sich zu erkundigen, wann mit der Freigabe von Dannys Boot zu rechnen sei. Doch der diensthabende Polizist teilte ihr nur mit, der Inspector sei wegen Ermittlungen in einem anderen Fall in Yarmouth und könne sie vermutlich erst in ein oder zwei Tagen zurückrufen.

Kurz vor dem Mittagessen zog sie den Overall an und ging

wieder zu Aileen. Sie wollte mithelfen, die alten Schindeln aufzuräumen, die die Männer schon vom Dach entfernt hatten. Sie fegten die zerbrochenen Schindeln auf Planen zusammen, und die Männer schleiften diese dann über den Felsen zu einem Lkw und hievten sie auf die Ladefläche. Zum Mittagessen reichte Aileen den Männern am Picknicktisch Limo und Fish and Chips mit Krautsalat.

»Jungs, esst was, los!«, forderte sie die Männer auf. Zum Dessert brachte sie Schälchen und Löffel und einen großen Becher Eiscreme.

Als Margaret zurück nach Hause kam, blinkte die Anzeige am Anrufbeantworter in der Küche. Es war Dr. Snell von der Pathologie mit der Bitte um einen Rückruf.

»Gute Nachrichten«, sagte die Medizinerin. »Ich habe nun die Erlaubnis, Ihnen die Toten zu überlassen. Dafür benötige ich zuerst den Namen des Bestattungsinstitutes, und dann können Sie bei mir vorbeikommen und müssen einige Papiere unterschreiben. Aber sobald die Leichen die Kühlkammer verlassen haben, müssen sie innerhalb von vierundzwanzig Stunden eingeäschert oder beerdigt werden. Das sind die Auflagen vom Gesundheitsamt. Wegen dieser knappen Frist entscheiden sich die meisten Angehörigen für die Feuerbestattung. Wann können Sie vorbeikommen?«

»Hm. Nur vierundzwanzig Stunden. Einen Moment. Warten Sie bitte! Das war mir nicht bewusst. Ich muss noch einige Vorbereitungen treffen. Bitte lassen Sie die Kinder, wo sie sind. Ich rufe Sie so bald wie möglich wieder an.«

Nachdem sie geduscht hatte, kleidete Margaret sich für die Stadt, zog einen Mantel über und fuhr zur Kirche.

Diesmal bot ihr der Geistliche nicht einmal einen Platz an.

Reverend McMurtry blieb stehen und hörte ihr zu, doch sobald sie fertig war, schüttelte er den Kopf. »Ich habe meine Meinung nicht geändert, Margaret. Ich pflege solche Dinge sorgfältig zu bedenken, ehe ich Entscheidungen treffe. Und meine Entscheidung steht. Es tut mir leid, aber meine Antwort lautet nach wie vor Nein.«

»Aber warum, Reverend?«

»Das habe ich Ihnen bereits erklärt.«

»Haben Sie auch darüber nachgedacht, wie gut es der Gemeinde tun könnte, aus diesem Anlass zusammenzufinden? Haben Sie mit Gemeindemitgliedern darüber gesprochen oder sich die Meinung von jemand anders angehört? Oder ist das einfach nur Ihre Privatmeinung? Ihre etwas sture Privatmeinung, wenn ich das mal so sagen darf?«

Der Geistliche wollte gerade widersprechen, doch Margaret war in Fahrt. »Wirklich, ein Grab à la Bonnie und Clyde. Na und? Was ist denn daran so verkehrt? Reverend, bitte, denken Sie noch einmal darüber nach. Nur ein Gottesdienst. Keine Särge, keine offenen Gräber. Nur zwei Urnen. Vielleicht noch eine kleine Gedenktafel an der Urnenwand, für die ich aufkommen werde.« Sie versuchte sich zu beruhigen, ihn anzulächeln. »Bitte, Reverend. Darf ich Sie vielleicht daran erinnern, wie sehr sich meine Familie, allen voran meine Großmutter AJ, für diese Gemeinde und für diese Kirche engagiert hat? Das Rathaus, die *AJ Hall*, trägt schließlich ihren Namen, genau wie die Stiftung, die sie für den Erhalt des Gebäudes gegründet hat.«

»Ja, ja, Ihre Großmutter AJ. Die hat jedenfalls ihre ewige Ruhe nicht hier bei uns gefunden. Ebenso wenig wie AJs Ehemann oder Ihr Vater Charles. Und wenn ich mich nicht schwer täusche, dann wird es bei Ihnen nicht anders sein.«

»Reverend, bitte überlegen Sie es sich noch einmal!«

Margaret wartete, ob er noch etwas sagte, doch der Geistliche schüttelte nur den Kopf. Er hob eine Hand und zeigte in Richtung seines Schreibtischs. »Mrs. Bradley, ich habe zu tun. Danke für Ihren Besuch.«

Auf der Heimfahrt machte Margaret einen Umweg über Telford Hermans Werft. Unten beim Bootsschuppen bewachte wieder derselbe Polizist das Tor wie zuvor. Er hatte den Kragen hochgeschlagen und die Hände unter die Arme gesteckt, um sich zu wärmen, und er saß auf einem Küchenstuhl, der mit Backsteinen unter den Vorderbeinen gegen das Kippen gesichert war.

»Ma'am«, begrüßte er sie.

»Constable. Gibt es Neuigkeiten in dem Fall? Was ist mit Dannys Bluttest? Wissen Sie etwas?«

»Nein, Ma'am. Da müssen Sie mit dem Inspector reden. Ma'am, was soll ich machen, wenn ein Sturm kommt, während ich hier draußen Wache schiebe? Meinen Sie, ich könnte irgendwo hineingehen? Vielleicht in den Schuppen dort? Wäre das in Ordnung?«

»Für mich klingt das vernünftig, Constable. Aber das fragen Sie besser den Sergeant.«

Von zu Hause aus rief sie wieder Sorensen an und hinterließ ihm eine Nachricht. Dann rief sie die Wache an und bat, zu Sergeant Sullivan durchgestellt zu werden. Doch der diensthabende Polizist teilte ihr nur mit, dass auch der Sergeant außer Haus sei.

Oben in Andrews Zimmer öffnete Margaret das Fenster bis zum Anschlag. Sie blockierte die offene Zimmertür und ging über den Treppenabsatz ins nächste Zimmer. Auch dort öffnete sie das Fenster und verkeilte die offene Tür. Sie stand mitten in der Zugluft und nahm sie ganz bewusst wahr.

Dann schob sie in Andrews Schrank alle seine Kleidungsstücke auf der Stange ganz nach rechts. Es waren nicht so viele. Zwei Anzughosen, Jeans, eine Sportjacke und ein paar Hemden. Das ziegelrote Leinenhemd, Andrews Lieblingskleidungsstück. Seine Jeansjacke. Die Schubladen waren auch fast leer. Ein Hemd, das sie nicht kannte, ein paar Socken. Sie zog sein Bett ab und lehnte die zwei Matratzenteile schräg gegeneinander. Sie nahm die Laken und die Bezüge und trug sie hinunter zur Waschmaschine. Das Ventil klickte, und als das warme Wasser hineinsprudelte und das Waschpulver auflöste, steckte sie die Bettwäsche hinein und schloss die Ladeluke.

Während der ganzen Zeit sprach sie zu ihm. Sie hoffe, dass er nichts dagegen habe und dass er sie verstehe.

Erst, als sie wieder am Küchentisch saß, merkte sie, dass sie weinte. Sie spritzte sich am Spülbecken etwas Wasser ins Gesicht und tupfte es mit Küchenpapier trocken. Dann setzte sie sich wieder an den Tisch und legte die Hände in den Schoß.

Kurz darauf bog Sullivans Auto in ihre Auffahrt ein. Er wollte ihr mitteilen, dass zwar der Bericht über Dannys Bluttest eingetroffen, dieser aber nicht beweiskräftig sei. Seine Blutgruppe sei 0 positiv, also die gleiche wie bei einigen Blutspuren auf dem Steg und in seinem Boot. Doch diese Blutgruppe sei sehr häufig, also müsse man Dannys Blutprobe und die Abstriche vom Boot für genauere Analysen erst noch an ein Speziallabor schicken.

»Verstehe. Aber kann er währenddessen sein Boot wiederhaben? Er braucht es für die Arbeit. Nach den ersten Stürmen liegt Danny jetzt mit seiner Arbeit schon ziemlich im Rückstand.«

»Hm. Nein. Das kriegt er erst wieder, wenn alles erledigt ist. Bis die Ergebnisse aus Ottawa da sind.«

»Wie lang dauert das?«

»Ich weiß es wirklich nicht.«

Als der Sergeant abgefahren war, zog Margaret sich wieder um, sie trug nun Jeans und Sweatshirt. Dann warf sie schnell den Mantel über, griff zu Geldbörse und Schlüssel und fuhr in die Stadt. Beim *Save-Easy* kaufte sie die Zeitung und Milch, und später hielt sie an der Küstenstraße noch an ihrem Stammlokal, dem *Outrigger*, und ließ sich ein Gericht zum Mitnehmen einpacken.

Eine Zeit lang hatte sie sehr gern selbst gekocht. Ihre größte Inspirationsquelle war damals der Saucier im *Le Bœuf d'Or* in Paris gewesen. Der Mann konnte Margaret gut leiden, und einmal hatte er ihr am Samstag nach dem Mittagessen seine Küche mitsamt Einrichtung gezeigt. Wie ein Priester hatte er mit feierlicher Stimme über Soßen und Bratenfett gepredigt, über Cognac und Portwein, fein gewürfelte Trockenfrüchte, über langsames Sieden und Reduzieren. Schon fast mit Flüsterstimme hatte er ihr von den Kräutern erzählt, die niemals fein gehackt, sondern im Ganzen verwendet wurden. So könne man sie wieder herausnehmen, denn manche müsse man nach wenigen Minuten wieder entfernen, andere hingegen erst nach einer halben Stunde. Margaret hatte alles verstanden und den Erklärungen andächtig gelauscht. Sie fand es interessant, und zwar nicht nur weil sie das Ganze an Manssourians aufregende Vorstellungen vom Leben erinnerte, sondern weil in der französischen Küche die Soße oft diesen unverwechselbaren Geschmack bestimmte, der lange in Erinnerung blieb.

Jetzt saß Margaret an ihrem Küchentisch und überflog den Wirtschaftsteil der Zeitung, vor allem die Preise für Silber, Kupfer und Nickel. Silber stand nun bei zweiundzwanzig Dollar die Unze, war also seit dem letzten Telefonat mit Jack um zwei Dollar gestiegen. Wie hoch war der Preis noch einmal vor ein paar Monaten gewesen? Sie hatte keine Ahnung, was ein einzelner Rohstoffpreis für die Bewegungen auf dem Markt bedeutete. In der Liste stand auch Fluorit. Wie hoch war der Preis dafür? Sie wusste, dass Jack mindestens zwei Abbaustätten für Fluorit erkundet hatte, eine in Italien, die andere in Bayern.

Sie fand einen Zettel und einen Bleistift und notierte sich schnell einige Fragen, die sie ihm bei seinem nächsten Anruf über seine Arbeit stellen wollte.

Eigentlich könnte sie auf dem Stuhl sitzen bleiben und den Wirtschaftsteil lesen. Oft standen darin Artikel über Bergbau. Sie sah zum Telefon an der Wand. Ruf mich an, bat sie ihn.

Silber. Sie war mit Andrew im dritten Monat schwanger gewesen, als sie Jack auf einer Reise in die Türkei begleitet hatte, ins tiefste Anatolien. Eine Bergbaugesellschaft hatte ihn dorthin entsandt, damit er eine Silberlagerstätte begutachtete, für die sie bieten wollte.

Sie flogen in einem Kleinflugzeug über das Land, und Margaret saß hinter Jack. Sie wurde nervös, als er sich immer wieder sehr weit aus dem Fenster hinauslehnte. Einmal hielt sie ihn sogar an seinem Sitzgurt zurück. Jack zog den Kopf wieder zurück und grinste sie an, und dann bat er den Piloten, möglichst tief zu fliegen, damit er die Orientierungspunkte in seiner geologischen Karte exakt vermerken konnte. Am nächsten Tag stand ihnen ein lokaler Führer zur Verfügung, und sie setzten die Reise zu Pferd fort. Es waren drei Reitpferde sowie zwei Packpferde mit den Zelten und den Lebensmitteln.

Das war das erste Mal, dass sie Jack bei der Arbeit erlebte. Er schritt das Gebiet ab, blieb manchmal stehen, kniete nieder und schlug mit einem Hammer etwas von einem Fels ab. Die Proben untersuchte er mit einer Lupe mit zwölffacher Vergrößerung. An einer Anhöhe entdeckte er eine Tropfsteinhöhle. Er setzte einen Helm auf und kroch so weit in die Höhle hinein, dass sie weder sein Taschenlampenlicht sehen noch sein Hämmern hören konnte. Schließlich kehrte er schwer beladen zurück.

»Was ist das?«, fragte sie.

»Streck beide Hände aus und sieh es dir an.«

Er legte ihr einen Felsbrocken in die Hände, der zur Hälfte einen Klumpen mit reinem Silber umschloss, fast so groß wie eine Männerfaust.

»Der Klumpen ist ein paar hundert Millionen Jahre alt«, sagte er. »Vielleicht ist er das Resultat eines Asteroideneinschlags, der alles zum Schmelzen brachte, zu einer Zeit, als im Universum noch vieles umherkreiste und zusammenstieß. Oder als so etwas noch heiß war und blubberte.«

Jack rief um halb elf an. Bei ihm sei es halb sieben, sagte er.

»Warst du schon im Bett?«

»Nein. Noch nicht.«

Margaret erzählte ihm von Dannys Bluttest, von dem beschlagnahmten Boot und von Aileens neuem Dach. Und dass man ihr zwar die Kinder überließ, aber der Reverend sich nun weigerte, den Trauergottesdienst für sie abzuhalten.

»Aber noch gebe ich nicht auf«, sagte sie. »Außerdem habe

ich Andrews Zimmer gelüftet, die Matratzen hochgestellt und die Bettwäsche gewaschen.«

Eigentlich waren es nur einfache Haushaltstätigkeiten, aber wegen des eindrücklichen Bildes der Matratzen, die auf dem leeren Bett gegeneinanderlehnten, erwähnte Margaret es.

Jack musste das gespürt haben, jedenfalls schwieg er einen Moment.

»Das hast du also gemacht«, sagte er schließlich.

»Wir könnten neue Möbel für das Zimmer kaufen.«

»Ja, das könnten wir. Wenn du willst.«

»Wann kommst du zurück?«

»Ich weiß es noch nicht. Und du?«

»Vielleicht nach Thanksgiving, wenn Hugh mich lässt. Ich kann hier draußen gut arbeiten, der Ort hier hilft mir sehr. Ich glaube, so langsam geht es mir besser, Jack. Vielleicht mit allem. Selbst mit den Kopfschmerzen.«

Sie nahm ihre Notizen vom Küchentisch.

»Ich habe gesehen, dass der Silberpreis immer noch steigt«, sagte sie.

»Ja, stimmt.«

»Ich musste an unsere Reise nach Anatolien denken. Die Firma hat die Mine damals gepachtet, oder?«

»Ja, die Produktion lief einige Zeit sehr gut, doch dann standen die Kosten in keinem Verhältnis mehr zu den Erträgen. Inzwischen gibt es neue Fördermethoden, aber die sind alle umstritten.«

»Jack«, sagte sie. »Wenn die Bestattung der Kinder in einer Woche oder so ist, bist du sicher, dass du nicht rauskommen möchtest?«

Es entstand eine Pause, und schließlich sagte er: »Margaret, bitte frag mich das nicht wieder. Nein, ich möchte nicht, und ich könnte es auch nicht. Wir haben gerade erst die neuen Maschinen zum Abbaustoß gebracht, und ich habe einfach keine Zeit, um durch vier Zeitzonen zu der Bestattung von zwei Kindern zu fliegen, die ich nicht einmal kannte.«

»Du würdest das für mich tun. Nicht für die Kinder.«

»Ich weiß. Lass es gut sein. Bitte.« Nach einer Weile fragte er: »Wie geht es dir wirklich, Maggie?«

Als sie keine Antwort gab, sagte Jack, dass er vom Büro der Mine aus anrief, dem einzigen Telefonanschluss. Seine Stimme klang nun milder. Er beschrieb ihr das Camp und das Panorama, das sich ihm beim Blick aus dem Fenster bot. Dreitausend Fuß hohe Berge, verschneite Gipfel und Schneefelder, die sich im Sonnenuntergang orange färbten. Ganz in der Nähe standen hochgewachsene Koniferen, und am Rand des Camps ein Baum mit einem so dicken Stamm, dass nicht einmal drei Männer zusammen ihn umfangen konnten.

Margaret lehnte sich im Stuhl zurück und lauschte seiner Stimme. Jenseits der Küche lag das Haus in Dunkelheit und Stille.

VIERUNDZWANZIG

Reverend McMurtry kam nach Sweetbarry heraus, um das neue Dach zu segnen, und Aileen hatte alle Freunde und die gesamte Nachbarschaft zum Fest eingeladen. Früher war diese Zeremonie an dem Küstenstrich üblich gewesen, und der Reverend hatte den alten Brauch erst kürzlich wieder eingeführt. Nach der Dachsegnung mischte er sich noch eine Weile unter die Leute. Aileen hatte reichlich zu essen und zu trinken vorbereitet, und Pete Woolner, der früher als Fischer gearbeitet hatte und nun den Schulbus fuhr, spielte mit dem Akkordeon auf. Jemand hatte seine Tin Whistle mitgebracht und noch ein anderer ein Waschbrett mit Löffel. Die Autos und Pick-ups der Gäste parkten auf der Auffahrt und bei Margaret.

Der Geistliche ging Margaret die ganze Zeit aus dem Weg, doch als er sich aufmachte, folgte sie ihm bis zu seinem Wagen.

»Reverend«, sagte sie. »Bitte warten Sie. Gibt es irgendetwas, was ich sagen oder tun kann, damit Sie sich die Sache mit dem Trauergottesdienst noch einmal anders überlegen?«

»Meine Güte. Bitte nicht schon wieder, Margaret.«

Er öffnete die Fahrertür von seinem Morris, zwängte sich hinters Steuer und schlug die Tür schnell wieder zu. Doch dann kurbelte er die Scheibe hinunter. Sie legte eine Hand auf den Türrahmen, was er mit müdem Blick beobachtete.

»Reverend, bitte«, sagte sie. »Wäre das nicht hilfreich für diese sterbende Gemeinde?«

»Wieso sterbend?«

»Natürlich stirbt sie. Was sind denn das für Perspektiven? Wo sind die jungen Leute? Die Fischerei steht kurz vor dem Ende, und selbst die Reifenfabrik fährt nur noch die Hälfte der Schichten. Sehen Sie sich doch einmal die Zahlen an. Und dann heute die Beteiligung an dieser Dachsegnung hier. Wie wir jede Gelegenheit beim Schopf fassen, um uns zu treffen und uns die Hände zu schütteln! Ein Trauergottesdienst für zwei fremde junge Leute, die hier bei uns gestorben sind, weit weg von ihren Eltern. Die Würde, die ihnen zuteil wird. Stellen Sie sich die Anteilnahme der Gemeindemitglieder vor, Reverend. Das gute Gefühl für Ihre Kirche.«

Er ließ den Motor an und legte den Rückwärtsgang ein. Dann schaltete er in den Leerlauf zurück, ging von der Kupplung und sah sie an.

»Margaret, Sie nennen die Dinge beim Namen, also gestatten Sie mir bitte, dass ich das genauso mache. Während meiner Jugend hier habe ich Ihre Großmutter AJ gut gekannt. Sie starb, als ich damals im Priesterseminar war. Ihre Großmutter war die großzügigste und unabhängigste Person, die mir je in meinem Leben begegnet ist. Aber sie war auch wahnsinnig stur, um es mal gelinde auszudrücken. Ihre Großmutter AJ wusste, was sie wollte, und das habe ich immer sehr bewundert. Dann noch Ihr Vater. Wie viele Jahre hat er in sein Waldprojekt investiert? *Jahre*, Margaret. Jahre. Und jetzt stehen Sie hier vor mir mit Ihrer unermüdlichen Kampagne für diese toten, fremden jungen Leute.«

Er schüttelte den Kopf. Doch ein Lächeln huschte über sein Gesicht.

Der Geistliche sah nach unten zum rechten Pedal, dann legte er den Gang ein, setzte zurück und schaltete wieder. Er nickte Margaret zum Abschied zu, dann kurbelte er wild am Lenkrad und fuhr los. Einen Moment später streckte er die Hand aus dem kleinen Fenster und winkte ihr zu.

Später am Tag kam ein stürmischer Wind auf, und dann regnete es auch wieder. Der Wind hatte eine lange Anlaufstrecke über der offenen See, und manchmal blies er so stark und ausdauernd, dass der Regen fast waagerecht an ihrem Küchenfenster vorbeitrieb. Margaret wartete auf Inspector Sorensen. Der Polizist hatte sie angerufen, weil die Ergebnisse von Dannys Bluttest eingetroffen waren. Er wollte mit ihr darüber und auch noch über etwas anderes reden.

Er parkte auf ihrem Felsen und lief schnell zum Haus, den Hut mit beiden Händen umklammert. Margaret hielt ihm die Tür auf.

»Brutal«, sagte er. »Hat es zwischendurch einmal aufgehört?«

»Ja. Das Unwetter ging erst vor Kurzem so los, und es wird sich auch wieder legen. Aber wir haben Sturmzeit, es wird noch viel schlimmer. Manchmal vertäuen wir sogar unsere Häuser. Buchstäblich. Dafür nehmen wir Stahltrossen, hier an dieser Küste mit den auflandigen Winden.«

Der Inspector hängte Mantel und Hut an den Haken, und sie setzten sich wieder an den Küchentisch.

»Also«, begann er. »Sie freuen sich bestimmt, wenn ich Ihnen sage, dass das Blut im Steuerhaus von Dannys Boot von ihm ist. Und auch, dass seine Geschichte mit dem kaputten Fenster stimmt.«

»Heißt das, dass er sein Boot wiederhaben kann?«

»Genau. Sergeant Sullivan bereitet ihm eine Quittung zur Unterschrift vor. Aber ich möchte Ihnen gern noch etwas anderes berichten. Es gibt Fortschritte bei unserer Suche nach Verdächtigen. Wir wissen inzwischen ziemlich sicher, wer in der fraglichen Nacht die Fahrt nach Crieff Island unternommen hat. Den Mann selbst haben wir zwar noch nicht gefunden, aber seinen Lkw. Auf dem Beifahrersitz befanden sich Blutspuren. Sie stammen von dem Mann, der auf dem Steg aufgeschlitzt wurde und dabei seinen Schuh verlor.«

»Wem gehört der Lkw?«

»Das darf ich Ihnen nicht sagen. Aber der Mann wird mit Haftbefehl gesucht.«

»Sie dürfen mir nicht sagen, wer er ist?«

»Ich darf seinen Namen noch nicht bekannt geben, aber ich kann Ihnen verraten, dass es sich um einen alten Fischer handelt. Um einen ehemaligen Fischer.«

»Davon gibt es einige. Vielleicht hat jemand anders seinen Lkw gestohlen.«

»Kann sein. Das wissen wir allerdings erst, wenn wir mit ihm geredet haben. Wir waren bei ihm zu Hause, aber es war niemand da. Die Nachbarn haben ihn seit einiger Zeit nicht mehr gesehen. Wir haben uns im Hafen umgehört, aber dort hat er sich auch schon länger nicht mehr blicken lassen.«

»Was ist mit seinem Boot?«

»Das suchen wir gerade.«

»Was passiert als Nächstes?«

»Detailermittlungen. Wir suchen weiter. Später werden wir die Fahndung nach ihm und seinem Boot noch öffentlich machen.«

Einen Moment lang saßen sie schweigend da. Sie hörten den Wind und den Regen. Das Haus ächzte. Sorensen legte den Kopf zurück und sah sich im ganzen Raum um.

»Das ist nur der Wind«, sagte Margaret. »Die Dachkonstruktion ist direkt mit dem Rahmen des Hauses verbunden. Alles ist miteinander verzapft und mit Holzdübeln gesichert. Aber bei einer kräftigen Windböe bewegt sich das Haus tatsächlich. Zumindest ein bisschen. Wie ein Schiff auf hoher See.«

Der Inspector schüttelte den Kopf. »Hier unten ist alles so anders. Auch die Leute. So streitbar. Wie Ihre Aileen. Bei unserer ersten Begegnung hätte sie mir beinahe den Kopf abgerissen. Inzwischen habe ich mich sogar ein bisschen mit dem kleinen Sweetbarry hier angefreundet. Aber warum wird Sweetbarry eigentlich mit a geschrieben, nicht mit e?«

»Das ist nicht bekannt. Es steht so in der Gründungsurkunde im Rathaus. Vielleicht ein Fehler des Schreibers. Entschuldigung, ich habe Ihnen noch nichts zu trinken angeboten. Möchten Sie einen Kaffee? Oder Maisbrot mit Oliven?«

Sorensen verneinte. »Keine Zeit. Aber vielen Dank.«

Nach seiner Abfahrt wartete Margaret eine Weile. Als der Sturm nachließ, schlüpfte sie in ihre Stiefel, zog die alte Regenjacke und die Kappe ihres Vaters über und ging zum Nachbarhaus. Sie traf Danny an, der auf dem felsigen Boden auf und ab ging und nach Nägeln suchte.

»Danny!«, rief sie. »Gute Neuigkeiten! Du bekommst dein Boot zurück! Aber da ist noch etwas, und das ist nicht so gut.«

Als Margaret zurück nach Hause kam, hatte sie eine Nachricht auf dem Anrufbeantworter, und sie spulte das Band ab und lauschte. Es war der Reverend. Er könne nicht mit Sicherheit sagen, wieso, aber irgendetwas bei ihrem letzten Gespräch habe ihn veranlasst, doch noch einmal über den Trauergottesdienst nachzudenken. Er sagte, es sei weniger ihre typisch joubertsche Sturheit gewesen als vielmehr ihre Worte über das Gemeindeleben. Das Gemeindeleben sei ihm wichtig. Aus dem Grund habe er auch die Dachsegnung wieder eingeführt. Außerdem habe ihn das Gespräch daran erinnert, dass Sünder vor den Gesetzen der Menschen nicht unbedingt auch Sünder vor Gott seien.

»Also, ja, Margaret. Ich kann Ihnen nichts versprechen, aber kommen Sie bitte zu mir und lassen Sie uns miteinander reden. Erklären Sie mir noch einmal Ihre Absicht.«

Lächelnd hörte sie die Nachricht noch ein zweites Mal an, dann zog sie ihren guten Mantel und die guten Schuhe an, steckte den Pager in die Tasche und fuhr zur Kirche.

Die Eltern

FÜNFUNDZWANZIG

Bei der Einäscherung waren Margaret, Aileen, Franklin und der Bestatter die einzigen Anwesenden.

Zuvor hatten sie im Bestattungsinstitut die Bekleidung der Kinder besprochen. Sie habe die Wahl, hatte der Leiter gesagt. Er empfahl die üblichen weißen Hemden. Die meisten Toten würden damit bekleidet. Gute indische Baumwolle, locker geschnitten und am Rücken zugeknöpft.

»Meinen Sie? Meine Großmutter war vollständig bekleidet, mein Vater auch.«

»Aber nicht bei Feuerbestattungen. Entschuldigen Sie bitte, aber ich habe mir die Freiheit genommen und im Archiv nachgesehen, beide hatten Sargbestattungen und waren für die Aufbahrung angekleidet.«

»Ja. Sie haben recht.«

Der Mann wartete einen Moment, schließlich fragte er: »Also, weiße Hemden?«

Margaret war einverstanden, und der Mann notierte sich das.

»Was ist mit den Füßen?«, fragte sie.

Der Bestatter sah von seinem Klemmbrett auf. »Normalerweise lässt man sie barfuß, Mrs. Bradley. Woran haben Sie gedacht?«

»Ich weiß nicht so recht. Aber barfuß?«

»Hm, ich finde … Wie wäre es mit weißen Socken? Wäre das für Sie in Ordnung?«

Margaret nickte.

»Dann weiße Socken, Mrs. Bradley. Ich schreibe das auf.«

Später, in dem Raum mit den Mustersärgen, hatte sie sich für schwarze Sperrholzsärge mit abgeschrägten Kanten und einer Zierleiste mit Akanthusblättern entschieden. Außerdem hatte Margaret Bilderrahmen für die Zeichnungen gekauft, die die Kinder zu Lebzeiten darstellten.

Nun stand der erste Sarg auf dem Band bereit, und Margaret, Aileen und Franklin saßen in der vorderen Reihe der kleinen Krematoriumskapelle. Die Särge waren mit Blumen geschmückt, die Margaret noch am Morgen im *Save-Easy* gekauft hatte. Das Band endete an einem purpurroten Samtvorhang, und daneben waren auf einem Tischchen die Porträts und eine Vase mit noch mehr Blumen platziert. Der zweite Sarg stand auf einem Gestell an der Wand bereit.

Der Leiter des Bestattungsinstitutes hatte im Büro noch erwähnt, dass sie äußerst selten zwei Särge zugleich verbrannten. Die vollständige Verbrennung würde einige Zeit in Anspruch nehmen. Ob sie vielleicht der Symbolik halber nur bei dem ersten Sarg dabei sein wollten? Bis man die Flammen sähe, hatte er vorgeschlagen. Danach würden sich das Tor und der Vorhang wieder schließen, und der Brennofen würde auf die stärkste Stufe eingestellt.

Jetzt stand der Mann in einem schwarzen Anzug mit grauer Weste und grauen Handschuhen an der Schalttafel des Krematoriums. Er fragte, ob noch jemand ein paar Worte sprechen wolle, und Aileen sah zu Margaret. Diese schüttelte zunächst den Kopf, dann stand sie doch auf und ging erst zum einen, dann zum anderen Sarg. Sie strich mit der Hand über die Särge und ließ sich Zeit.

Als Margaret wieder saß, betätigte der Bestatter an der

Schalttafel den ersten Knopf. Die Beleuchtung in der Kapelle wurde nun gedämpft, der purpurrote Vorhang schob sich zur Seite, und das Ofentor öffnete sich. Der erste Sarg glitt hinein und wurde im Ofen von einem beweglichen Stahlrost übernommen. Als der Sarg darauf stand, flackerten blaue Gasflammen auf, die dann höherschlugen. Die schwarze Lackierung warf Blasen und wellte sich in der Hitze, das Holz fing Feuer, und gleich darauf loderten die Flammen hoch auf.

Das Ofentor schloss sich, ebenso der purpurrote Vorhang, und man hörte ein gewaltiges Fauchen. Sie lauschten den Flammen eine Weile, und als in der Kapelle die Beleuchtung wieder eingeschaltet wurde, standen sie auf und traten aus der Bank heraus. Am Ausgang der Kapelle stand der Bestatter, er hatte die Handschuhe abgelegt und schüttelte ihnen die Hände.

Schweigend fuhren sie nach Sweetbarry zurück. Gen Nordosten türmten sich wieder Wolken auf, schwere, schwarze Wolken. Sie waren unten tiefrot und sahen aus, als würden sie unter dem Druck von oben zusammengepresst und verdichtet. Windböen und Sprühregen fegten gegen die Windschutzscheibe.

Im Rückspiegel hatte Margaret Franklin im Blick, der einen wollenen Anzug aus alten Zeiten trug, mit einem weißen Hemd und einer schwarzen Krawatte. Er war säuberlich rasiert und hatte sogar einen frischen Haarschnitt. Er nickte ihr im Spiegel zu.

Die Fahrt ging weiter. Es war ein trüber, grauer Tag. Silbertage, pflegte ihr Vater zu sagen. Entlang der Straße lag das hohe Schilf vom Wind niedergepeitscht in den Brackwassertümpeln, und Gischtfetzen kamen vom Meer und wehten über die Straße.

Eine Stunde später saßen Margaret und Franklin bei Aileen in der Küche, und Aileen hatte Kaffee für sie alle gekocht. Das Fenster stand einen Spalt weit offen, denn das ganze Haus roch nach dem gärenden Blaubeerwein.

»Und, wie wird der neue Jahrgang?«, fragte Margaret. »Hier drinnen wird man ja schon allein vom Geruch betrunken.«

»Ich weiß. Ich habe sie wie kleine Babys zugedeckt, und ich lüfte hier so oft wie möglich. Wir sind wohl inzwischen bei zwölf oder dreizehn Prozent. Normalerweise ist bei sechzehn Schluss. Er schmeckt großartig, ist aber ziemlich trocken. Wenn der Gärvorgang abgeschlossen ist, ziehen wir ihn auf Flaschen und geben ein bisschen Zucker hinzu. In der Flasche wird er noch besser.«

Draußen vor dem Fenster schwebten gegen das Dunkel der Felsen und der Koniferen kleine Schneeflocken vorbei.

»Seht ihr das?«, fragte Franklin. »Ganz schön früh. Ist Danny auf seiner Runde unterwegs?«

»Ja. Ich hab ihm gesagt, er soll den Ball flach halten und mit dem Boot kein Risiko eingehen. Und sich von John Patrick fernhalten.«

Plötzlich hielt ein Polizeiwagen in der Auffahrt. Sullivan schälte sich umständlich aus dem Auto und setzte seine Dienstmütze auf.

»Oh weh«, sagte Aileen. »Das gefällt mir gar nicht, wenn der Junge hier einfach so aufkreuzt.«

Der Sergeant kam die Treppe hoch und ging am Küchenfenster vorbei. Er öffnete die Haustür, und noch in der Diele rief er: »Hallo? Mrs. McInnis?«

»In der Küche, Sergeant.«

Daraufhin kam er herein, die Dienstmütze in der Hand, und sah zu Margaret, Aileen und Franklin, die mit ihren Kaffeebechern am Küchentisch saßen. Er schnupperte und nahm die alkoholgetränkte Luft wahr, sagte aber nichts.

»Nehmen Sie Platz, Sergeant«, sagte Aileen. »Kaffee?«

Er blieb stehen und schüttelte den Kopf. Dann sah er von Aileen hinüber zu Margaret.

»Mrs. Bradley, ich habe eine sehr eilige Nachricht für Sie. Ich war zuerst an Ihrem Haus, aber da war niemand da. Inspector Sorensen lässt Ihnen mitteilen, dass sich die Eltern der toten Jugendlichen gemeldet haben. Der Inspector will, dass Sie sofort alles unterlassen, was mit dem Fall zu tun hat. Alles, Ma'am. Auf der Stelle. Außerdem bittet er Sie, heute Mittag um zwölf seinen Anruf an Ihrem Telefon anzunehmen.«

Im Badezimmer holte sie die Medikamente aus dem Medizinschrank. Sie schraubte die Deckel von den Fläschchen und entnahm eine der Tabletten gegen Angstzustände und auch eine der neuen, stärkeren Codein-Tabletten, doch dann legte sie beide auf das Glasregal zurück.

Punkt zwölf Uhr rief Sorensen an.

»Ich habe gehört«, sagte Margaret, »dass Sie die Eltern gefunden haben. Von beiden?«

»Es gibt nur ein Elternpaar. Die beiden waren Bruder und Schwester.«

»Bruder und Schwester.«

»Ja. Das ist der einzige Bluttest, den wir nicht gemacht haben. Ehrlich gesagt, diese Möglichkeit hatte ich nicht bedacht. Wie auch immer, sie sind jetzt hier. Irgendjemand in Mexiko, ich glaube, ein Lehrer, hat die Bilder im Aushang einer Polizeiwache gesehen und seine Schüler erkannt. Die Eltern sprechen recht gut Englisch. Ich habe gehört, dass Sie die Leichen schon abgeholt haben, Mrs. Bradley. Wo sind sie jetzt? Die Eltern wollen sie sehen.«

»Es ist zu spät. Sie wurden heute Morgen eingeäschert.«

Nun herrschte Schweigen.

»Jetzt schon«, sagte er schließlich. »Das ist äußerst bedauerlich. Die Eltern wollten die Kinder nach Hause überführen lassen.«

Ihr wurde schwindelig. »Also, ich … Es gibt Vorschriften von den Gesundheitsbehörden, sobald sie aus der Kühlkammer kommen. Die Beisetzung ist am Dienstag.«

»Oder auch nicht. Vielleicht müssen Sie das absagen. Können Sie in die Stadt kommen und mit den Eltern reden? Ihnen erzählen, wie es dazu gekommen ist. Welchen Anteil Sie haben und was es mit dem Trauergottesdienst auf sich hat. Was ist mit den Urnen?«

Sie hörte ihn reden, doch sie war weit weg. Sie presste die Finger gegen ihre Augenbraue.

»Mrs. Bradley?«

»Kann ich Sie zurückrufen? Ich rufe an, sobald …«

Margaret legte den Hörer auf den Tisch, ging ins Badezimmer und steckte sich beide Tabletten auf einmal in den Mund. Sie zerbiss sie und schob die Krümel unter die Zunge. Dann ging sie ins Wohnzimmer und setzte sich aufs Sofa. Sie schloss die Augen, beugte sich vor und legte das Gesicht in die Handflächen.

Irgendwann hörte sie Geräusche in der Küche. Als sie sich umdrehte, kam Aileen mit einem gefalteten feuchten Tuch in den Händen auf sie zu.

»Ich hab bei dir angerufen, aber es war ständig besetzt«, sagte Aileen. »Also bin ich rübergekommen. Lehn dich zurück und lass mich das auf deine Stirn legen. Margaret, bitte, lass mich dir helfen.«

Drei Stunden später ging es Margaret etwas besser. Sie saß in ihrem Auto und fuhr in die Stadt. Statt der Autobahn nahm sie lieber die alte Küstenstraße durch die kleinen Ortschaften. Chester, East River und von dort aus die Strecke um die Halbinsel, das Meer stets rechter Hand, durch Blandfort, Bayswater und Fox Point, dann Black Point und Upper Tantallon, und schließlich war sie in der Stadt angekommen.

Sie checkte im *Westin*-Hotel ein und setzte sich auf die Bettkante, die Hände in den Schoß gelegt. Es war halb sieben am Samstagabend. Draußen wurde es dunkel. Im Fenster spiegelte sich das Zimmer mit dem Bett und der Lampe auf dem Beistelltisch. Sie sah sich dort sitzen, ganz in Schwarz, abgesehen von der grauen Bluse. Überall flammten Lichter auf, flimmernde Lichtpunkte.

Endlich konnte sie sich durchringen und fuhr mit dem Lift zwei Etagen höher. Sie ging den Korridor entlang. Vor der Zimmertür angekommen, hob sie die Hand und klopfte an.

Drinnen hörte sie Stimmen. Schließlich öffnete ein Mann in einem schwarzen Anzug mit Krawatte die Tür. Margaret stellte sich vor, und der Mann nickte und forderte sie mit einer Geste auf einzutreten. Auf dem Bett lag eine Frau mit dem Oberkörper gegen ein Kissen am Kopfende gestützt. Die Frau trug ein langes schwarzes Kleid, und als Margaret näher trat, zog die Frau einen schwarzen Schleier über Kopf und Gesicht. Auf dem Beistelltisch neben dem einzigen Stuhl im Hotelzimmer brannte eine Kerze auf einem weißen Teller.

Margaret hatte die gerahmten Zeichnungen der Kinder mitgebracht. Sie legte sie aufs Bett und versuchte, die Hand der Frau zu berühren, doch diese zog ihre Hand weg.

Der Mann sagte mit sanfter Stimme etwas auf Spanisch zu ihr, aber die Frau beachtete ihn nicht weiter.

Sie standen peinlich berührt im Zimmer, dann schüttelte der Mann Margaret die Hand und deutete auf den Stuhl.

»Anna, meine Frau, die Mutter der Kinder«, sagte er. »Sie ist in sehr tiefer Trauer. Wir beide sind sehr traurig.« Wieder sah er zu seiner Frau und sagte ein paar Worte auf Spanisch.

»Sie ist in sehr tiefer Trauer«, sagte der Mann noch einmal zu Margaret. »Sie bittet Sie um Verzeihung, denn ein großer Teil von ihr befindet sich nicht hier in diesem Raum.«

Er bemerkte die kleine schwarze Ansteckschleife an Margarets Revers und sagte noch etwas zu seiner Frau. Die Frau flüsterte ein paar Worte und streckte die Hand nach den Bildern aus. Der Mann schob sie ihr hin. Er setzte sich auf die andere Seite des Bettes und legte seine Hände auf die Knie. Es waren kräftige, schön geformte Hände, gute Hände, ganz ähnlich wie die von Jack.

Lange betrachtete die Frau durch ihren Schleier hindurch die Porträts. Niemand sagte etwas. Dann legte sie die Bilder neben sich aufs Bett und fing zu weinen an. Sie lehnte sich gegen das Kissen, die Brille in der einen Hand, mit der anderen trocknete sie hinter dem Schleier ihre Tränen.

»Hugo und Carmencita«, sagte der Mann. »Sie waren so jung. Sie hätten noch so viel über diese Welt lernen können.

Diese heimtückische Welt, die keine Fehler und Schwächen verzeiht. Selbst wenn man noch so jung und unschuldig ist.«

»Ja«, stimmte Margaret zu. »Ich weiß nicht, wo ich anfangen soll. Der Inspector hat Ihnen schon davon erzählt, nicht wahr? Von der Einäscherung und dem geplanten Trauergottesdienst?«

Die Frau sagte etwas auf Spanisch zu dem Mann, und er nickte und sah Margaret an. »Anna möchte wissen, warum Sie ein *lazo de luto* tragen.«

»Trauerschleife«, sagte die Frau, und er wiederholte ihre Worte.

Margaret strich mit einer Hand über ihr Revers. »Mein Sohn«, erklärte sie. »Er ist im Januar gestorben. Er war in der Pilotenausbildung beim Militär.«

»Ein Soldat«, sagte die Frau. »In welchem Krieg ist er gefallen?«

»Er verunglückte bei einer Friedensmission.«

»Einer Friedensmission.«

»Ja.«

Der Mann und die Frau warteten darauf, dass Margaret fortfuhr, doch sie unterließ es. Schließlich stand der Mann vom Bett auf und ging ins Bad. Er kam mit einem Glas Wasser in der Hand zurück, wischte den Glasboden ab und stellte es vorsichtig auf den Beistelltisch neben Margaret.

Er setzte sich auf die Bettkante und legte wieder die Hände auf die Knie. Die Frau beugte sich vor und schlug den Schleier zurück. Sie hatte ein ausdrucksstarkes, blasses Gesicht, ihr schwarzes Haar war hinten im Nacken zusammengefasst und fiel über eine Schulter nach vorn.

»Bitte, erzählen Sie uns mehr über unsere Kinder«, sagte sie. »Der Inspector hat uns nur das gesagt, was im Polizeibericht steht. Und dass man uns zu spät gefunden hat. Dass Sie einen Trauergottesdienst planen. Bitte erzählen Sie uns mehr. Warum, zum Beispiel, wurden unsere Kinder eingeäschert?«

Nachdem Margaret alles beschrieben und erklärt hatte, so gut sie konnte, schwiegen sie lange. Die Frau hatte den Schleier über ihr Gesicht gezogen und hielt wieder ihre Brille und ein Taschentuch in den Händen. Margaret stand auf und trat näher. Sie bot der Frau noch einmal ihre Hand an. Die Frau lüpfte den Schleier, setzte die Brille auf und griff nach Margarets Hand. Dann lehnte sie den Kopf zurück ans Kissen, schloss die Augen und zog den Schleier wieder vor ihr Gesicht. Sie sagte ein paar Worte auf Spanisch zu ihrem Ehemann. Der Mann nickte und stand auf.

»Gestatten Sie«, sagte er. »Anna bittet Sie, uns jetzt zu entschuldigen. Sie ist heute sehr traurig. Ich bin auch sehr traurig.«

SECHSUNDZWANZIG

Am Morgen rief Margaret die Eltern an und schlug ihnen vor, sie zur Messe in der St. Mary's Basilica zu fahren. Die beiden nahmen das Angebot an. Eine halbe Stunde später trafen sie sich in der Hotellobby. Sie gaben sich die Hand, und die Frau sagte ganz formell, ihr Name sei Anna und ihr Ehemann heiße Gustavo.

Auch Margaret nannte noch einmal ihren Namen und erklärte, dass ihr Ehemann Jack nicht hier sein könne, da er viel reisen müsse. Er sei Bergbaugeologe.

Der Mann fragte seine Frau: »*Geólogo?*« Die Frau nickte und sagte zu Margaret: »Gustavo und ich, wir sind Lehrer. Carmencita wollte auch Lehrerin werden. Hugo war noch unentschlossen.«

Sie trugen wieder schwarze Kleidung, Anna ihr langes Kleid und einen Hut mit schwarzem Schleier. Die Leute in der Hotellobby betrachteten sie verstohlen.

Die Kirche war eine der ältesten an der gesamten Küste. Im Inneren wurde man von einem beeindruckenden Steingewölbe, den Holzeinbauten und den hohen Bleiglasfenstern überwältigt. All das Holz und die uralten Steine waren seit Generationen von Weihrauch durchdrungen worden.

Zum Abendmahl gingen die Eltern nach vorn und knieten nieder. Als der Priester der Mutter die Hostie anbot, hob sie den Schleier. Der Geistliche legte ihr die Hostie auf die Zunge, und sie zog den Schleier wieder über und senkte den

Kopf. Der Vater ließ sich die Hostie in die geöffneten Hände legen.

Nach der Messe fuhr Margaret die beiden zurück ins Hotel und rief von ihrem eigenen Zimmer aus den Reverend an, um ihm alles zu erklären. Keine Feier an der Urnenwand, sagte sie. Die Eltern nähmen die Asche mit nach Hause. Nur ein Trauergottesdienst.

Anna und Gustavo hatten auf das Frühstück verzichtet und wollten auch nicht zu Mittag essen. Aber sie setzten sich zu Margaret an den Tisch und sprachen ihretwegen hauptsächlich Englisch miteinander. Sie nippten an ihren Wassergläsern und erzählten von ihren Kindern. Es waren mehr oder weniger die gleichen Geschichten, die Margaret von Andrew hätte erzählen können. Süße, hinreißende Kinder, als sie noch klein waren, und immer eigenwilliger und selbstständiger, je älter sie wurden. Eine innige Nähe zwischen Bruder und Schwester. Der Junge mit seiner widerspenstigen Art. Mit sechzehn war er einmal von zu Hause weggelaufen, doch in der Nacht hatte er Steinchen ans Fenster seiner Schwester geworfen und ihr sein Versteck verraten. Das Mädchen war am nächsten Morgen hingegangen und hatte ihn überzeugt, wieder nach Hause zu kommen.

»Und, wo war er?«, fragte Margaret.

»In einer kleinen Kapelle, Santa María. Unsere größeren Kirchen sind nachts inzwischen verschlossen.«

»In einer Kapelle. War er religiös?«

»Eigentlich nicht, aber es hat geregnet. Als Grundschüler war er Ministrant. Ich habe ihm selbst seinen *sobrepelliz* genäht.« Die Mutter strich sich über die Stirn. »Ganz in Weiß und hier mit einem kleinen Kreuz«, sagte sie.

Sie zog den Schleier wieder über ihr Gesicht. Dann holte

sie ein Taschentuch aus ihrer Handtasche und lehnte sich im Stuhl zurück.

Am Nachmittag fuhren sie in Richtung Süden nach Sweetbarry, die Eltern saßen auf der Rückbank. Margaret nahm wieder die Küstenstraße, nun mit dem Meer auf ihrer linken Seite. Die vereinzelten kleinen weißen Häuser sahen aus wie gestrandete Rettungsboote. Margaret empfand Stolz auf all das. Sie freute sich über die Kommentare der beiden, denen sie mit ihren geringen Spanischkenntnissen durchaus folgen konnte.

Nach etwa der Hälfte der Strecke sagte die Mutter: »Bitte, erzählen Sie uns von Ihrem Sohn.«

Für Margaret war es eine willkommene Erleichterung, ihnen alles zu erzählen, was ihr durch den Kopf ging, während die beiden auf dem Rücksitz saßen und zuhörten.

Sie erzählte von Andrews Ingenieur-Studium, von seinem Traum, Militärpilot zu werden. Wie sie ihn zum letzten Mal gesehen hatte, als er den Seesack geschultert und es so eilig gehabt hatte, in den Bus einzusteigen. Die grinsenden Gesichter im Fenster, junge Männer, die zu einem großen Abenteuer aufbrachen. Diesen letzten glücklichen Moment habe sie oft vor Augen, sagte sie. Und sie rede sich selbst gut zu und sage sich immer wieder: Erinnere dich an den Moment. Erinnere dich an den Moment. Und zwar sehr oft. Als könne sie es immer noch nicht glauben. Als könne sie es durch die Erinnerung wieder geschehen lassen und es dann rückgängig machen. Den Ausgang der Geschichte ändern.

Die Fahrt ging weiter. Plötzlich räusperte sich der Vater und setzte zu einer längeren Rede an. Er klang sehr förmlich. »Señora Bradley«, sagte er. »Gestatten Sie. Anna und ich, wir haben uns immer gesagt, dass wir unseren Kindern erlauben müssen, ihre eigenen Fehler zu machen, kleine Fehler. Damit sie daraus lernen. Damit sie ihre Entscheidungen selbst treffen. Wir haben uns natürlich niemals vorgestellt, dass es so grausam enden könnte. Sie haben von Ihrem Sohn erzählt, wie er Sie an diesem Tag mit dem Bus verlassen hat. Aber vielleicht ist er ja nicht von *Ihnen* weggegangen. Vielleicht brechen Männer, junge und alte, zu Abenteuern auf, um sich selbst zu entdecken. Wie in den alten Sagen. Um sich von dem Vertrauten zu lösen, von den Sicherheiten. Vom Vorhersehbaren. Wir können den Charakter unserer Kinder nicht ändern. Wir können nur hoffen, sie ein wenig anzuleiten. Anna und ich, wir sprechen oft darüber, und wir möchten gern glauben, dass das stimmt. Dass sie zu einer notwendigen Reise aufbrechen. Zu einer Reise, deren Ende sie nicht kennen. Aber wenn die Reise beginnt, ist das Ende unwichtig. Die Reise an sich, die zählt. So ein Ende, wie es Ihr Sohn und unsere Kinder erlitten haben, wie lässt sich so etwas vorhersehen? Das geht gar nicht. Das Ende ist immer ungewiss.«

Anna sagte etwas auf Spanisch zu ihrem Mann, und er antwortete mit sanfter Stimme, dies träfe zu und sei wichtig.

»Señora Bradley«, sagte er. »Unser Sohn hat seine Schwester geliebt, aber dieses Abenteuer war bestimmt seine Idee. Die Zeitungen schreiben über Studenten, die das Gleiche machen. Die Sache ist noch neu, aber schon weit verbreitet. Es geht um Unabhängigkeit und Nervenkitzel. Und dann gibt es für jede Fahrt als Kurier noch viertausend US-Dollar. In vielen Orten in unserem Land bekommt man für das Geld ein ganzes Haus. Alles ist vorbereitet und organisiert, wie bei einer Pauschalreise. Sie sind immer heil zurückgekommen. Bis jetzt. Begreifen Sie, was das für eine Versuchung für die jungen Leute bedeutet? Was für eine Verlockung? Wir werden niemals erfahren, was tatsächlich auf der Insel passiert ist. Vielleicht hat Hugo ja mit einem Mann gekämpft und versucht, seine Schwester zu beschützen. Vielleicht ist Carmencita aber auch nur mitgekommen, um ihn zu beschützen. Verstehen Sie? Wir wissen es nicht. Fest steht nur, dass ihre Mutter und ich sie immer lieben werden. Und dass wir sehr lange sehr traurig sein werden, vielleicht für immer.«

Den Rest der Fahrt schwiegen sie. Sie fuhren durch Marriotts Cove, durch Western Shore. Als Margaret in der Ferne den Turm der St. Peter's Church entdeckte, ging sie vom Gas und wies auf die Kirche. Dort solle am Dienstag der Gottesdienst stattfinden, sagte sie.

Im Rückspiegel sah sie das Ehepaar eng nebeneinandersitzen. Anna hatte den Schleier abgelegt und die Brille abgesetzt und betupfte nun ihre Augen mit einem Taschentuch.

Die beiden hatten ihre Köpfe und Schultern so dicht aneinandergelegt, dass nicht einmal ein Spalt Tageslicht zwischen ihnen zu sehen war.

Zu Hause brachte Margaret Anna und Gustavo in Andrews Zimmer unter. Sie legte die Matratzen auf den Bettrost und bezog das Bett frisch. Nachdem sie den Eimer mit den Bleigewichten und den Treibholzstuhl hinausgetragen hatte, holte sie zwei Stühle aus den anderen Schlafzimmern. Dann ließ sie die beiden erst einmal ausruhen.

Sie hinterließ eine Nachricht auf dem Küchentisch und fuhr zum *Outrigger*. Im Lokal war viel los. Es war warm und gemütlich im Gastraum, und auf den Tischen brannten Kerzen. Draußen lag der Holzsteg im Schein der gelben Leuchtgirlande. Zwei Fischerboote waren an Holzpollern vertäut. Margaret blieb in der Tür stehen und gab Tammy ein Zeichen.

»Was gibt's, Margaret?«, fragte Tammy. »Heute Morgen hat uns der Reverend erzählt, dass am Dienstag der Trauergottesdienst für die toten Jugendlichen stattfindet. Er hat gesagt, sie wären Bruder und Schwester. Mein Gott, das ist so traurig!«

»Ja, das ist es.«

»Wir kommen ganz bestimmt.«

»Schön. Hör mal. Die Eltern sind bei mir zu Hause. Sie haben den ganzen Tag nichts gegessen, und ich möchte ihnen gern ein schönes Abendessen anbieten. Was bietet ihr heute an?«

»Ah! Heute gibt es Schellfisch als Spezialität des Tages. Die *Mary-Beth* kam vor ein paar Stunden damit rein. Dazu kannst du gelbe Bohnen und Petersilienkartoffeln aus dem Valley reichen. Am besten nimmst du die Beilagen fertig gekocht mit und machst sie zu Hause nur noch warm. Der Fisch ist fangfrisch, die Filets kannst du in der Pfanne braten. Nur mit ein bisschen Salz und Pfeffer würzen. Das wird ihnen richtig gut schmecken, Margaret. Aber lass den Fisch nicht zu lang in der Pfanne. Höchstens eine Minute auf jeder Seite.«

Am nächsten Tag unternahmen die Eltern einen langen Spaziergang. Mit geborgtem Regenzeug über ihrer schwarzen Kleidung gingen sie den Küstenweg hinunter zum Leuchtturm und den Sentinel Rocks und kamen danach durch die Stadt zurück.

Sie ruhten sich in ihrem Zimmer aus, und später brachte Margaret ihnen Tee und setzte sich eine Weile zu ihnen. Für das Abendessen bereitete sie einen Schinkenbraten vor, und Aileen brachte die Beilagen mit. Mit Aileen, Franklin und Danny saßen sie zu sechst um den Tisch. Sie senkten den Blick, als der Vater das Tischgebet sprach.

»Bendícenos, Señor, bendice estos alimentos que por tu bondad vamos a recibir …«

Während des Abendessens erkundigte er sich nach Jack, und Margaret erklärte, dass dieser sich mehrere tausend Meilen entfernt aufhalte, in einer Silbermine am anderen Ende von Kanada. Der Vater erzählte, dass seine Fächer Geografie und Historische Geologie seien, Anna unterrichte Englische und Spanische Literatur. Aileen versuchte, Anna in die Unterhaltung einzubinden, doch sie sagte sehr wenig. Kurze Zeit später entschuldigte sie sich und kehrte nicht mehr zum Esstisch zurück. Der Vater ging hoch, um nach ihr zu sehen, und als er wieder nach unten kam, bat er darum, sich auch zurückziehen zu dürfen.

»Gestatten Sie«, sagte er. »Anna, meine Frau, ist sehr traurig. Und sehr erschöpft. Ich bleibe bei ihr. Danke für alles. Sie sind sehr gütig.«

Er senkte kurz den Kopf in Richtung der Gruppe, die um den Tisch versammelt saß.

Am nächsten Morgen fuhr Margaret mit den Eltern durch den dichten Nebel zur Kirche. Der Erdboden war überall mit feuchtem Laub bedeckt. Sie schaltete die Warnblinkanlage und das Abblendlicht ein.

An der Kirche begrüßte Franklin in seinem altmodischen Anzug die Besucher des Trauergottesdienstes. Er reichte Margaret, Anna und Gustavo die Hand und geleitete sie zur vordersten Kirchenbank, wo bereits Aileen und Danny saßen. Die Gottesdienstbesucher beugten sich vor, um die Eltern zu sehen, dann erhoben sich einige Trauergäste und reihten sich vor ihnen auf. Sie senkten ihre Köpfe und kondolierten mit leiser Stimme, und kurz darauf füllte sich der Mittelgang der

Kirche mit den Menschen, die den Eltern ihr Beileid aussprechen wollten.

Die Urnen standen auf dem Altar, einer langen Steinplatte auf grob behauenen Stützen, die mit einem weißen Tuch bedeckt war. Ansonsten befanden sich darauf nur noch ein hölzernes Kruzifix und sechs brennende Kerzen. Die Urnen waren aus poliertem Metall.

Als keine Trauergäste mehr nachkamen, hob die Mutter ihren Schleier und trat vor. Der Vater folgte ihr, blieb dann aber stehen. Die Frau strich mit den Händen über die Urnen, und dann nahm sie eine nach der anderen in die Hand und hielt sie an ihre Wangen. So verharrte sie einen Moment, ehe sie jede Urne auf den Altar zurückstellte.

Nachdem die Eltern in ihre Bankreihe zurückgekehrt waren, ging Reverend McMurtry die Stufen zur Kanzel hoch. Er hob die Hände in die Höhe und ließ sie wieder fallen. Er sagte, die Gemeinde habe sich hier versammelt, um von Hugo und Carmencita Abschied zu nehmen, von zwei jungen Menschen, die mitten unter ihnen gestorben waren. Und dass sie zusammengefunden hätten, um als Kirchengemeinde den trauernden Eltern ihre Unterstützung und Anteilnahme zu vermitteln.

Er sprach über Gottes offene Arme und sagte, dass das Ende des irdischen Lebens ein Neuanfang sei. Als er die Kanzel herabstieg, ging Mr. Thompson, der normalerweise an Werktagen die Tankstelle der Genossenschaft bediente, zum Bibelpult vor, suchte die richtige Seite und begann mit der Schriftlesung.

»Lehre uns bedenken, dass wir sterben müssen«, las er laut und deutlich vor, »auf dass wir klug werden …«

Irgendwann hatte wohl jemand das Hauptportal geöffnet,

denn plötzlich zog der Geruch nach Meer und kalter Salzluft durch die Kirche. Selbst die Kerzenflammen auf dem Altar flackerten und qualmten, bis sie plötzlich wieder ruhig brannten.

Oben auf der Empore begann Miss Belvedere an der Orgel mit einem von Gustav Mahlers *Kindertotenliedern.* Margaret hatte sie darum gebeten. Dann setzte Joan Hendricks mit ihrer Stimme ein.

Den restlichen Tag verbrachten die Eltern auf ihrem Zimmer. Margaret brachte ihnen erst etwas zum Mittagessen hoch und später Tee. Sie nahm Kerzen und Zündhölzer mit und stellte noch einen dritten Stuhl ins Zimmer. Dann setzte sie sich zu ihnen in den Lichtschein, den eine einzige Kerze in den Nachmittag brachte.

Zuerst erzählten die Eltern von ihren Kindern, doch bald verstummten sie. Margaret überlegte, was sie noch Hilfreiches für die Eltern und auch für sich selbst sagen könnte, aber da gab es nichts. Nichts, außer den klugen Sätzen, die der Vater während der Autofahrt ausgesprochen hatte. Über die Reisen von Menschen und über Eltern, die ihren Kindern zugestehen sollen, ihre eigenen Fehler zu begehen. Doch nun, zwei Tage später, schienen selbst diese Worte fehl am Platz.

Jenseits aller schweren Gedanken spürten sie, wie dieser Moment sich verwandelte, in dies, in jenes und wieder in etwas ganz anderes. Sie hörten das Meer und die Felsen. Die Seevögel und den Wind in den Bäumen, und im letzten Grau des Tageslichts hörten sie die Füchsin. Ganz in der Nähe bellte sie vier- oder fünfmal hell auf, und der letzte hohe Ton schien über allen anderen Geräuschen zu liegen. Die Eltern blickten auf und sahen erst einander an, dann Margaret, und

Margaret erzählte von der Fähe und ihren Welpen und dass sie nicht weit weg in einem Bau lebten.

Der Vater wirkte verwirrt.

»Es un zorro«, übersetzte Anna. *»En realidad una zorra, con dos cachorros. Viven aquí.«*

»Una zorra.« Seine Gesichtszüge entspannten sich, er nickte und sah lächelnd zu Margaret.

Kurz danach bat sie die Eltern zum Abendessen nach unten. Aileen hatte ihr eine Terrine mit einem Hummergericht auf den Küchentisch gestellt und noch eine Notiz dazu geschrieben. Margaret bereitete einen Salat zu und öffnete eine Flasche Weißwein. Dann setzten sie sich zu dritt um eine Tischecke. Ein Blick aus dem Fenster verriet, dass es inzwischen Abend war. Im Westen stand noch ein schmaler Silberstreifen am Horizont, und die Bäume waren dunkler als der Himmel.

Am Morgen regnete und stürmte es heftig. Sie wollten gerade in den Wagen steigen, um zum Flughafen zu fahren, als Anna verharrte, sich kerzengerade aufrichtete und sich dann zu Margaret umdrehte. Einen Moment lang blieben sie stehen und hielten ihre Hüte fest, während der Wind an ihrer Kleidung zerrte.

»Ich habe natürlich das *cruz de plata* gesehen«, sagte Anna. »Die Auszeichnung für Mütter, die man Ihnen verliehen hat. Gestern habe ich plötzlich begriffen, was es mit der Bestattung auf sich hat und mit der Einäscherung. Ich weiß nicht, warum ich nicht früher darauf gekommen bin. Ich weiß es nicht.«

Anna löste eine Hand von ihrem Hut und umschlang Margaret mit einem Arm. »Wir werden Freundinnen sein«, sagte sie. »Sie werden sehen.«

Die Heimkehr

SIEBENUNDZWANZIG

Margaret stand im Flughafengebäude an einem Münztelefon. Sie hatte zwei Stapel mit Zehn- und Fünfundzwanzig-Cent-Münzen vor sich liegen und wählte die Nummer des Containercamps in British Columbia. Jemand hob ab, sie fragte nach Jack Bradley, und kurz darauf hörte sie seine Stimme.

»Hast du eine Minute Zeit zum Telefonieren, Jack?«

»Ja. Natürlich.«

Sie erzählte ihm von den Eltern der toten Kinder. Dass sie gerade abgereist seien und dass sie die beiden jetzt schon vermisse. »Die enge Verbundenheit«, sagte sie. Diese Einigkeit, die zwischen ihnen herrschte. Das hatte ihr auf eine Art geholfen, die sie selbst noch nicht ganz begriff. Margaret erzählte von dem Trauergottesdienst, wie die Leute in der Kirche Schlange gestanden hatten, um den Eltern zu kondolieren.

Immer wieder steckte sie Münzen in den Schlitz und beschrieb, wie sie mit den Eltern oben in Andrews Zimmer gesessen hatte. Wie aus ihrem Schweigen schließlich Frieden geworden war.

»Ich würde gern bis Thanksgiving hierbleiben«, sagte sie. »Hugh weiß noch nichts davon, aber er hat bestimmt nichts dagegen. Meinst du, du könntest zu Thanksgiving herkommen? Kannst du das einrichten? Bitte. Jack, ich weiß ja nicht, wie es bei dir gerade mit der Arbeit aussieht, aber könnten wir hier ein paar ruhige Tage zusammen verbringen?«

Nun lag Schweigen in der Leitung. Doch Margaret spürte einen Stimmungswandel. Sie presste den Hörer noch fester ans Ohr.

»Jack?«

»Ja, bin noch dran. Wann ist Thanksgiving?«

»Nicht diesen Montag, sondern nächsten.«

»Ich versuche es, Maggie. Ich geb dir Bescheid.«

Auf der Rückfahrt nach Sweetbarry dachte sie daran, wie sie manchmal nachts in ihren Träumen Jacks Gesicht streichelte und seine Lippen küsste. In den Träumen waren sie sehr viel jünger. Sie waren unbeschwert und hatten noch so viel unverbrauchte Lebenszeit vor sich. So betrachtet traf der Satz zu: Erfahrung ist kein Gewinn, sondern ein Verlust. Manssourian hatte ihn vor Jahren einmal als Diskussionsgrundlage an die Tafel geschrieben.

Mit dem Blau des Meeres zu ihrer Linken fuhr sie an der St. Margaret's Bay entlang, durch Hubbards und East River. Passierte die Umfahrung von Gold River. Die Brücke bei Martins River. Der weich gefederte Buick legte sich in die Kurven. Halt dich fest, Maggie!, hatte ihr Vater gern zu ihr gesagt. Und dabei stolz gegrinst. Das ist, als würdest du eine Couch fahren. Aber wenn du sie brauchst, dann hast du eine Spitzenmotorleistung. Willst du mal sehen?

An einigen Stellen hingen Nebelfelder über der Straße, doch schon eine Meile weiter war die Sicht wieder klar. Am Nachmittag zeigte sich das Meer tiefblau mit einem türkisfarbenen Streifen am Horizont.

In der Nacht folgte der nächste Sturm. Er war nicht ganz so rau, erinnerte sie aber dennoch daran, endlich das letzte

Fenster auf der Meerseite zu sichern. Dafür standen im Bootshaus vier extra zugeschnittene Sperrholzplatten bereit. Am Morgen schleppte Margaret die Platten zum Haus, hievte sie an den Griffen vor das Fenster, passte sie ein und drehte die Flügelmuttern fest. Sie schaffte es, drei Platten anzubringen, doch dann legte der Wind wieder zu, und die vierte Sperrholzplatte trug Margaret fast wie ein Segel davon. Sie ließ die Platte fallen und machte sich auf die Suche nach Franklin.

Inzwischen waren die Böen so heftig, dass sie sich an Bäumen und Sträuchern festhalten musste. Dann setzte auch noch peitschender Regen ein.

Eine Stunde später hatten sie zu dritt in Schlechtwetterkleidung die letzte Sperrholzplatte vor dem Fenster befestigt, und nun kümmerten sie sich um die Trossen. Franklin war im Haus, oben im Kriechboden. Er griff im Giebel durch die eigens für diesen Zweck ausgesparten Luken, hängte die Haken in die Ösen des Bolzens ein, der den Firstbalken verstärkte, und ließ die Trossen schließlich auf die Erde hinunter. Margaret und Aileen standen unten, sie wickelten die Trossen ab und hakten sie in die vier Verankerungen, die mit etwas Abstand zum Haus im Fels eingelassen waren.

Als Franklin wieder runterkam, steckten sie die Hebel in die Spannvorrichtungen. Dann sahen Margaret und Franklin zu Aileen hinüber, die sich gegen den Wind und den Regen stemmte und ihnen Handzeichen gab, damit sie die gegenüberliegenden Trossen fester zurrten, bis diese so straff gezogen waren, dass sie im Einklang mit dem Sturm summten.

Das Gleiche machten sie oben bei Aileens Haus. Sie verkeilten die Sperrholzplatten vor dem großen Fenster und befestigten die Stahltrossen und die Spannvorrichtungen. Zum

Schluss waren ihre kleinen Häuser ordentlich gesichert und fest im Felsen verankert, und die Trossen surrten. In den Räumen war es jetzt dunkel, aber dafür waren sie nun auf die richtigen Unwetter vorbereitet, die jeden Tag kommen konnten.

Über Nacht beruhigte sich das Wetter, und der Regen hörte auf, doch der nächste Tag brachte noch mehr dicke Wolken und starke Winde. Aileen wartete gerade in ihrem Vauxhall in der Drive-in-Schlange des *Save-Easy*, als sie Dannys Transporter entdeckte. Danny saß am Lenkrad, und sein Beifahrer wischte mit der Hand die beschlagene Windschutzscheibe frei. Sie wollte gerade aussteigen, als sie den Beifahrer erkannte: Es war John Patrick Croft. Die jungen Männer fuhren an Aileen vorbei, und während sie noch auf ihre Lebensmittel wartete, hatten sie schon die Ausfahrt erreicht. Die Bremslichter flackerten einmal kurz auf, und dann waren sie weg.

Den ganzen Heimweg umklammerte Aileen das Lenkrad, während der Wagen wieder und wieder von Windböen ergriffen wurde. Dort, wo der Wind ungehindert aufs Land traf, schlugen die Wellen so hoch, dass sie das Tageslicht durch das Wasser sehen konnte, das so dünn und grün wie eine Glasscheibe war. Kleine Algenstücke regneten auf den Wagen.

Aileen war aufgewühlt, weil Danny sich immer noch mit John Patrick traf, und das nach der ganzen Geschichte mit der Polizei und dem Boot. Am Abend lag sie wach im Bett und lauschte, ob er heimkam. Als sie drüben bei Margaret die Fliegengittertür klappern hörte, stand sie auf, zog Regenjacke, Stiefel und einen Wollhut an und griff zur Taschenlampe.

Sie rief nach Margaret, dann folgte sie dem Lichtstrahl ihrer Taschenlampe über die Felsen und durch die Büsche.

»Alles in Ordnung?«, rief Margaret.

»Nein, ist es nicht!«, schrie Aileen zurück, und als sie näher gekommen war, sagte sie: »Ich hab heute Dannys Transporter gesehen, und dreimal darfst du raten, wer neben ihm saß.«

»Wer?«

»John Patrick Croft.«

»Aha, und das ist so schlimm?«

Sie mussten sich an den Bäumen festhalten. Margaret trug wieder die Sicherheitsbrille und die alte Baseball-Kappe.

»Ja, das ist schlimm«, sagte Aileen. »Diese Kriminellen, die hinter ihm her waren, die Polizeimaßnahmen und alles andere. Könntest du bitte noch einmal mit Danny reden? Ich will ihm nicht schon wieder mit der gleichen Leier kommen, außerdem hört er sowieso nicht auf mich. Wenn er auf jemanden hört, dann auf dich. Nur noch dieses eine Mal, Margaret.«

»Und was soll ich ihm sagen?«

»Er soll sich jemand anders suchen, der ihm bei der Arbeit hilft. Nicht John Patrick. Er soll es sich nicht mit der Polizei verscherzen, und er soll kein Risiko mit unserem Boot eingehen. Gesunder Menschenverstand halt, du weißt schon.«

»Ich kann's versuchen. Ich denke darüber nach.«

ACHTUNDZWANZIG

Wegen des Wetters und der steten Gefahr zog Margaret für die Schreibtischarbeit keine besondere Kleidung mehr an. Sie trug nur noch einen alten Wollrock und einen Pullover unter der Jacke, die sie in der Werkstatt gefunden hatte. Außerdem Stiefel, die sie so lose schnürte, dass sie jederzeit hinein- und wieder hinausschlüpfen konnte.

Der Sturm flaute am Morgen wieder ab, und nach ihren Telefonaten für die Kanzlei ging sie in den kleinen Wald und nagelte die letzten Schildchen an die Bäume. An einer Weymouth-Kiefer war in fünfzehn Fuß Höhe ein Ast gebrochen und schwankte in der Luft. Sie schleppte eine Hälfte der Ausziehleiter und eine Handsäge herbei, lehnte die Leiter gegen die Weymouth-Kiefer und stieg hoch. Erst als sie oben stand, begriff sie, dass sie das besser unterlassen hätte, denn nun stand sie fünfzehn Fuß über dem Erdboden auf einer wackligen Leiter, die unten niemand sicherte, und sägte in luftiger Höhe an einem Ast.

Zuvor hatte sie mit Hugh telefoniert, und der hatte gereizt gefragt, wann sie gedachte, mal wieder an ihrem Arbeitsplatz aufzutauchen.

»Ich finde, du bist schon ganz schön lang weg, Margaret«, hatte er gesagt. »Ich will, dass du wieder in die Kanzlei zurückkommst, okay? Dass du an den Meetings teilnimmst und ans verdammte Telefon gehst, und zwar nicht tausend Meilen entfernt, sondern, entschuldige bitte meine Ausdrucksweise, mit dem Arsch hier auf *deinem* Stuhl hinter *deinem* Schreibtisch. Habe ich mich klar und verständlich ausgedrückt? Also, wann kommst du? Ich will einen konkreten Termin von dir hören.«

»Gleich nach Thanksgiving. Was hältst du davon, Hughie? Das ist schon nächste Woche.«

»Vergiss *Hughie*. Ich will dich hier in der Kanzlei sehen.«

»Okay. Gib mir nur noch diese Woche, Hugh. Bitte. Ich schwöre es. Wirklich.«

Er hatte noch ein bisschen vor sich hingebrummt, doch schließlich eingewilligt.

Die Säge hakte immer wieder fest, und Margaret musste Pausen einlegen. Endlich löste sich der Ast vom Baum und krachte zu Boden. Harz klebte an ihren Händen, sie war überall zerkratzt, und zudem hatte sie sich noch einen dicken Splitter eingezogen.

Unten auf der Erde sah der Ast viel größer aus als oben im Baum. Margaret wusste, dass sie ihn wegziehen und klein hacken musste, doch in dem Moment war ihr alles zu viel.

Sie räumte die Leiter wieder weg, dann setzte sie sich auf ihren Lieblingsplatz auf dem Felsen. Sie schloss die Augen und ließ sich die salzige Luft ins Gesicht wehen.

Es gab einen Grund, weshalb sie es mit ihrem Rückflug nach Toronto nicht so eilig hatte. Sie machte hier Fortschritte. Innere Fortschritte. Am Vortag hatte sie genau an dieser Stelle zum ersten Mal voll und ganz akzeptiert, dass das, was Andrew zugestoßen war, nicht mehr rückgängig gemacht werden konnte. Sich niemals ändern würde. Niemals. Ihr blieb nur zu hoffen, ihre Sicht der Dinge ändern zu können. Wenn sie bloß den Weg dahin fand.

Margaret stand auf. Sie ging ins Haus zurück und duschte.

Den Splitter entfernte sie mithilfe einer Nadel und einer Pinzette, dann desinfizierte sie die Wunde mit Alkohol und klebte ein Pflaster darüber.

Als sie aus dem Bad kam, läutete das Telefon. Inspector Sorensen berichtete ihr, dass sie das gesuchte Boot gefunden hatten und dass gerade die Bergungsarbeiten im Gange waren. Er beschrieb ihr den Fundort und sagte, dass Sullivan schon dort sei.

Margaret aß noch eine Kleinigkeit zu Mittag, dann zog sie Mantel und Straßenschuhe an und stieg in den Buick. Sie nahm die Autobahn in Richtung Süden, an der Abfahrt Rag Bay wechselte sie auf die zweispurige Straße, und kurz darauf sah sie schon die Autos, die Zugmaschine und den Bootstrailer. Sie parkte auf dem Gras und stieg aus. Der Trailer stand zur Hälfte im Wasser, und sie kranten einen Cape Islander, ein Hummerfangboot, hinauf. Als das Boot immer weiter aus dem Meer kam und in die Trailerrollen glitt, schoss an der Steuerbordseite Wasser aus einem großen Leck unten im Bug und aus einem zweiten am Heck.

Margaret stellte sich neben Sully und beobachtete das Geschehen. In der Nähe lehnte der Taucher, den sie schon kannte, an seinem Van und zog die Flossen aus.

»Ein Vogelbeobachter hat den Antennenmast bei Ebbe aus dem Wasser ragen sehen«, sagte Sully.

Bereits am Nachmittag stand das Boot in Telford Hermans Werft, und Sully hatte den Bootsschuppen mit Polizei-Flatterband abgesperrt. Auch Sorensen war inzwischen eingetroffen. Mit Taschenlampen ausgestattet, kletterten Sorensen und Sully auf dem Boot herum und untersuchten es. Sonst durfte niemand den Bootsschuppen betreten.

»Das ist Fergies Boot«, sagte Telford zu Margaret. »Pat Ferguson. Die Jungs von der Polizei wollen nichts sagen, aber wir hier wissen das. Wir haben seinen Motor immer wieder zum Laufen gebracht. Ein alter Volvo-Motor. Gusseisen. Der hält ewig. Kennen Sie Fergie?«

»Ja. Als seine Frau noch gelebt hat, habe ich bei ihr Eier gekauft. Gute braune Eier.«

»Meine Frau bekam die Eier auch von ihr. Nach Helens Tod wollte er erst mit den Hühnern weitermachen, aber er hatte einfach keine Ahnung, weder von Hennen noch von Eiern. Und er ist auch schon seit Jahren nicht mehr als Fischer unterwegs, jedenfalls nicht, seit es so schwer ist, an die Lizenz zu kommen. Aber mit den Gewässern hier kennt er sich aus, er weiß, wo man die Tiere beobachten kann und wo es die besten Tauchstellen gibt. Gegen Bezahlung fährt er mit Touristen raus. Im Winter haben wir immer sein Boot ausgewassert und hier gelagert. Zuerst hat er uns noch Hühnereier dafür gegeben, nachher nichts mehr.«

Einige Zeit später kletterte Sorensen die Leiter hinunter.

»Irgendein Hinweis auf ihn?«, fragte Telford.

»Das kann ich Ihnen nicht sagen. Was könnte so ein Leck verursacht haben?«

»Felsen. Wenn ein Boot bei Wellengang gegen die Felsen geschlagen wird. Ich denke, es lag schon einige Zeit auf Grund. Nicht erst ein paar Tage. Mit all dem Schlick und Schlamm. Das hat einige Gezeiten erlebt.«

»Wie lange?«, fragte Sorensen.

»Wochen.«

»Das könnte passen. Lässt sich das reparieren?«

»Wahrscheinlich. Würde eine Stange Geld kosten, aber es ist immer noch ein ordentliches Boot. Ein bisschen seltsam mit der aufgesetzten Kabine, aber bestimmt gibt es auch dafür

Liebhaber. Ich müsste mir das genauer ansehen. Nur damit Sie es wissen, ich will das Boot nicht zu lange in meinem Schuppen liegen haben. Mit dem Bootsschuppen verdiene ich mein Geld. Wir können es hinten auf dem Werftgelände auf einem Gerüst aufbocken.«

»Nein, das geht nicht«, sagte Sorensen. »Ich muss noch die Kriminaltechniker kommen lassen, damit die das untersuchen. Sie erhalten von uns den gleichen Tagessatz wie bei Dannys Boot. Sie müssen nur in der Polizeiwache anrufen. Aber erst mal kommt das Boot hinter Schloss und Riegel, und Sergeant Sullivan wird noch einen Wachposten anfordern.«

Margaret begleitete Sorensen zu seinem Wagen. Allmählich ließ das Tageslicht nach. Der Inspector öffnete den Kofferraum, setzte sich auf die verchromte Stoßstange, schlüpfte aus den Gummistiefeln und zog seine Lederschuhe an. Er bedachte Margaret mit einem erschöpften Blick.

»Das ist Pat Fergusons Boot, oder?«, fragte sie. »Telford hat es wiedererkannt.«

»Ja. Kennen Sie den Mann?«

»Den kennt hier jeder. Der stand bestimmt auch auf Ihrer Liste der Verdächtigen.«

»Richtig. Aber wir konnten ihn nicht finden. Und sein Boot auch nicht.«

»Vielleicht sind die Männer damit gefahren und haben es dann entsorgt.«

»Glaube ich nicht. Das waren keine Seeleute.«

»Vielleicht haben die Männer ihn bedroht. Ihn gezwungen, sie zu fahren.«

»Gut möglich. Oder ihm viel Geld dafür versprochen.«

Er zog die Schleife am Schuh fest und stand auf.

»Die Kriminaltechniker werden selbst die kleinste Spur

von dem finden, was vorgefallen ist. Kampfspuren. Blut. Einschusslöcher. In der Zwischenzeit fahnden wir weiter nach Ferguson. Aber ich glaube, uns allen ist klar, was hier passiert ist.«

»Meinen Sie?«

Sorensen packte die Gummistiefel, verstaute sie im Kofferraum und knallte die Heckklappe zu. Er drehte sich zu ihr um. »Mrs. Bradley, kennen Sie John Patrick Croft?«

»Ja.«

»Vielleicht sollten Sie zu ihm gehen und mit ihm reden. Ihm von heute erzählen.«

NEUNUNDZWANZIG

Nachdem Margaret ihre Anrufe für die Kanzlei erledigt hatte, fuhr sie in die Stadt und parkte an der Hafenmauer. Durch die Windschutzscheibe hatte sie einen guten Blick auf das Wasser und die Segelschiffe, die auf Reede lagen, darunter die *Catalina* und die *Miss Elizabeth*. An Deck waren die Besatzungen emsig im Einsatz, und an der *Miss Elizabeth* saß ein Mann in einem Bootsmannstuhl und bearbeitete die Schiffswand mit Bürste und Farbe.

Margaret betrat das Handelskontor im Hafen, ging die Holztreppe hinauf und einen Korridor entlang, bis sie das Messingschild mit der Aufschrift *Moynihan Charter Company* entdeckte. Sie klopfte an und betrat das Büro. Die junge Frau am Schreibtisch sah auf und fragte: »Bitte, Ma'am?«

Margaret reichte der jungen Frau ihre Visitenkarte und sagte, sie wolle Mr. Moynihan in einer dringenden Angelegenheit sprechen.

Die junge Frau las die Visitenkarte. »Einen Moment, bitte, Ma'am.« Sie stand auf und ging in den nächsten Raum.

Margaret hörte Stimmen, und dann stand Mr. Moynihan persönlich in Sportsakko und einer Hose mit Bügelfalten in der offenen Tür.

»Mrs. Bradley.« Er musterte Margaret und warf einen Blick auf die Visitenkarte. »Rechtsanwältin. Bitte, kommen Sie.« Er schloss die Tür hinter Margaret und bot ihr einen Stuhl an.

»Mr. Moynihan, ich bin nicht als Rechtsanwältin hier. Ich

suche John Patrick Croft. Mir ist bekannt, dass er nicht mehr für Sie arbeitet, aber vielleicht wissen Sie trotzdem, wo ich ihn finden kann.«

»John Patrick.« Der Reeder öffnete die Tür wieder. »Doreen. Kannst du bitte nachsehen, was in unserer Kartei über John Patrick steht?«

Er wartete in der geöffneten Tür. Sein Büro war mit Teppichboden ausgelegt und mit Holz getäfelt. Eine Wand hing voller Korktafeln mit Seekarten, eine andere Wand war mit Schiffsmodellen dekoriert, die von kleinen Spots beleuchtet wurden. Vom Fenster bot sich ein grandioser Blick über den Hafen bis aufs offene Meer. Dunkle Wolken zogen rasant über den Himmel, Regen trommelte gegen die Fensterscheibe.

Der Reeder kam mit einem Zettel zurück zu Margaret und drückte ihn ihr in die Hand. »Das ist gleich hier um die Ecke, nur den Hügel hoch. Darf ich fragen, was Sie von ihm wollen? Er wirkt manchmal etwas wild, aber er ist einer der besten Skipper, die ich kenne. Die Sache im Hafen war Pech.«

»Was ist passiert?«

»Eine Beinahe-Kollision mit einem Motorboot bei einem Einfahrmanöver in den Hafen. Er stand unter Segeln und hatte Vorfahrt, aber er musste scharf beidrehen, um die Kollision zu vermeiden. Dabei stolperten einige Passagiere, und eine Frau stieß irgendwo mit dem Kopf an.« Er zuckte mit den Schultern. »Vielleicht hatte er bei der Fahrt in den Hafen zu viel Wind in den Segeln. Die Versicherung hat jedenfalls … Ach, was soll ich sagen?«

»Die Versicherung hat Sie aufgefordert, John Patrick zu kündigen?«

»Na ja, nicht so direkt. Sie erfüllten die Schadensersatzansprüche der Frau, waren darüber aber nicht sonderlich erfreut.«

»Wie kommt John Patrick jetzt klar? Wissen Sie das? Hat er woanders Arbeit gefunden?«

Der Reeder betrachtete Margaret mit zusammengekniffenen Augen. Er nahm sich Zeit. »Ich weiß es nicht. Vielleicht macht er das jetzt freiberuflich, aber ich weiß es nicht. Fragen Sie ihn doch selbst, wenn Sie ihn treffen.«

Margaret warf einen Blick auf den Zettel in ihrer Hand. Dann stand sie auf. »Danke, Mr. Moynihan.«

Sie musste dreimal klopfen, aber irgendwie spürte sie, dass er zu Hause war. Schließlich ging die Tür auf. Es war ein Nebeneingang zu einer Einliegerwohnung im Souterrain. Plötzlich stand John Patrick vor ihr, in Jeans, Jeanshemd und grauen Wollsocken. Er war mindestens einen Kopf größer als sie und hatte schwarzes, lockiges Haar und dunkle Augen. Er war noch größer und kräftiger als Danny und Sully.

John Patrick blinzelte im Licht, doch dann erkannte er sie.

»Mrs. Bradley«, sagte er. »Normalerweise bin ich um diese Zeit nicht zu Hause, aber ich erwarte einen Anruf.«

»Wir brauchen nicht lang. Du hast bestimmt von den beiden Toten gehört, die man auf Crieff gefunden hat, oder? Und von den Männern, die zu Aileen kamen und die Danny und dich gesucht haben? Einer von ihnen war bewaffnet.«

»Ja, hab ich. Danny hat's mir erzählt. Außerdem war noch ein Inspector von der Polizei hier und hat mir Bilder gezeigt und Fragen gestellt.«

»Die Phantombilder von den Kindern und von den verdächtigen Männern?«

»Ja.«

»Kanntest du die Männer?«

John Patrick sah Margaret an. »Worum geht es?«

»Nur eine Frage. Kanntest du die Männer?«

»Ja. Möchten Sie reinkommen? Oder warten Sie. Ich hole nur schnell meine Stiefel, dann können wir uns unter das Vordach stellen.«

Seine Stiefel standen im Flur. John Patrick zog sie an und trat vor die Tür.

»Nur damit das klar ist«, sagte er. »Ich habe mit der Sache auf Crieff Island nichts zu tun. Nichts.«

»Woher kanntest du dann die verdächtigen Männer?«

Er setzte zu einer Antwort an, doch dann schloss er den Mund wieder.

»Woher, John Patrick? Was hast du dem Inspector gesagt?«

»Ich hab ihm gesagt, was passiert ist. Sie kamen vor ein paar Wochen zu mir, ich sollte sie rausfahren. Ich hab ihnen erklärt, dass ich kein eigenes Boot besitze. Sie wussten aber, dass Danny mir seit meiner Kündigung manchmal sein Boot leiht. Wir sind hier eine kleine Gemeinschaft, da spricht sich alles rum. Ich helfe Danny bei den Sommerhäusern. Mit seinem Boot. Wenn die Stürme anfangen, kommt er mit der Arbeit kaum nach.«

»Also, die Männer haben dich angesprochen. Und dann?«

»Ich habe Nein gesagt.«

»Wie viel haben sie dir geboten?«

»Zuerst dreitausend, und als ich abgelehnt habe, sind sie auf vier hochgegangen.«

»Viertausend Dollar. Und du hast Nein gesagt. Warum?«

John Patrick trat unter dem Vordach hervor und sah in den Nieselregen hoch. »Ich sollte wieder reingehen.«

»Warum hast du Nein gesagt, John Patrick? Weil es nicht legal war?«

»Vielleicht. Oder weil ich kein eigenes Boot habe. Das habe ich auch den Männern gesagt.« Der kräftige Mann wurde knallrot wie ein kleiner Junge, das war Margaret äußerst sympathisch.

»Mit einem eigenen Boot hättest du also Ja gesagt? Was wäre gewesen, wenn man dich erwischt hätte?«

»Niemand wird erwischt. Haben Sie überhaupt eine Ahnung, wie viel Geld viertausend Dollar für Leute wie mich sind? Für ein paar Stunden Arbeit? Nur mal kurz raus aufs Wasser und wieder zurück?«

»Selbstverständlich weiß ich das. Ich habe mein halbes Leben hier verbracht. Ich bin hier sozusagen aufgewachsen. So wie mein Vater.«

»Ich weiß. Aber Sie waren mit Ihrem Einkommen niemals von der wirtschaftlichen Lage hier abhängig. Weder Sie noch Ihr Vater oder AJ. Aber wir hier sind es. Ich bin es. Danny. Wir kennen die Strömungen und die Gezeiten, wir haben die Seekarten im Kopf, seit wir kleine Jungs waren. Um in der Dunkelheit den Weg zu finden, brauchen wir nur eine Uhr, einen Kompass und ein Pitometer. Jetzt, wo die Fischerei am Boden ist, ist das für einige von uns das Einzige, womit wir Geld verdienen können. Mit den neuen Satellitensystemen ist damit bestimmt auch bald Schluss.«

»Hast du oder hat Danny jemals eine Fahrt übernommen?«

»Jetzt stellen Sie mir nicht solche Fragen, Mrs. Bradley.«

»Ich will das aber gern wissen.«

»Vielleicht wollen Sie das in Wirklichkeit gar nicht, und vielleicht will ich es Ihnen nicht sagen.«

»Du willst es mir also nicht sagen.«

»Nein.«

»Ich frage, weil es da noch etwas gibt. Kennst du den alten Fergie? Pat Ferguson?«

»Natürlich.«

»Also, anscheinend ist Fergie nach Crieff gefahren. Die Polizei hat seinen Lkw gefunden, mit Blutspuren von dem bewaffneten Mann, und jetzt haben sie auch noch Fergies Boot entdeckt. Zwanzig Fuß tief in der Rag Bay, mit zwei großen Lecks. Die Polizei fahndet immer noch nach Fergie, aber als ich gestern mit dem Inspector sprach, klang er nicht so, als hätte er noch große Hoffnung, ihn lebendig zu finden.«

Aus dem Nieseln war ein dichter Regen geworden, der nun auf John Patrick niederprasselte. Der Regen durchnässte seine Schultern und rann ihm über Kopf und Gesicht, doch der junge Mann stand reglos da und sah Margaret an. Das Wasser drückte seine Locken flach und troff ihm über das Gesicht, doch es schien ihm nichts auszumachen, oder er bemerkte es gar nicht.

»Das bringt dich ins Grübeln, oder, John Patrick?«

Er schüttelte sich, sah in den Regenhimmel hinauf und dann wieder zu ihr.

»Ich geh wohl besser wieder rein.«

Aber sie konnte ihn nicht einfach gehen lassen. Sie wollte noch etwas anderes von ihm, und jetzt war der richtige Moment.

»Warte«, sagte sie. »Bitte.« Sie trat näher und zog an seinem Ärmel. »Stell dich noch mal unter, nur eine Minute. Da ist noch etwas. Eine ganz andere Sache. Du warst doch mit meinem Sohn Andrew befreundet.«

»Ja, natürlich. Der Flieger.«

Bis jetzt hatte niemand ihren Jungen als *der Flieger* bezeichnet. Margaret war auf eine ihr unbekannte Weise gerührt. Aus dem Mund dieses jungen Mannes schwang bei dem Wort so viel mit. Männlicher Stolz, Stolz auf ein gefährliches Leben, Ehrfurcht vor Dienstgraden und Leistungen in der militärischen Welt. Da klangen auch die Bemerkungen von Michael mit an und sogar die von Jack.

»Wir waren ja schon als Kinder Freunde«, sagte John Patrick. »Und in den letzten Jahren sind wir dann oft mit Dannys Boot rausgefahren, wir drei.«

»Wirklich? Das wusste ich nicht.«

»Doch, im Sommer. Wahrscheinlich immer dann, wenn Sie und Ihr Mann nicht draußen in Sweetbarry waren. Auf jeden Fall letztes Jahr, als man ihn schon an der Basis angenommen hatte. Andrew wollte lernen, wie man mit Booten umgeht. Ich mochte ihn sehr.«

»Und, hat er es gelernt?«

»Ja, schon. Er hatte Mut, und er hat schnell ein Gefühl dafür gekriegt. Ich hab ihm etwas über Navigation beigebracht. Er wollte es wirklich lernen, auch wenn er die ganze Zeit Witze riss, dass er als Pilot immer einen Navigator dabei hätte. Ich hab ihm erklärt, wie man die Windrichtung im Gesicht spürt und wie sich die Strömungen mit den Jahreszeiten verändern. Auch die speziellen Strömungen, die hier in unseren Gewässern kommen und gehen. Ich hab ihm gezeigt, wie man den Kurs auch bei Flut und Wellengang hält. Er sagte, das wäre beim Fliegen mit der Abdrift ganz ähnlich. Und ich hab ihm gezeigt, wie man sich draußen im Nebel zurechtfindet. Oder in stockfinsterer Nacht. Im Dunkeln ist die Welt da draußen ganz anders, wirklich ganz anders.«

»Das glaube ich gern. Das wollte er alles lernen?«

Margaret wollte mehr erfahren, egal was. Sie wollte von

diesem jungen Mann noch mehr über ihren Jungen hören. Sie war sich sicher, dass Andrew Respekt vor John Patrick gehabt hatte.

»Ja, das wollte er. Es tat mir so leid, als ich von seinem Tod hörte. Und es tut mir so leid für Sie, Mrs. Bradley. Immer noch. Aber was die andere Sache betrifft … Als die beiden Männer sich hier umgehört haben. Das war genau so, wie ich es Ihnen gesagt habe.«

Margaret betrachtete ihn, während sie dicht nebeneinander unter dem Vordach standen, im letzten Dämmerlicht des Tages, und der Regen laut und kräftig auf den Betonweg prasselte.

»Hat Mr. Moynihan deine Telefonnummer?«

»Die müsste er haben.«

»Wenn du dir nicht sicher bist, dann schreib sie mir bitte auf einen Zettel.«

»Warum?«

»Mach es einfach.«

John Patrick ging ins Haus. Als er zurückkam, gab er ihr ein Stück Papier.

Margaret steckte es in die Manteltasche. »Danke, dass du mit mir geredet hast, John Patrick«, sagte sie. »Danke, dass du ehrlich gewesen bist. Und danke für das, was du über Andrew erzählt hast.«

Sie nickte ihm zu, dann hielt sie schützend beide Hände über den Kopf und ging in den Regen hinaus.

Eine Viertelstunde später stieg sie wieder die Treppe zu Mr. Moynihans Büro im Hafenkontor hinauf. Der Reeder stand neben dem Schreibtisch der jungen Frau und blickte auf, als Margaret hereinkam.

»Mrs. Bradley«, sagte er. »So schnell wieder da. Sie sind ja völlig durchnässt.«

»Ja. Dürfte ich Sie ein paar Minuten sprechen?«

Er winkte Margaret in sein Büro. Sie zog den Mantel aus und legte ihn über einen Stuhl. Als er die Tür zum Sekretariat geschlossen hatte, sagte sie: »Ich möchte Ihnen ein Geschäft vorschlagen. Sie stellen John Patrick Croft wieder ein und zahlen ihm das, was er wert ist. Und damit meine ich einen anständigen Lohn. Im Gegenzug erhalten Sie von mir zwei Monate lang kostenlose juristische Beratung. Selbstverständlich arbeite ich nicht exklusiv für Sie, aber Sie bekommen einen Großteil meiner Arbeitszeit. Per Telefon, Telex und Kurier.«

Mr. Moynihan war von dem Vorschlag sichtlich überrascht. Sie standen immer noch zwischen seinem Schreibtisch und der Tür, in dem diffusen Licht, das durch das Fenster einfiel und sich mit dem der altmodischen Bankerlampe auf dem Schreibtisch mischte. Bei den Lichtverhältnissen sahen die Schiffsmodelle an der Wand wie wunderschöne, geheimnisvolle Vögel aus.

»Mrs. Bradley«, sagte er. »Ich weiß nicht, was ich dazu sagen soll. Aber ich höre Ihnen zu. Die Touristensaison ist allerdings vorbei. Keine Segeltörns mehr in diesem Jahr. Keine Yachtcharter.«

»Dann setzen Sie ihn auf einem anderen Schiff ein.«

»Auf einem anderen Schiff. Als würden hier die Schiffe auf Bäumen wachsen.«

»Tun sie das etwa nicht?«

»Nur die kleinen«, sagte der Reeder mit einem erstaunlichen Anflug von Humor. »Aber in der Tat, es stehen zwei Überführungen an. Ich habe in den USA einen Trawler gekauft, der muss hierher. Und eine Segelyacht muss noch nach Südamerika. Vielleicht ergibt sich ja noch mehr.«

»Dann nehmen Sie ihn dafür. Sie sagten, er sei einer der besten Skipper, die Sie kennen, und das Missgeschick im Hafen sei eigentlich nicht sein Fehler gewesen. Mit seiner Wiedereinstellung würden Sie auch für die restliche Flotte hier ein deutliches Zeichen setzen.«

»Ja, das könnte ich einrichten. Wie wäre es mit drei Monaten juristischer Beratung?«

»Nein, Mr. Moynihan, zwei Monate. Acht Wochen. Das ist einige tausend Dollar wert, und Sie werden staunen, wie viel ein guter Rechtsanwalt in acht Wochen bewegen und erreichen kann. Sogar in Teilzeit, nur per Telefon und Kurier.«

Der Reeder lächelte. »Ihre Kanzlei ist damit einverstanden?«

»Da bin ich mir sicher. Ich werde das den Partnern als Probono-Beratung verkaufen, um in die maritime Wirtschaft einzusteigen. Einen Teil der Arbeitszeit übernehme ich.«

»Verstehe. Haben Sie überhaupt Ahnung von den juristisch relevanten Aspekten, wenn man Schiffe betreibt, kauft oder verkauft, Mrs. Bradley?«

»Nein, noch nicht. Aber ich weiß ziemlich gut darüber Bescheid, wie man Unternehmen oder Immobilien kauft und verkauft, die ein paar Millionen Dollar wert sind. Ich kenne mich recht gut mit Haftungsrechten und internationalen Immobilientransaktionen aus. Mit der gesamten Steuergesetzgebung, von Steuervorteilen bis hin zu den Schlupflöchern. Was soll da bei Schiffen anders ein? In der Rechtswissenschaft geht es immer nur um die Absicht und die Struktur der Gesetze. Man nimmt die Fäden auf und untersucht, wie sie verwoben sind. Irgendwie ist immer alles auf besondere Weise miteinander verknüpft. Ich bin nicht gerade begriffsstutzig, Mr. Moynihan.«

»Das habe ich mir schon gedacht.« Der Reeder deutete in Richtung Schreibtisch und Stühle. »Wie wäre es? Sollen wir uns vielleicht setzen?«

DREISSIG

Zurück in Sweetbarry ging Margaret wieder hoch in Andrews Zimmer. Sie öffnete das Fenster, zog die Bettwäsche ab, in der die Eltern geschlafen hatten, und steckte sie in die Waschmaschine. Dann bezog sie das Bett neu. Sie trug den Eimer mit den Bleigewichten wieder ins Zimmer und stellte ihn an seinen angestammten Platz. Schließlich holte sie auch noch den Stuhl aus Treibholz zurück und setzte sich darauf.

Sie wusste nicht, wie die Eltern der Kinder das hinbekamen. Sie hatte das Ergebnis vor Augen, konnte aber den Weg dorthin nicht erkennen. Das Wie.

In ihrem Gedächtnis hatte sich das Bild von den beiden festgesetzt, wie sie eng nebeneinander auf der Rückbank im Auto saßen, so eng, dass nicht einmal ein Spalt Tageslicht zwischen ihnen zu sehen war und sie hätte trennen können. Am liebsten hätte Margaret angehalten und sich das Bild in aller Ruhe angesehen. Der Anblick hatte sie beschämt.

Sie drehte sich auf Andrews Stuhl herum und blickte sich um.

Ihr *Silver Cross*, das »Mutterkreuz«. Was für ein treffender Name. Sie würde noch nichts in dem Zimmer verändern. Wenn überhaupt. Wie käme sie auf diese Idee? Wozu denn?

Ein schwarzer Ford Pick-up parkte auf ihrem Grundstück, und John Patrick stieg aus und kam zu ihrem Haus. Sie sah vom Küchenfenster, wie er die Kappe abnahm und sich über seine Lockenpracht strich. Dann blieb er einen Moment stehen, um sich zu sammeln, ehe er anklopfte.

»Ich wollte mich bei Ihnen bedanken«, sagte er, sobald Margaret die Tür öffnete. »Mr. Moynihan hat mich angerufen, ich war gerade bei ihm. Vielen Dank!«

Sie gaben sich die Hand, und dann winkte Margaret ihn noch näher heran. John Patrick verstand. Er beugte sich zu ihr hinunter, und sie umarmte ihn. Den großen Mann mit den kräftigen Schultern.

Sie blieb in der Tür stehen, als er wieder zu seinem Pick-up ging und einstieg. Er kurbelte das Fenster herunter und grinste sie an. Dann fuhr er los, bog links in Aileens Grundstück ein und drückte auf die Hupe.

Bei Aileen ging die Tür auf, und Danny kam die Vordertreppe runter, in Jeans, die an den Knien genauso durchgescheuert waren wie früher die von Andrew, in Laufschuhen und einem gestreiften Arbeitshemd mit Druckknöpfen. Sie waren so versessen darauf, zu Männern zu werden und von anderen Männern akzeptiert zu werden. In dieser Welt, die keine Schwäche zuließ, wollten sie stark und bestimmt wirken.

Die beiden jungen Männer standen vor der Tür und sprachen miteinander. John Patrick zeigte mehr als einmal zu ihrem Haus, und Margaret beobachtete sie einige Zeit durch die Bäume und über die Felsen hinweg.

Allmählich wurde es dunkel, die Luft stand still und war drückend. Margaret spürte das in den Ohren. Die Wolken wallten auf, gewaltig hohe schwarze und tiefrote Türme, wie in der Unterwelt.

Eine Stunde später traf der Sturm aufs Land. Für einen Moment herrschte absolute Stille, ein Vakuum, in dem sich kein Blatt bewegte und kein Vogel flog. Da wurde Margaret schwindelig. Sie ging ins Wohnzimmer, um sich auf einen stabilen Stuhl zu setzen. Auf dem Weg dorthin musste sie sich an einen Pfosten anlehnen. Sie spürte eine Schockwelle und hörte einen tosenden Krach, als würde ein Hochgeschwindigkeitszug vorbeidonnern. Das ganze Haus schien sich gegen die Stahltrossen aufzubäumen und einen Moment zu schweben, ehe es auf das Fundament zurückfiel. Der Strom fiel aus, die Stahltrossen surrten, und die Pfosten und Balken nahmen die Schwingungen auf und ließen das Haus summen und ächzen. Beim Blick durchs Küchenfenster sah Margaret, dass die Stromleitung abgerissen war. Ein paar Sekunden lang sprühte das Kabel Funken und tanzte wie eine Schlange, dann blieb es starr auf der Erde liegen.

Draußen war alles in ein dunkles gelbes Licht getaucht, in dem die Gischtfetzen und Blätter weit ins Land hineinwehten. Durch die Hauswand hindurch hörte sie, wie in ihrem Wäldchen Bäume umstürzten. Ein großer Ast ließ das Dielenfenster bersten und blieb einfach stecken. Wasser schoss in Strömen durchs Fenster und überflutete binnen Sekunden den Fußboden.

Margaret zündete eine Petroleumlampe an, die noch aus Großmutter AJs Zeiten stammte, und machte sich mit Eimer und Lappen an die Arbeit. Zwei Stunden später, während einer kurzen Sturmflaute, zog Margaret Overall, Stiefel und dicke Arbeitshandschuhe an. Sie ging ins Freie und zog den Ast aus dem Dielenfenster. Er sah aus wie der, den sie von der Weymouth-Kiefer abgesägt und auf der Erde liegen gelassen hatte.

Liebend gern hätte Margaret Aileen angerufen, doch das Telefon funktionierte auch nicht, und die Sturmböen waren noch zu stark, um rüberzugehen. Margaret griff auf ihr altes Signalgerät zurück, eine Eisenstange und ein frei hängendes Schienenstück. Als Aileen aus dem Haus kam und vor dem Eingang stand, gaben sie einander Zeichen, dass alles in Ordnung war.

Margaret kroch unter das Haus, um die umwickelten Rohre und Leitungsanschlüsse zu kontrollieren, und ein oder zwei Stunden später ging sie zum Bootshaus hinunter und fand die übrige zugeschnittene Sperrholzplatte. Die hatte sie noch vor das Dielenfenster hängen wollen, es dann aber vergessen. Sie schleppte sie zum Haus hoch und hängte sie ein. Dann wischte sie innen noch mehr Wasser und Glasscherben auf.

Sie duschte mit dem, wie sie befürchtete, letzten warmen Wasser für die nächste Zeit und zog sich dann Nachthemd, Morgenmantel und Hausschuhe an. Ganz oben im Küchenregal lagerten in einer hinteren Ecke noch ein alter Campingkocher und ein Notvorrat Petroleum, und Margaret kletterte auf einen Stuhl, um beides herunterzuholen. Sie füllte den Tank auf und pumpte Luft für den Druck hinein, dann öffnete sie den Hahn und hielt ein Zündholz an den Brenner. Es klappte. Sie sprach ihm gut zu. »Lieber kleiner Campingkocher«, sagte sie. »Du funktionierst ja immer noch. Wie schön«.

Margaret öffnete eine Dose Ravioli und füllte den Inhalt in eine Kasserolle, stellte diese auf den Brenner und rührte um. Als es blubberte, gab sie die Nudeln in die blaue Müslischale und stellte die Petroleumlampe vor sich auf den Tisch.

»Danke«, sagte sie zur Lampe, zu dem Campingkocher und dem guten alten Haus, das ihr Schutz bot. Sie begann zu essen.

Am Morgen gab es immer noch keinen Strom. Margaret kochte das Kaffeewasser auf dem Campingkocher und stellte den Kaffeefilter auf die Thermoskanne. Der Kühlschrank war noch kalt, aber das würde nicht mehr lange so bleiben. Dann zog Margaret Regenjacke und Stiefel an, um in ihrem Wald nach dem Rechten zu sehen.

Das Wäldchen hatte ziemlich gelitten. Einige Bäume waren entwurzelt und abgebrochen, Baumstümpfe ragten in unerreichbare Höhen, und lange helle Narben verliefen dort an den Baumstämmen, wo sich die Rinde geschält hatte. Wurzelteller von sechs Fuß Durchmesser waren aus dem Erdboden gehebelt worden, den ihr Vater einst mit den achtundachtzig Lkw-Ladungen aufgeschüttet hatte. Der Erdboden hatte also nur drei Generationen gehalten, keine hundert, und die Bäume hatten nicht tief genug gewurzelt, um dem gestrigen Angriff standzuhalten.

Es dauerte einen ganzen und noch einen weiteren halben Tag, bis Arbeiter unter Einsatz von Kettensägen die Straße in die Stadt und die Küstenstraße wieder freigeräumt hatten. Auf dem Weg zu Telford Hermans Werft kam Margaret an einigen Reparaturtrupps vorbei, die an den Stromleitungen arbeiteten. Die Werft hingegen hatte keine Sturmschäden erlitten. Telford meinte, die Werft liege in einer Biegung der Küstenlinie, also an einer Stelle, die ihnen Schutz biete. Wie ein natürlicher Hafen, sagte er. Sie hätten Glück gehabt.

Margaret berichtete von den Schäden in ihrem Wald. »Es hat einige von den Tamaracks erwischt«, sagte sie. »Auch ein paar Weymouth-Kiefern und Rotkiefern. Und die Koniferen.«

Sie machte Telford und seinem Sohn ein Angebot, die beiden hörten zu, nickten und sprachen miteinander. Schließlich stiegen sie alle zusammen in den Buick und fuhren zu Margarets Haus. Sie schritten das gesamte Waldstück ab, um die Lage einschätzen zu können, und verglichen die Kosten für die Beseitigung der Sturmschäden mit dem Ertrag des verwertbaren Holzes.

Schließlich besiegelten Margaret und Telford ihre Vereinbarung per Handschlag, und am nächsten Tag kamen sie mit Rückepferden, Pritschenwagen und einem Trupp mit Ketten, hydraulischem Zubehör und einem Forstschlepper. Nach drei Tagen waren alle Stämme und Baumstümpfe abtransportiert, und der Erdboden war wieder weitgehend eingeebnet. Margarets Wäldchen war etwa um ein Viertel ausgedünnt.

»Sehen Sie es doch von der positiven Seite«, sagte Telford. »Man hätte ohnehin mal ein bisschen roden müssen, aber Sie hätten wahrscheinlich niemals die Courage dafür aufgebracht.«

Jetzt konnte Margaret vom Haus aus durch die Bäume das Meer sehen. Das Tageslicht fiel nun auf den Erdboden, und nachts konnte sie ohne Sicherheitsbrille durch ihr Wäldchen streifen. An klaren Tagen würde die Sonne sogar Stellen bescheinen, die jahrelang kein Licht gesehen hatten. Vielleicht könnten dort Waldblumen wachsen und Samen Wurzeln schlagen.

Am Morgen hatte sie nach wie vor weder ein funktionierendes Telefon noch Strom, doch gegen Mittag überbrachte ihr ein Postbote in Uniform ein Telegramm. Margaret riss den Umschlag sofort auf.

Komme an Thanksgiving – Stop – CP Air Freitag 14:15 Halifax – Jack

Sie gab dem Postboten ein großzügiges Trinkgeld und lief schnell zu Aileen rüber, um es ihr zu erzählen.

Am Abend funktionierten Strom und Telefon wieder. Der Kühlschrank brummte pflichtschuldig, und am Boiler leuchtete das rote Kontrolllämpchen.

In der Nacht schlief sie gut, und am Morgen genoss sie eine ausgiebige warme Dusche. Sie wusch sich die Haare und föhnte sie in Form. Nachdem sie Make-up aufgelegt hatte, stand sie vor ihrem offenen Kleiderschrank und suchte passende Kleidung für diesen Tag aus. Sie arbeitete noch drei Stunden am Schreibtisch, bis sie nach dem Mittagessen den Buick nahm und über die Küstenstraße gen Norden zum Flughafen fuhr.

Zum Abendessen gingen sie in den *Outrigger*. Sie suchten vorsichtig nach Worten und sahen sich unsicher an. Tammy fiel das sofort auf, und sie behandelte sie besonders zuvorkommend. Sie führte Margaret und Jack zu einem schönen Tisch an einem der Fenster, die zum Wasser zeigten. Draußen tauchten die Glühbirnen der Leuchtgirlande alles in ein gelbliches Licht, die Fischerboote, die Stegplanken und die alten Holzpoller, die von vielen Tauen blank gescheuert waren.

»Ich bringe euch erst mal einen Drink aufs Haus«, sagte Tammy. »Dann nehme ich eure Bestellung auf. Das war vielleicht ein Sturm, oder?«

In der Nacht hatte sie einen Traum. Sie stand auf dem *Beechwood*-Friedhof in Ottawa vor Andrews Grabstein, in den ein schwarzes Kreuz, das Abzeichen seiner Einheit sowie sein Name eingraviert waren. Ein weißer Stein, einer von so vielen in den endlosen Reihen. So viele Steine in dieser Stille, diesem Frieden und dieser Gemeinschaft. Sie küsste ihre Finger und berührte den Grabstein. Bei der Berührung wachte sie auf und sah den fahlen Fensterausschnitt und Jack, der neben ihr im Bett lag und schlief.

Einige Teile ihres Hauses mussten immer noch trocknen, und um den Prozess zu beschleunigen, machte Margaret im Küchenherd und im Kamin Feuer und öffnete alle Fenster bis zum Anschlag. Aileen bot ihr deswegen an, das jährliche Thanksgiving-Dinner bei sich auszurichten, obwohl sie nicht an der Reihe war.

Zum Abendessen sollte es Truthahn geben und als Beilagen frisches Gemüse aus dem Annapolis Valley, Rosenkohl, gelbe Bohnen, Kürbis und gestampfte Kartoffeln. Als Dessert war Kürbiskuchen mit Blaubeeren und Schlagsahne vorgesehen. Margaret und Aileen waren in Aileens Küche beschäftigt, und Franklin seihte den jungen Blaubeerwein durch einen Filter. Jack und Danny reparierten das Dielenfenster an Margarets Haus und besserten die übrigen Schäden aus.

Wie so oft kurz nach dem Sturm zeigte sich nicht eine Wolke am Himmel, das Wetter war herrlich. Die Sonne schien, es war kalt, und kein Lüftchen wehte. Flammend rot gefärbtes Laub trieb auf dem Meer, und das eiskalte Wasser umspülte die kühlen, glatten Steine.

Margaret und Aileen gingen noch einmal zur Blaubeerstelle hoch, sie wollten die letzten Beeren für das Dessert pflücken. Ab und an richteten sie sich auf und dehnten sich, naschten ein oder zwei der süßen Beeren und sahen zu den Felsen und zu den Bäumen hinunter, zu ihren Holzhäusern und zum Meer. Alles war wie blank geputzt und glänzte im Sonnenlicht. Ganz weit weg, fast schon am Horizont, erkannten sie den hellen Umriss einer großen Segelyacht.

Am späten Nachmittag zogen Margaret und Jack sich allmählich für das Dinner um. Die gemeinsame Thanksgiving-Feier war die einzige Gelegenheit im Jahr, für die sie übereingekommen waren, sich in Schale zu werfen, einfach, um das besondere Ereignis zu würdigen. Margaret wollte ihr dunkelgrünes Kleid anziehen, und Aileen würde wahrscheinlich ihren Schottenrock mit einer Bluse und ihrer schwarzen Kaschmirjacke tragen und sich als Schmuck die silberne Nadel in Form einer Distel anstecken, ein Erbstück ihrer Großmutter.

Als Margaret mit gestrecktem Hals aus dem Bad kam, weil sie mit einem Ohrring kämpfte, sah sie Jack auf der Bettkante sitzen. Er wirkte wie ein verlorener Mann. Seine Hände lagen genau so auf den Knien, wie sie es vor nicht allzu langer Zeit bei einem anderen Vater gesehen hatte.

Seit seiner Ankunft hatten sie nicht ein Mal über Andrew gesprochen, dennoch schien ihr Junge immer mit ihnen im Raum zu sein. Sie hatten ohnehin nicht viel miteinander geredet, aber es gab auch nicht viel zu sagen. Die neuen Gedanken waren noch nicht so weit gereift, dass man sie in Worte hätte fassen können.

Margaret legte den Ohrring auf die Kommode, ging zum Bett und ließ sich neben ihm nieder. Sie setzte sich ganz dicht zu ihm und hakte sich bei ihm ein. Nach einer Weile rückte sie noch etwas näher.

Minutenlang saßen sie ganz eng nebeneinander, während der orangefarbene Sonnenklecks vom Fenster über den Fußboden wanderte, vom Parkett zum Teppichrand. Draußen rief Aileen Dannys Namen, und Danny rief etwas zurück. Sie hörten die Seevögel, den Wind und das Meer. Ein- oder zweimal wischte sie sich in diesen langen Minuten mit den Fingerspitzen über die Augen.

EINUNDDREISSIG

Zwei Wochen vor Weihnachten saß Margaret im Flugzeug nach Paris. Thérèse stellte ein neues Buch vor – wahrscheinlich ihr letztes, hatte sie gesagt, doch das wusste man bei ihr nie –, und Margaret konnte diese Buchpräsentation mit dem Besuch bei einem wichtigen Klienten kombinieren. Darum hatte Hugh sie gebeten. Jack hielt sich gerade in Schweden auf, aber vielleicht konnte er noch rechtzeitig hinzukommen. Vielleicht auch nicht. Sie hatten wieder einmal erkannt und akzeptiert, welche Befreiung ihnen ihre jeweilige Arbeit bedeutete.

In Toronto war Margaret wieder zurück ins Haupthaus gezogen. Jack versuchte, öfter zu Hause zu sein, und Margaret versuchte, nicht so viele Überstunden zu machen. Manchmal funktionierte das sogar. Wenn sie beide gleichzeitig zu Hause waren, nahmen sie ihr Abendessen bei Kerzenlicht ein, aber nicht an dem großen Tisch, sondern an dem kleineren Kieferntisch neben dem Fenster.

Das Wichtigste war, dass sie beide sich allmählich wieder anlächeln konnten. Sich anlächeln und miteinander reden, denn mit der Zeit verloren die Worte ihre Bedrohlichkeit.

Margaret träumte immer noch von Andrew, und manchmal sah sie ihn auch in flüchtigen Tagträumen. Sie hoffte, dass das niemals aufhörte. Einmal sah sie Andrew aus der Straßenbahn in einem Stadtpark Laub fegen, und einmal sah sie ihn in einem vorbeifahrenden Auto.

Liebling, sagte sie zu ihm, als sie sich nach den schwindenden Autolichtern umdrehte.

An dem Abend machte es ihr nichts aus, im Flugzeug zu sitzen. Vielleicht, weil es ein Nachtflug und die Maschine halb leer war. Es war ruhig und nicht so hell an Bord. Der Flieger war am Abend in Toronto gestartet und sollte am Morgen in Paris landen. Der Spielfilm war zu Ende, und die Bordbeleuchtung war heruntergedimmt. Margaret schob die Fensterblende hoch und sah zum Kabinenfenster hinaus. Zunehmender Mond und ganz nah ein heller Stern. Die Reflexion der Gestirne auf dem länglichen Metallflügel.

Sie musste an ihre erste Begegnung mit Thérèse in der École Olivier denken, an die Abende mit den »Geschichten von Frauen« im Foyer. An ihr letztes Gespräch unter den Palmen. Allmählich glaubte sie, dass Thérèses Worte über Verluste tatsächlich zutrafen. Dass ihre Trauer, wenn sie gelernt hatte, mit ihr zu leben, fast so etwas wie ein Freund sein würde. In guten Momenten wie diesem konnte sie die Gedanken und Gefühle erkennen, die das irgendwann zulassen würden.

Vermutlich würde es in Toronto, im Cottage, dazu kommen. Manchmal, an Abenden und Wochenenden, an denen Jack unterwegs war, ging sie immer noch zum Cottage hinunter, um dort eine Zeit lang in aller Ruhe in der Küche zu sitzen. Aus irgendeinem Grund konnte sie dort am besten mit dem Jungen in Verbindung treten. In der Ecke mit der gepolsterten Bank und dem Tisch kam er zu ihr. Dort konnten sie nun beisammensitzen und ohne Worte miteinander kommunizieren, nur sie beide. Margaret war sich bewusst, dass sie sich das alles nur in ihrem Innersten vorstellte, aber irgendwie war es real. Auf diese Weise würde sie ihn ganz allmählich gehen lassen können.

Margaret kippte die Rückenlehne etwas nach hinten und legte sich eine Decke über. Dann kuschelte sie sich bis zum Kinn hinein und schloss die Augen. Sie atmete tief ein und aus.

Danke, sagte sie.

DANKSAGUNG

Für die Unterstützung bei *Tage, die für immer bleiben* möchte ich dem Team von McClelland & Stewart danken, allen voran dem Verleger Jared Bland, der Publishing Managerin Kelly Joseph sowie Erin Kelly, Scott Loomer, Max Arambulo, Bonnie Maitland, Ashley Dunn, Kimberlee Hesas, Rachel Cooper, Valentina Capuani und Terra Page. Mein Dank gilt ebenso meiner Lektorin Lara Hinchberger, meiner Agentin Ellen Levine und dir, Heather, denn du bist stets meine erste Leserin.